차마고도로 떠나는 여인

차마고도로 떠나는 여인

초판 1쇄 인쇄일 2016년 12월 28일
초판 1쇄 발행일 2017년 1월 7일

지은이 김창환
펴낸이 양옥매
디자인 남다희
교　정 임수연

펴낸곳 도서출판 책과나무
출판등록 제2012-000376
주소 서울특별시 마포구 방울내로 79 이노빌딩 302호
대표전화 02.372.1537　팩스 02.372.1538
이메일 booknamu2007@naver.com
홈페이지 www.booknamu.com
ISBN 979-11-5776-359-7(03810)

이 도서의 국립중앙도서관 출판시도서목록(CIP)은 서지정보유통지원 시스템
홈페이지(http://seoji.nl.go.kr)와 국가자료공동목록시스템
(http://www.nl.go.kr/kolisnet)에서 이용하실 수 있습니다.
(CIP제어번호 : CIP2016032277)

언젠가 어디로든지 떠나야 하는
자유 아닌 자유

차마고도로
떠나는 여인_

김창환 지음

나는 길들여진 길에서 벗어나기 위해,
길이 아닌 길을 가겠다며 길을 떠나야 했다.

찬수네 소의 코에 어느 날 코뚜레가 걸린 것처럼,
돌아오기 위해 떠나는 한갓 여행자와 같은 존재일지라도

나는 떠나야 했다.

책과나무

코뚜레

어린 시절 한적한 시골 마을에서 이태 동안 살았던 적이 있었다. 철도 공무원이었던 아버지의 근무지를 따라서였다. 예나 지금이나 인삼으로 유명한, 요즘에는 사과로도 널리 알려진 곳, 읍으로 승격되기 전 영주군 풍기면에 속했던 작은 마을이었다. 정감록(鄭鑑錄)에 기록된 십승지(十勝地) 중의 하나였던 징표처럼 뒷동산에 오르면 가깝고도 멀게 소백산의 연봉들이 마을을 아늑하게 품고 있었다.

이웃인데다 같은 반이었던 찬수네는 삼대가 함께 살았다. 내가 찬수네 집에 놀러 가면 찬수 할아버지는 "아이고, 춘향 아씨 오셨네." 하며 반겨 주시곤 했다. 찬수 할아버지는 예쁘다는 말을 그렇게 표현하셨다. 찬수네는 식구도 여럿이었지만 가축도 여럿이었다. 찬수 할아버지가 특히 정성을 들이는 것은 누렁소였다.

　나는 찬수와 함께 찬수 할아버지와 아버지가 소의 코를 뚫는 과정을 지켜보았던 적이 있었다. 찬수 할아버지는 만들어 놓은 코뚜레에 들기름을 바르시고 소의 코에 손가락을 집어넣고 마사지하듯 문지르셨다. 옆에 있던 찬수 아버지는 재빠르게 코뚜레의 뾰족한 한쪽 면을 소의 코로 밀어 넣었는데 타원형의 코뚜레가 순식간 소의 코에 걸려 버렸다. 마취도 없이 생살을 뚫으니 소의 커다란 눈은 흰자위로 채워졌다. 소는 입거품과 피를 흘렸고 눈을 끔뻑거리며 닭똥 같은 눈물을 떨어뜨렸고 고통에 찬 날카로운 쇳소리를 냈다. 찬수 할아버지와 아버지는 단순한 의식을 진행하듯 무덤덤하게 이 과정을 마쳤다.

　찬수네 소의 코에 코뚜레가 걸리고 가을걷이가 끝났을 때 찬수 아버지는 아이들 장난거리처럼 소를 길들이기 시작했다. 소의 등에 '멍에'를 올리고 '끙개'라는, 삼각형 형태의 나무로 만든 틀을 연결했다. 소는 그 끙개 위에 돌을 얹고 고샅길을 다녔다. 태어나 한 번도 멍에를 짊어지지 않았던 소는 그것을 온몸으로 거부했다. 당시 시골 사람들은 그러한 소의 행동을 '지랄 발광한다.'라고 듣기 불편한 말로 표현했다. 그러나 시간이 지나면서 소는 길들여지기 시작했다. 보름이 지났을 때 나와 찬수는 그 꽁개 위에 올라탈 수 있었다. 이듬해 봄 찬수 아버지는 그 소와 함께 첨벙거리며 무논을 갈고 재 넘어 밭을 갈았다. 그때 소가 그렇게 길들여지는 것을 보았던 나는 나중에 나도 코뚜레에 고삐를 꿴 소처럼 길들여질 수 있다는 것을, 알지 못했다.

나는 길들여진 길에서 벗어나기 위해, 길이 아닌 길을 가겠다며 길을 떠나야 했다. 찬수네 소의 코에 어느 날 코뚜레가 걸린 것처럼, 돌아오기 위해 떠나는 한갓 여행자와 같은 존재일지라도 나는 떠나야 했다. 내가 정주할 곳은 집이 아닌 길이라는 것처럼.

오늘을 영위하는 세상의 모든 것들은 언제든 어디로든 떠나기 위해 존재하는 것이다.

목차

일곱 번의 산문집을 엮으면서 너의 이야기보다는,

사실인 양 나의 이야기를 많이 했을 것이다.

이제 처음으로 장편소설로 엮으면서는

나보다는 너의 이야기를 더 많이 했다고 생각했는데, 아니었다.

저마다는 선한 것을 좋아하거나 선한 편에 있다고 생각하지만

그것 또한 사실이 아닌 것처럼

너의 이야기 속에 어쭙잖은 나의 이야기를 하고 있었다.

마른 침을 삼키며 황량한 고비사막을 달려보거나

어지럼으로 흔들리며 차마고도 가파른 길을 오르내리다 보면

내 거친 마음이 순해질 것 같다는,

미망과 열망의 간극을 확연히 구분하지 못한 채 떠나곤 했지만

돌아와서는 언제나처럼 제자리로 돌아왔고

그리움의 공간과 분량만 늘려놓았다.

다만,

오늘 살아있는 것들은 죄다 언제 어디론가 떠나기 위해

존재하는 것들이다.

언젠가 어디로든지 떠나야 하는
자유 아닌 자유

차마고도로
떠나는 여인_

그 남자

‘위리안치(圍籬安置)’

생소한 말이었다. ‘유배’라는 말은 왕정시대, 정치적인 탄압과 형벌의 수단이었기에 익숙한 말이었지만 위리안치는 낯설었다. 처음 그 말을 접한 것은 내가 잠시 어린 시절을 보냈던 풍기의 소수서원에 들렀을 때였다. 부석사를 돌아내려오는 길, 사과 향기가 달콤했고 노란 은행잎이 투명한 가을 햇살을 흔들고 있었다. 초등학교 시절 소풍날에 다녀온 기억이 있음에도 새로웠고, 색 바랜 앨범 속 사진처럼 가끔은 돌아가고 싶은 풍경이었다.

소수서원과 함께 안동댐 수몰로 옮긴 한옥들로 조성된 선비촌을 둘러보고 돌아가려는 길이었다. 일행 중에 누군가 바

로 앞에 금성대군 신단을 둘러보고 가자고 잡아끌었다. 금성
대군, 대군이니 왕의 아들일 텐데. 어느 왕의 아들이었는지는
기억을 한참 더듬어야 했다. 역사란 문자로 사실을 기록한 것
인데도 가끔은 다가올 미래처럼 생소했다. 교과서로 배운 지
식은 시험지의 공란을 메우기 위한 것처럼 단편적이어서 성적
표가 나올 즈음이면 잊게 만들었다. 일행 중 누군가가 '세종의
아들이었다.'라고 했을 때, 기억이 한참을 머뭇거리다 앞에
와 있었다.

  조카인 어린 단종이 즉위하자, 금성대군은 친형이었던 수양
대군과 대척 관계로 맞서는 비운의 아우가 되었다. 형제들이
어린 지존에게 불려 나갔던 날, 왕관을 쓴 조카에게 친히 물
품을 하사받으면서 머리를 조아렸고 보필의 다짐을 했다.

  어린 소년에게 입힌 곤룡포는 본인은 물론 주변국이나 신하
들에게도 불안하고 위태한 것이었다. 명은 대국으로 군림하
며 간섭하기 위해 속국의 안정된 왕권이 필요했고, 일부 신하
들은 자신들의 권력을 보호해줄 안전한 중심축이 필요했다.

  오늘날도 예외가 아니듯이 권력은 파벌 속에서 흥하고 파벌
속에서 멸한다. 파벌의 견고한 울타리는 권력을 지키고 재생
하는 힘을 가지거나 소멸시키는 필요악처럼 존재한다. 어린
지존은 그 파벌의 중심축에는 결코 들 수 없었다. 역사적인

평가는 차치하고 왕의 숙부였던 수양대군은 어린 조카를 대신하기로 한다. 그 중심축으로 나서는 오욕의 길을 자청한 것이다.

형 수양대군이 한명회, 신숙주 등과 결탁하여 안평대군을 축출하고 김종서를 제거하자 금성대군은 그 대척점에서 조카를 보호하기로 결심했다. 결국 단종은 청령포로 유배의 형을 받아 떠나고 수양대군은 왕권을 탈취한다. 세조라고 호칭을 바꾼 형은 아우 금성대군을 경상도 순흥에 안치하고 그의 재산과 노비를 모두 몰수했다. 금성대군은 2년 후 순흥부사 이보흠 등과 함께 비밀리에 단종 복위를 위한 거병과 거사를 모의했으나 관노의 밀고로 사사되고 말았다. 금성대군의 나이 32세였다.

위리안치, 당시 유배의 형벌 중에서 가장 가혹한 형벌이었다. 제주도 등의 섬으로 보내는 절도안치(絶島安置)와 자기 고향에 유배되는 본향안치(本鄉安置)가 있었으나 위리안치는 집 주위에 가시덤불을 쌓고 구덩이를 파서 밖에 나오지 못하게 하는, 어쩌면 사약을 받는 것보다 더 가혹한 형벌이었다.

권력을 지키고 보위하려는 욕망 때문에 인간이 인간을 파멸시키는 잔악한 행위에 몸서리를 치면서도 나는 또 다른 연민의 모습으로 나를 보아야 했다. 이곳에 들렀다 가자며 잡아끌었던 남자, 그 남자는 왜 예정에도 없던 이곳에 들르려고 한 것인가?

그 남자를 처음 만난 때는 문화재 답사를 겸한 여행에서였다. 이 땅에는 늘 이런저런 바람이 지나곤 했다. 자연에서 이는 바람은 대지를 살아있게 하는 자연작용이고, 사람에게 이는 바람도 역시 살아있음을 증명하는 것이다. 바람의 본질은 변화였다. 사람에게서 이는 바람은 좋은 의미로 신바람도 있고, 한눈팔 듯 다른 이성을 기웃거리며 피우는 바람도 있고, 한바탕 유행처럼 지나가는 바람도 있다. 굳이 치맛바람이라고 했듯이 바람은 여자와 친숙하다.

한때 『나의 문화유산답사기』라는 책이 많은 사람에게 우리 문화유산에 관심을 가지도록 바람직한 바람을 일으킨 적이 있다. 문화유산을 탐방하는 답사와 연결하여 여행에 참가하는 사람들도 많아졌다. 단순한 여행이 아닌 답사라는 또 다른 여행의 목적은 사람들의 호기심이나 때에 따라서는 지적 허영심을 부추기는 기제로도 작용했을 것이다.

'사랑하면 알게 되고, 알면 보이나니, 그때 보이는 것은 전과 같지 않으리라.' 조선 후기 문장가였던 유한준(1732~1811) 선생이 남긴 글이라는데, 이 책에 인용하면서 회자(膾炙)되었다. 무심했거나 때로는 폄하하기도 했을, 소소하게 지나쳐 보았던 것들에 대해 알기 전과 후의 간극을 체감하는 다른 눈을 이 구절을 통해 의식하게 되었을 것이다.

그날의 답사 장소는 해미읍성과 개심사였다. 내가 도착하여 자리를 잡았을 때는 버스의 빈자리가 여럿이었는데 출발 시간에 임박하여 도착한 그 사내는 두리번거리다가 아는 일행이 보이지 않았던지 내 옆자리에 앉았다. 답사 여행에 여러 번 참가하였지만 처음 보는 사내였다. 마실이라도 나선 듯 수수한 차림새였다. 조금 앳돼 보였고 호감이 가는 얼굴이었으나 뭔가 불안해 보이고 수심도 읽혔다.

그가 자리에 앉았고, 우리는 어색하게 인사를 나누었다. 버스가 출발하면서 답사의 주최 측에서 인사말과 답사 일정을 이야기했다. 이어서 돌아가면서 자기소개를 했다. 나는 이름을 말하고 간단한 인사말을 했다. 이어 마이크를 그 사내에게 넘겼을 때 그는 조금 장황하게 자기소개를 했다.

"안녕하세요. 김현민입니다. 저는 충청도 촌놈이면서도 성질이 좀 급한 편입니다. 그 증표가 세 가지쯤 되는데, 첫 번째는 화엄사에서 출발하여 노고단을 지나 천왕봉을 오르고 백무동으로 하산하는 지리산 종주를 하루 만에 했습니다. 많은 사람들이 지리산을 종주한다면서 성삼재까지 차를 타고 올라와 시작하는데 이는 단순히 장거리 등산이지 종주는 아니지 말입니다. 두 번째는 등단도 하기 전에 책을 두 권이나 만들기도 했습니다. 대부분 등단이라는 큰 의미도 없을 과정을 거쳐 수 년이 지난 다음에 처음 책을 만드는 게 대부분인데 말입니다. 마지막으로 마라톤입니다. 요즘은 마라톤 인구가 증가하여 풀코스를 완주한다는 것이 별스럽게 취급되지도 못하지만 제가 처음 시작할 당시만 해도 대단한 사람이나 할 수 있는 일로 생각했지요. 저 또한 마찬가지, 마라톤을 시작하면서 공식적으로 10km도 달려보지 않고 처음 시작을 풀코스를 신청하여 한 달간 출퇴근길에 연습으로 완주했었지요. 완주 시간도 세 시간 중반 대. 아마 마라톤에 입문하면서 처음 시작을 풀코스로 한 인간은 세계적으로 오직 저 한 사람뿐일 겁니다. 어쨌거나 오늘 같은 시간을 나눌 수 있게 되어 반갑습니다."

성질이 급하다는 것을 전제하면서 그는 보통사람이 엄두도 낼 수 없을 것 같은 직설화법으로, 자랑하듯 거창하게 자기소개를 했다. 그가 소개를 마치고 자리에 앉았을 때 나는 약간 흥분된 목소리로 그에게 물었을 것이다.

"그런데 성질과 성격은 어떤 차이가 있는 건가요?"

조금 빈정거림이 느껴졌을 질문이었다.

"성격은 다분히 후천적인 것, 성질은 선천적인 성분이 많은 것이지요. 성질은 자신을 기준으로 부정적인 것이라면, 성격은 타인을 포함한, 말 그대로 격을 갖춘다는 표현의 차이도 있을 것입니다."

내가 질문으로 말문을 터준 것에 대해 약간 흥분된 듯한 표정이었다. 그렇게 그와 이야기를 나누게 되었다. 그가 무슨 일을 하고 있는지는 알 수 없었다. 버스는 해미 톨게이트를 빠져나가 개심사로 향했다. 개심사가 가까워지면 특별한 풍경이 펼쳐진다. 그 풍경은 서산을 지나면서부터는 고속도로 좌우로도 펼쳐진다. 대규모 초지의 목장이었다. 그는 그 목장의 유래에 대해서 비교적 소상히 알고 있는 듯했다. 목포까지 연결되는 고속도로가 뚫리면서 이 목장은 세상 사람들에게 알려졌을 것이다. 고속도로가 목장의 중앙을 관통하고 중간쯤에 가축들의 이동통로가 설치되어 있었기 때문이다.

목장의 존재는 80년대 초 많은 사람들에게 알려졌다. '내 무덤에 침을 뱉어라' 하던 질곡의 한 시대가 어둠처럼 저물어 가고 정통성을 갖지 못한 무리들이 '국보위'라는 초법적 조직을 만들어 사회정화라는 큰소리를 낼 때였다. 어떠한 상황이든, 소리의 크기는 내용물의 불량성과 비례하는 것이었고 그 내용물에 거짓과 불량(不良)이 더 많다는 의미였다. 그러니 '큰소리'

는 어땠겠는가.

뉴질랜드나 호주의 목장들처럼 둥근 산들이 넓은 초지를 이루고 있는, 그런 풍경은 근래 대관령 등지에서도 볼 수 있지만 시야 앞으로 펼쳐지는 이곳의 광활한 풍경에 비할 바가 아니었다. 고속도로 좌우측으로 300만 평이 넘는 엄청난 면적이었다. 답사기에서 이쪽 지방을 '비산비야'라고 했듯이 목장으로서의 입지 조건은 별다를 게 없다.

1968년, 당시 대통령은 호주와 뉴질랜드를 다녀와서 그곳에서 보았던 그림 같은 초원의 풍경에 매료되어 목장 예찬을 했었다던가. 그러나 섣불리 덤벼드는 기업가가 없었다. 그러다가 5·16의 입안자이자 3공화국의 2인자였던 이가 제주도 척박한 자갈밭에 감귤농장을 개척하는 것과 더불어 이곳에 목장을 만들 계획을 세우고 실행에 옮겼다고 했다. 후에 대관령 목장의 시작도 이 자에게서 비롯되었다. 그는 그렇게 2인자의 그림자를 오래 드리웠다. 동기가 어떠했든, 그것은 당시 꿈도 있었겠지만 무엇보다 권력을 가졌던 이었기에 가능했을 것이다. 아마 그것은 어린 시절 그가 꿈꾸었던 것이었을지도 모른다. 푸른 초원에서 소들이 풀을 뜯는 그림 같은 풍경이라면 그 시절 많은 사내아이들이 가질 법한 꿈이었으니까.

세월이 흐르자 황량했던 불모지 민둥산이 상전벽해(桑田碧海)

의 고사처럼 그림 같은 초원으로 바뀌고, 소들이 푸른 초원에서 풀을 뜯을 즈음이었다. 역설처럼 다시 무소불위 신생권력에게 부정축재의 죄목과 함께 그는 힘써 일군 목장을 몰수 또는 헌납해야 했다. 조국근대화의 한 시대를 풍미했지만 끝내 2인자의 자리에 만족해야 했던 그의 인생행로와 궤를 같이하는 것이었다. 이후 그는 적수공권(赤手空拳)의 세월을 보내면서도 미련이 남아 다시 권력을 기웃거렸지만 결국 불발에 그쳤다. 때로는 정계개편 의사를 피력하면서 '서쪽 하늘을 벌겋게 물들이는 석양처럼 마지막 노력을 기울일 것이다.'라고 했다. 그러나 끝내 그런 기회는 주어지지 않았다. 늘 진실과 거짓은 한데 섞여 있을 것이지만 그는 목장과 농장을 만들면서 영국의 이튼스쿨 같은 장학재단도 꿈꾸었다고 했다. 얼마 전에 부인을 먼저 보냈던 그를 사람들은 권세와 명예를 함께 누렸지만 평생 한눈을 팔지 않았다고 하며 정치인 중 최고의 로맨티스트라고 호칭하는 데 주저하지 않았다.

그가 목장에 대한 이야기를 마쳤을 때 아버지가 생전에 했던 말이 생각났다. 이미 흘러간 역사에서 가정을 앞세우는 것은 지극히 어리석고 소용없는 일이긴 하지만, 어리석은 줄 알면서도 가끔은 아쉬움을 되돌리듯.

"오래전에 돌아가신 아버지는 평생을 공무원으로 근무하셨으니 보수 색채가 강하셨어요. 가끔 이런 말씀을 하셨죠. 만약 당시 대통령이 JP에게 자연스럽게 권력을 이양했더라면 우리나라는 훨씬 번영되었을 거고, 안정된 국권을 유지할 수 있었을 거라는. 그랬다면 그렇게 부하의 총탄에 불행하게 죽지 않았을 테고, 그보다는 다시 군인들이 권력을 침탈하는 일은 없었을 거라고요. 공무원이셨던 아버지의 운명도 불행해지시지 않았을 테고요. 물론 그것은 개인의 의지나 역량과는 상관없는 일이겠지만요."

"그 이야기는 그 질곡의 세월을 보낸 누구나 할 수 있었을 법하지만, 나를 기준으로 한 번도 생각해 보지 못한, 처음 듣는 이야기네요. 그것만으로 아버님은 굉장히 역사적인 안목이 있으셨던 분 같아요. 불가에서 말하는 연기론처럼 그런 가정을 한다는 것은 쉽지 않은데 말이죠. 갑자기 아버지께서 하셨다는 그 말씀을 생각하면서 떠올린 건데, 마치 역사는 물레방아처럼 돌아가며 반복되는 것 같아요. 흘러간 역사가 아닌 다시 되돌려진 듯이요. 최근 한 여인의 국정농단, 아닌 국정파탄이라는 말이 맞겠지만 그 참담한 현실과 직면하면서도 마찬가지였어요. 마치 그 시대의 업장을 소멸하려는 차라리 지혜를 간구하는 삶이었으면 좋았을 텐데, 아니면 봉사활동을 한다든지요. 그러나 마치 누군가에 의한 저주의 주문에 휘둘리듯 정치에 발을 담그게 되었으니. 대통령 아버지 시대의 업보를 자식이 받게 된 거죠. 이런 것들을 보면서 마찬가지 맥락이라고 생각했어요."

그는 새로운 사실을 깨달은 것처럼 말했다. 그도 나도 한동안 상념에 잠겨 침묵했다.

한적한 시골길을 지나고 경주의 이름 없는 큰 무덤들 같은 둥근 동산의 초원 아래 저수지를 돌아오니 절 입구의 주차장이다. 연둣빛 봄물이 대지에 파도처럼 밀려오며 번져가고 있었다. 여러 번 이곳을 찾았지만 늘 한적하다. 길가 좌판에 산나물 등을 파는 가게에는 햇고사리와 취나물 등이 가득 쌓여 있다. 목장의 초지에서 꺾은 듯도 싶지만, 아닐 것이다. 이 땅에 숲이 우거지면서 자연에서 채취할 수 있게 된 고사리 같은 산나물은 상대적으로 귀한 것이 되었다. 지금은 나무를 베어 내고 인공적으로 재배되는 것이나 서해를 건너 중국에서 온 것이 대부분이다.

버스에서 내린 후에는 그와 동행하지는 않았다. 처음 만난 남자와 동행하자니 다른 일행들의 눈길을 의식하지 않을 수 없었다.

한 달에 몇 번쯤 만나 같이 문학 모임을 갖는 미정 씨와 같이 걸어 올라간다. 번잡스럽지 않은 초입과 소나무 숲, 조근조근 물소리를 내는 개울이 정겹다. 개심사(開心寺)라는 절의 이름도 마찬가지다.

개심(開心), 마음을 연다는 것, 그 대상이 누구든 간에 쉬운 일이 아니다. 28년, 긴 세월을 부부로 살았지만 한 번도 남편에게 마음을 연 적이 없었다. 여자가 마음을 연다는 것은 관계의 개념과는 별개의 의미를 가진다.

대개 남녀 간의 사랑은 절대적으로 육체적인 충동과 욕망에서 비롯된다. 시작은 육체의 욕망을 바탕으로 하지만 과정은 육체적 욕망의 절대적인 것을 배제한다. 때로는 상대에 대한 존경심으로도, 권력이나 금력에 대한 열망으로도 사랑은 시작되는 것이지만 서로 몸을 나누었다고 해서 마음을 연 것은 아니라는 것이다. 육체는 수단에 불과하다.

세심동 개심사, 마음을 씻고 마음을 여는 곳, 잠시 그런 순간으로 침잠할 수도 있겠지만 무릇 인간에게는 불가한 경지이리라.

누구를 만나든 두 번 이상 만나는 사람과 나누는 대화의 시작과 내용은 얼추 비슷하다. 그녀도 나의 형편에 대해 조금은 알고 있다. 내가 남편과 그저 그런 사이라는 것 등을 말이다. 그렇다고 그런 것을 쉽게 이야기하는 사이는 아니다. 정도의 차이는 있을지언정 그런 문제는 누구나 가지고 있는 문제이기 때문이다. 다만 그러한 것을 타인에게 표출하느냐 마느냐 하는 정도의 차이다.

개울을 따라 소나무 숲길을 따라 오르는 길, 진달래가 수줍게 연분홍 꽃망울을 터트리고 있다. 그 길도 사람들 손이 가지 않았을 때가 더 좋았을 게다. 문득 버스 안에서 처음 만난 남자를 돌아다본다. 그의 이름은 김현민. 버스 안에서 소개한 이름을 기억하고 있다는 것은 그와의 특별한 인연의 전조였을까? 그는 앞서갔는지 보이지 않는다. 지리산을 하루에 종주하는 것은, 초보가 아니라도, 아무나 할 수 있는 일이 아닐 것이다.

문화해설사 직함을 가진 이가 절의 유래와 건축물, 이곳의 자연 생태에 대해서 설명하기 시작한다. 이곳은 작지만 아름다운 사찰로, 심검당의 구부러진 기둥과 보기 어려운 귀한 청벚꽃과 겹벚꽃 등으로 많은 사람들에게 알려진 곳이다. 아담한 산사는 아직 청벚꽃이 피지 않아서인지 한적하다.

일행들과 해설을 듣고 절을 지나 산신각에 오른다. 이곳에 오는 사람들이 잘 들르지 않는 곳이다. 산길을 올라 산신각 앞에 이르니 어느 여인의 흰 고무신 한 켤레가 가지런히 놓여 있다. 흰 고무신을 신고 이곳에 오른 여인은 누구일까? 안을 들여다보니 한 여인이 절을 올리고 있다. 손을 모으고 무릎을 꿇고 몸을 던지듯 엎드린 채 손을 펴 드는, 여인의 이마엔 땀방울이 송골송골 맺혀 있다. 무슨 사연이 있는 것인가? 그 여인에게 묻고 싶었다. 나도 기도를 하려고 왔지만 그녀를 방해하고 싶지는 않았다. 산을 좀 더 오른 후 내려와야겠다고 생각했다. 천천히 산을 오른다.

오리나무 잎이며 떡갈나무 연초록 잎은 봄 햇살에 윤기가 반짝이듯 흔들린다. 봄의 숲은 자지러지듯 생명력과 생동감이 넘쳐나는데 그 속에서 나는 외롭고 쓸쓸하다. 새들의 노랫소리가 들린다. 짝을 찾는 멧새들의 노랫소리는 축축한 습기가 가신 가을 햇살처럼 맑고 투명했다. 쇠딱따구리가 나무를 쪼는 소리는 스님이 두드리는 목탁 소리처럼 경쾌하게 리듬을 탄다. 산길을 오르며 몸이 따뜻해지니 마음이 좀 가벼워진다. 오솔길을 따라 산을 넘으면 보원사지터로 이어지고 백제의 미소로 칭하는 마애삼존불이 있는 곳으로도 이어진다. 얼마쯤 오르다가 다시 돌아서 내려온다.

다시 산신각으로 오니 댓돌 위에 있던 여인의 흰 고무신은 없다. 그 자리에 신을 벗어 놓고 산신각 안으로 든다. 손을 모으고 절을 시작한다. 특별히 간구하는 기도의 제목은 없다. 마음의 안정과 일신의 평안을 염원할 뿐이다. 구체적이지 못하고 막연하다. 가끔은 그런 나에게 화가 난다. 뭔가 특별히 간구할 주제나 마음의 염원이 없다는 것이 한심하다. 남들처럼 가족들의 안위나 자식이나 남편의 출세를 소원하는 기복(祈福)은 너무나 당연한 것인데, 당연하고 평범한 것을 받아들이지 못하는 자신이 밉다.

언젠가 수덕사 초입에 있는 수덕여관에 들렀을 때 우연히 산 복사본 그림의 제목은 '기도하는 여인'이었다. 흘러간 세월처럼 흔적만 희미하게 남아있는 수덕여관은 구한말 남성중심 사회에서 여성의 해방을 부르짖었던 신여성 3인방인 나혜석, 김일엽, 윤심덕, 이 중에서 나혜석, 김일엽이 잠시 머물렀던 곳이다. 수덕여관은 이처럼 여성예술가들의 삶의 정취가 남아 있는 곳으로 유명했지만 그보다는 수묵으로 문자추상, 인간군상 추상을 하는 '민족적 추상화'를 개척해 유럽 화단에서 주목을 받았던 고암 이응로의 체취가 강하게 남아 있는 곳이었다. 그림 한편의 조악한 낙관으로 보아 아마 그의 습작 시절의 작품이었을 듯싶었는데, 둥근 보름달이 절 지붕의 추녀에 걸려있고 치마저고리를 입은 여인이 선 채로 두 손을 얼굴로 모아 절을 올리는 모습을 형상화한 작품이었다. 대상물이 무엇이었든 기도라도 하지 않으면 견디기 힘들었을듯 구불거리는 질곡의 삶을 살아 온 이 땅의 여인들의 모습을 상징하는 듯해 마음이 끌렸다. 그래서 선뜻 사 들였고 지금도 가끔 건너다보는 그림이다.

절대자든 오래된 자연물이든 어떤 대상을 향해 무릎을 꿇고 절을 한다는 것은 단순히 동작의 반복된 행위에 불과하지만 매 순간이 새롭다. 번뇌가, 망상이 구름처럼 일다가 점점 사라져 간다. 특별히 간구하는 것은 없으니 막연히 내 육신과 영혼이 정결하고 편안할 것을 생각한다. 손에 움켜지고 싶은 욕심이 거세된, 그러나 숨이 찬 날선 욕망의 무게, 너무나 절박한 것이 있지만 그것은 나 이외 부처님에게는 물론 다른 대상에게 표현할 수 없는 불순한 것이다. 백팔 배가 지나고 무릎을 꿇고 그 자리에 앉았다. 땀이 이마를 흘러 눈을 쓰라리게 하는데도 정신이 맑아지지는 않는다. 눈을 감으니 바람 소리가 들린다. 내 마음에도 바람이 인다. 내가 가야할 길은, 어디인가? 그렇게 한참을 앉아 있다가 산신각을 나와 산길을 내려온다.

일행들은 다 내려갔는지 낯선 사람들뿐이었다. 작은 개울을 따라 돌계단을 내려가는데,

"어디 다녀오셨어요?"

나는 뒤를 돌아다본다. 그 사내였다.

"아, 예……. 산신각에요."

"안 보이시기에 한참을 찾았어요."

그의 말이 조금 거북하고 느끼하게 느껴졌지만 그리 싫지는 않았다. 그와 걸음을 맞춰 산을 내려온다.

"마라톤은 몇 번이나 했어요?"

그가 자기소개 때 쉽지 않은 마라톤을 했다기에 물은 것이었다.

"풀코스를 서른 번쯤 달렸지요. 이제 몸에 이상이 생겨 잘 달리지는 못해요."

"나도 한 번 달려 보고 싶은데……."

그 말을 건넸을 때 순간 그의 얼굴이 환해지는 것 같았다.

"잘 달리실 것 같은데요. 가까운 거리부터 한번 달려 보시지요."

그의 말이 한결 경쾌해진다. 일행들이 모여 있을 주차장이 멀지 않았다. 주변의 모습과 조화를 이루지 못하고 어색한 모습으로 서 있는 일주문을 앞에다 두고 어색하게 다시 거리를 두었다.

산사에 드는 첫 번째 문이면서 한쪽에 한 개의 기둥으로만 서 있는, 그렇게 두 개의 기둥으로 문을 이루면서 집의 형태를 갖추는 일주문, 그러나 이곳의 불편해 뵈는, 조화를 이루지 못하는 일주문은 나의 가정생활과 닮아있었다. 일주문을 지나오면서 '형식 없는 내용은 맹목이고 내용 없는 형식은 공허하다.'라는 칸트가 했다는 말을 떠올렸다.

일행들은 식당에 들어갔는지 보이지 않고 인솔자가 식당 앞에 서서 손짓을 한다. 점심 메뉴는 산채 정식이었다. 여러 가지 산채의 출처가 불분명했지만 이른 아침 출발한 탓인지, 좋아하는 산나물이라서였는지 밥 한 공기를 비웠다. 대부분 낯선 사람들이라 어색해서 반주로 나온 막걸리도 서너 잔 마셨다.

식사를 마치고 버스에 올랐다. 다시 저수지를 돌아 한낮의 아지랑이가 피어오르는 한적한 들길을 달린다. 다음 목적지는 해미읍성이다.

해미(海美). 바다가 아름답다는, 행정구역상 서산시에 속한 곳이다. 바다가 지척에 있었지만 70년대 말 대규모 간척공사가 시작되면서 아름다운 바다는 물길이 막혔고 멀어져 갔다. 간척공사는 70년대 특수(特需)를 이루었던 중동 건설현장에서 사용했던 중장비와 유휴인력을 활용한다는 목적과 대규모 농경지 확보라는 이유로 시작되었다. 홍성군 서부면 궁리와 간월도라는 섬을 연결하고 다시 태안군 남면 창리 등과 연결하여 바다를 막았다. 가장 길게는 새만금방조제까지, 서해안의 들고나는 구부러진 해안선들이 잘려 나가고 메워지면서 대부분 일직선으로 각을 이루면서 단순해졌다. 자연은 스스로 그러한 것처럼 죄다 구부러진다. 반듯한 것은 인위가 개입된 억압의 산물들이다.

지금은 사라지고 없는 '아름다운 바다'의 의미는 무엇이었을까? 그것은 단순한 풍광의 의미보다는 소통과 생성이었을 것이다. 그곳은 기기묘묘한 바위와 모래사장이 펼쳐진 해안선의 멋진 풍광이 아닌, 질척거리는 갯벌이 있던 곳이었다. 늘 젖어 있어 질척거리던 뻘의 소통 속에서 숱한 생명들이 잉태되어 바다로 나갔다. 그 뻘에 집을 두고, 뻘로 밥을 먹었고, 짝짓기를 하고, 동무들과 놀이를 했다. 뻘은 삶의 터전이었다. 개발로 인해 호수의 물은 소통하지 못하면서 녹조와 오염으로 썩어 가고 방조제 너머 갯벌이 사라진 바다의 생태환경도 바뀌었다.

한 기업가가 쓸모도 없을 법한 모양새의 갯벌을 메워 농토를 만들겠다는 생각을 한 데에는 더 많은 식량 증산이라는 국가 차원의 지향점이 고려되었을 것이다. 그러나 바다와 갯벌은 자연이 채워 주는 지속가능한 생명의 식량 창고였다. 소통하지 못하는 호수는 여름이면 진한 녹청색의 잉크 물로 채운 것처럼 녹조가 가득하다. 방조제를 허무는 것 외에 특별한 대책은 없는 것인가?

　그의 고향은 지금은 갈 수 없는 강원도 통천이었다. 청년시절 그는 지게를 집어던지고 키우던 소를 아버지 몰래 팔아 무작정 서울로 상경했었고 그렇게 진 빚을 갚듯 간척지의 목장에서 소를 키워 소 1,001마리를 두 차례로 나눠 방북하는 역사적인 사건을 연출했다. 프랑스의 문화 비평가 기 소르망은 '20세기 가장 아름답고 충격적인 전위예술'이라고 극찬했다.
　분단의 장벽을 넘어 소떼를 차에 싣고 고향께로 간 것을 사업상 이유나 정치적인 수단으로 치부할 수도 있다. 하지만 또다른 이유가 있었는데 사실 여부는 차치하고 이루지 못한 첫사랑과도 깊은 상관이 있다고 했다. 이루지 못한 첫사랑의 처자, 북에 있는 그녀를 한 번 만나겠다는 그의 지독한 미련처럼. 사내들에겐 이루지 못한 첫사랑에 대한 연민은 그토록 치명적이고, 죽음으로나 지워지는 뼈아픈 상처인지 모른다.

　이곳에서 멀지 않은 곳에 수덕사가 있다. 지난 60년대, '수덕사의 여승'이라는 노래가 유행되었던 적이 있었다. 그 노래의 가사에는 근대사의 신여성 3인방 중 한 사람이었던 일엽 스님의 사연이 담겨 있다. 담겨있다는 것은 사실 추측에 불과하다. '일엽'이라는 법명은 그녀와 염문을 뿌리기도 했던 춘원 이광수가 그녀의 아름다운 필체에 반해 지어준 것이라고 했다. 마치 영화속의 주인공처럼, 비련하지만 지고지순했던 한 사내의 이야기는 누군가에게 전해들었을 것이다.

1921년, 김원주는 첫 번째 결혼에 실패하고 동경으로 유학을 떠난다. 그녀는 한국 여성 최초의 일본 유학생이기도 했다. 당시 동경으로 향하는 열차에 타고 있던 규슈 국제대 법학과 출신의 한 청년은 이 한국인 여성을 보고 첫눈에 반하게 된다. 그의 이름은 '오다 세이조'로, 은행가의 아들이었다.

이들의 운명적인 만남은 단순한 연애로 끝나지 않았다. 그녀를 사랑한 일본인 청년의 선조 중에는 임진왜란 당시 조선에 출정한 일본군의 장수가 있었고, 한국인 처자의 부친은 독립운동가이자 목사였다. 이룰 수 없는 운명이었으나, 순정한 일본인 청년은 "그녀의 뱃속에 오다 가문의 핏줄이 자라고 있다."면서 결혼 승낙을 받으려 했다. 그러나 그건 절대 관철될 수 없는 금기의 높다란 벽이었다. 이에 그 청년은 가문과의 절연을 선언하였고, 그녀에게 아들을 낳고 일본에서 살자고 설득했다. 이듬해 그녀는 사내아이를 낳으니 일본 이름 '오다 마사오', 한국 이름 '김태신'으로, 훗날 화가이자 승려가 된 '일당' 스님이다.

그러나 그녀는 연인의 앞길을 막았다며, '천륜을 끊을 수는 없는 일'이라는 편지를 남기고 조선으로 돌아온다. 그 후로 세월이 흘렀지만 오다는 그 질긴 인연을 끊지 못하고 아들을 데리고 조선으로 들어와 그녀를 찾는다. 그때까지도 그녀와 가정을 이루겠다는 꿈을 버리지 못한 것이다. 그러나 그녀는 이미 출가한 상태였다. 그는 좌절하며 황해도의 친구에게 아들을 양자로 보낸다. 양자로 간 집에서 그 아들은 양어머니로부터 생모에 대한 소식을 듣게 되고 후에 그는 생모를 찾아가지만 비구니가 된 그녀는 냉정하게 절 밖으로 아들을 뿌리친다. 그때 절 아래 수덕 여관에 머물렀던 또 한 사람이 있었다. 당대의 신여성 나혜석이었다. 피폐해진 심신으로 속세를 떠나고자 했던 나혜석이 어미를 어미라 부르지 못하는 그 가엾은 아이에게 그림을 가르치며 보듬는다. 후에 그 아이는 정식으로 화가가 되어 일본의 권위 있는 미술상인 아사히상을 수상하였고 김일성 종합대학에 걸린 김일성 초상화를 그린 것으로도 유명해진다.

그로부터 1971년 어느 날, 병으로 누워 있는 수덕사의 비구니에게 한 노신사가 찾아온다. 첫사랑의 연인과 가까이 있기 위하여 총독부에 한국행을 지원했으며, 해방 이후에는 외교관으로 일하면서 평생 가문과 절연하며 살았던 특별한 남자 오다 세이조였다. 노신사는 병들어 누운 첫사랑의 연인을 만나기를 청하고 방문 앞에서 큰절을 올리고는 방에 누워 있는 그녀의 옆에 무릎을 꿇고 앉았다. 말없이 흰 손수건을 그녀의 손에 올리고 그 위에 자신의 손을 얹으면서 손을 꼭 잡았다.

영화로도 세 번이나 제작됐던 소설 『위대한 개츠비』에서도 마찬가지, 금주령 하에서 술을 파는 범법 행위로 큰 부자가 된 개츠비는 옛사랑을 되찾으려 화려한 파티를 연다. 그는 사랑을 찾는 데 금력을 수단으로 이용한다. 돈 앞에서 도덕이나 법, 모든 것이 무너지는 타락한 물질 추구 세태에서 그 세태에 편승하여 부를 축적한 개츠비에게 '위대하다'는 수식어를 붙여 준 것은 역설적으로 순정한 그의 마음을 강조하겠다는 의미였을 것이다.

"그리워하는데도 한 번 만나고는 못 만나게 되고, 일생을 못 잊으면서도 아니 만나고 살기도 한다. 아사꼬와 나는 세 번 만났다. 세 번째는 아니 만났어야 좋았을 것이다."

한 번은 읽었음직한 피천득의 수필 「인연」속의 한 내용이다. 그가 이 글에 쓴 '용기를 내어야 했을 때 그러지 못했다.'는 것은, 후에 친일 시비를 불러일으켰다. 하지만 많은 사람들이 그 암울한 시대에 맺어진 일본인 처자와의 관계를 의식하기보다는 아련한 첫사랑의 회상에 곁불을 쬐는 데 더 열중했다.

여자에게는 어쩌면 첫사랑이 추억의 한 페이지처럼 단순한 것일 수도 있고 지나간 계절처럼, 지나간 과거의 희미한 일부분으로 존재하기도 한다.

버스에서 내려 읍성 안으로 들어간다. 성(城)이 최후의 보루(堡壘)라면 해미읍성은 지형적으로 적을 막아야 한다는 절박함이 없다.

해미읍성은 '왜구(倭寇)'라고 칭해졌던, 일본인 해적단과도 깊은 상관이 있는 곳이다. 근래에는 공군 비행장도 들어섰다. 이제 그곳의 아름다운 바다는 이름으로만 남아 있다.

고려가 망해 갈 무렵인 15세기에는 온 나라에 왜구가 활개를 쳤던 시기로 수도인 개경 인근까지 들어와 주민들을 공포로 몰아넣었다. 최무선이 만든 화포가 빛을 발하던 시기이기도 했다. 이곳 해미도 뭍으로 오른 왜구들에게 철저하게 유린당했을 것이다. 훗날 조선이 개국하고 태종은 아들 세종과 함께 부석사가 있는 도비산에서 군사훈련을 했고 성종은 1491년 서해안 방어를 위해 당시 덕산에 있던 충청 병마절제사영을 이곳으로 옮기는 일환으로 성을 쌓았던 것이다.

성 안으로 들어가기 전 언젠가 기사에서 보았던 이야기가
생각났다.

지난 2012년 10월, 일본 대마도 서쪽 고즈나(小綱) 마을에 있
는 작은 절 간논지(觀音寺)에서 도둑맞았던 불상 하나. 그 불상
의 도둑들은 한국인이었고 불상은 다음 해 1월 마산의 냉동
창고에서 발견된다. 이 불상은 우연하게도 1330년 인근 도비
산의 부석사에 봉안된 고려 시대 금동 관음보살좌상이었다.
물론 그것은 아직까지 추측에 불과하다. 도비산의 부석사는
영주에 있는 부석사와 창건 설화가 일치한다. 이후 양국은 도
난당했던 이 불상의 반환 여부를 두고 옥신각신하다가 부석
사가 제기한 반환 금지 가처분 신청이 받아들여져, 현재 불상
은 대전 국립문화재연구소 수장고에 보관돼 있다. 고려사 기
록에 의하면 이곳에도 일곱 차례나 왜구의 침략이 있었다는데
저들의 약탈 목록에 분명 들어가 있지 않았을까.

성문을 통과하여 성 안으로 들어간다. 넓게 펼쳐진 초원 지
대에 눈이 절로 시원해진다. 오늘날까지 특이하게 평야 지대
에 남아 있는 성곽 축조의 시작은 조선 시대 태종까지 이어진
다. 성곽 둘레는 1,800m, 높이 5m, 면적은 20만㎡인 이곳은
군관이었던 이순신이 근무했던 곳이자 천주교 박해 때 천여

명의 신도들이 처형당했던 비극의 현장이다. 지난 2014년 8월에 방한했던 프란체스코 교황도 이곳을 방문했었다.

한쪽에서 해설사의 해설이 시작되었다. 나는 당시 수많은 천주교도들이 희생되었다는 회화나무 앞에 선다. 읍성의 옥사에 갇혀 있던 천주교도들은 날마다 파문을 강요받았을 것이다. 배교를 거부하던 신자 가운데는 회화나무에 그대로 교수된 사람도 있었다. 그들은 옥사에서 끌려나와 철사에 머리채가 묶여 이 나무 동쪽 가지에 매달렸을 것이고. 고통을 이기지 못하고 얼마 후 죽고 말았을 것이다. 그 이후로 회화나무를 교수목(絞首木)이라 부르는 사람도 있었다고 한다.

아마도 천주교도 중에는 여성들이 더 많았을 것이다. 당시 여성들 대부분은 노예처럼 거친 농사일과 가사 노동은 물론 성차별에도 시달렸다. 영국 여성 이사벨라 비숍은 이 땅을 다녀간 뒤 피상적이겠지만 그 거친 삶의 모습을 다음과 같이 기록으로 남기기도 했다.

'농촌 여성들은 가족의 모든 의복을 만들고 모든 식사를 준비하고 무거운 공이와 절구로 곡식을 탈곡하고 찧고, 무거운 짐을 시장까지 머리에 이고 나르며, 또한 물을 긷고 멀리 떨어진 지역까지 나가 밭일을 해야 했다. 그들은 일찍 일어나고 자정이 넘어서야 휴식하고, 틈날 때마다 실을 뽑고 베를 짠다.'

굳이 그 시절까지 거슬러 오르지 않더라도, 어린 시절 잠시 살았던 풍기에서 본 이웃의 여인들만 보더라도 충분히 짐작이 갔다. 노예 같은 삶, 남정네들의 폭력과 굴종을 감내하던 그네들의 삶은 지금까지도 뇌리에 슬프도록 강하게 남아 있다. 그래서인지 이 땅의 종교활동에서는 여성들이 적극적이었다. 그런 경향은 지금도 마찬가지다. 특히 기독교는 모성애와 여권의 억압으로 더욱 여성들의 활동이 두드러졌다.

어린 시절, 가끔은 교회에 다니던 여인들이 남편들에게 머리채를 잡혀 가던 모습이 선하다. 인류의 시원은 모계사회로 시작했으나 종교의 진화와 함께 남성의 권위는 신장되었다. 하느님 어머니가 아닌 '하느님 아버지'로 칭해진 이유도 그런 남성 중심의 의식 때문이 아니었을까. 처음 서학이라며 학문의 모습으로 이 땅에 건너온 종교에 죽음을 불사하도록 집착하게 하고 백성들을 가혹하도록 탄압하였던 근인은 무엇이었을까?

종교는 욕망을 버려야 할 것이라고 주문하지만 종교의 중심축에는 욕망이 흐른다. 종교를 통해 현재의 처한 곤경을 위로받고 극복을 구하거나 복을 구하는 마음, 윤회의 개념과는 다른 내세에 대한 염원, 또 다른 섬김의 대상을 두려워한 기득권층, 이 모두 색깔이며 농도가 어떠하든 그 본질은 욕망이었다.

그 후 일제강점기와 한국전쟁을 겪으며 종교는 강한 권력에의 동경과 열망이 배태되었고 이로 인해 권력과 동류의식을 갖게 되었고 지배 계층과 이해를 같이하는 부조리의 늪에 빠져들게 되었을 것이다.

　관아 터를 둘러보고 버스로 돌아왔다. 내 자리로 돌아왔을 때 현민은 먼저 와 있었다. 그가 말을 건넸다.
　"이곳에 오면 마치 빈 공간처럼 넓은 초원 지대의 풀밭이 참 좋은 것 같아요. 전에는 이곳에 관공서며 주민들의 집도 있었다는데."
　"맞아요. 성 안으로 사람의 손길이 가지 않은 넓은 공간이 있다는 것이 이곳의 장점일 거예요. 언젠가 누군가는 또 무엇을 만들려고도 하겠지만."
　일행들이 버스에 다 오른 것을 확인한 후 다음 행선지로 향했다. 이곳에서 멀지 않은 간월도에서 저녁으로 굴국밥을 먹고 갈 예정이라고 했다.
　원래는 해미읍성 답사가 끝나면 서울로 돌아갈 생각이었는데, 옆자리에 앉은 현민은 뭔가를 고민하는 눈치였다. 잠시 후 선반에서 배낭을 내리더니 앞으로 나가 모임의 인솔자에게 다가가 뭐라고 이야기를 하고는 그대로 버스에서 내렸다.

먼저 돌아가야 할 일이 있는 것일 거라고 생각했지만 왠지 서운했다. 양해는 아니더라도 먼저 간다는 말은 해주고 갈 수도 있었을 텐데.

　버스는 간월(看月)도로 간다. 달을 본다는 의미의 이 섬에는 무학대사가 중건했다는 간월암이 있고 어리굴젓이 유명하다. 이 섬에 딸린 작은 섬에는 절이 있었는데 조선의 억불 정책으로 절터는 명당을 찾는 무덤 터로 변했다. 그러다가 일제강점기 수덕사의 만공선사가 불사를 일으켰는데 성철스님도 만공선사의 권유로 이곳에서 일 년여 머물렀다고 한다.
　방조제도로가 끝나는 곳에 굴을 상징하는 탑이 세워져 있다. 통영 등의 남해안에서 양식되는 굴과는 다르게 이곳 천수만에서 채취된 자연산 굴은 그 옛날 수라상에 올랐을 만큼 각별한 맛이 있었다. 평소 다른 젓갈은 잘 먹지 않으면서 굴로 만든 젓갈은 편애하는데, 이곳 자연산 굴로 만든 것은 더 좋았다.
　버스에서 내려 간월암 입구로 갔지만 물이 빠지려면 한참을 기다려야 할 것 같았다. 일행은 근처의 식당으로 조금 이른 저녁을 먹으러 갔다. 굴의 철이 지나고 있었지만 굴국밥을 먹었다. 점심과 함께 먹은 반주의 취기가 남은 것 같아 술은 마시지 않았다.

저녁을 먹고 나왔을 때 해가 저물며 붉은 노을을 만들고 있었다. 다시 버스에 오르고 방조제 길을 따라 나선다. 한번은 마지막 물막이 공사 때 좁아진 물골로 몰린 거센 물살이 엄청나게 쏟아져 큰 돌들이 조류에 떠내려간 적이 있었는데 그때 그 기업가의 지시로 폐유조선을 이곳으로 끌고 와 물을 채워 조수의 흐름을 완화했다고 한다.

자연인 바다와 물막이 공사와 갯벌 조성이라는 인공. 그리고 소통 속에서 생명이 잉태하고 생성되는 이치가 차단된 인공의 바닷길. 나 역시 마찬가지였다. 소통하지 못하는 관계 속에서 나의 생명성도 사그라들고 사랑도 메말라 갔다. 한 달에 한 번쯤, 육체적인 소통도 마찬가지였다. 이제는 그 특수한 감정을 되찾을 이유조차 사라진 지 오래였고 꼭 필요한 말 이외에는 오고가지 않았다. 둘 사이에서 겨우 내뱉는 이야기라곤 경제적인 문제가 전부였다. 서로의 생활도 이제 무덤덤해졌다.

사랑에 대한 열정과 미래에 대한 열망을 피워보지도 못한 채 갑작스럽게 한 남자의 아내가 되어야 했고 소통하지 못하는 육신과 정신은 묵정밭처럼 거칠고 메말라져 갔다. 우연이든 필연이든 인연은 생겨나는 것이지만 관계는 그렇게 생겨나는 것이 아니었다. 관계가 상대적이라는 것은 저마다의 한계를 노출시킬 수밖에 없는 수렁과도 같은 것이었다. 빠져나오려고 버둥거릴수록 더 깊이 빠져가는, 부부라는 공간도 마찬가지였다.

가정이라는 울타리를 벗어나는 것은 불순하다는, 한편으로 잃을 것에 대한 미련이 내 발목을 옥죄였다. 실체가 불분명한 도덕률과 버려야할 것에 대한 미련은 내 코의 생살을 뚫고 꿰어진 코뚜레였다는 것을 체감하면서 차마고도 여행을 꿈꾸고 있었다. 내 삶이 척박해지면서 오지 여행에 대한 환상을 품었고 문명과 격리된 오지에 사는 순진한 이들의 순정한 삶을 막연히 동경해 왔다. 가파른 숨길과 산길을 오르내리다 보면 내 거친 마음이 순해질 것 같았고, 자연의 원시적인 풍광 속으로 들어가 극한의 환경과 체력의 한계를 극복하겠다는 일반적인 목표나 목적에서는 크게 벗어나 있었다. 비켜서지 못하는 현실의 답답함을 벗어나겠다는 내 마음은 소설 『잃어버린 지평선』에서처럼, 미지의 이상향을 찾아 나서겠다는 허튼 열망을 부풀려가고 있었던 것이다.

버스는 바다를 떠난다. 갯벌을 잃은 바다는 스스로 우울했고 풀이 죽어 있는 듯 했다.

나는 차마고도를 그리워했다.

서울에 도착한 것은 오후 9시쯤이었다. 주말이 아니라도 전용차로가 적용되지 않는 고속도로는 길게 밀렸다. 여행에서 돌아와 헤어지는 시간은 늘 외롭고 쓸쓸하다. 오히려 일행들과 인사도 없이 헤어지는 것이 더 편하다는 생각을 한다. 집으로 돌아가는 것, 아늑한 나의 공간이지만 사랑하는 가족과 같이할 수 없는 공간은 쓸쓸하다. 어두운 땅속을 달리는 전차 안에서 그를 다시 생각했다. 피곤한 몸을 씻고 누웠을 때 개심사의 개울물 소리가 들리는 듯했다.

출근 시간의 압박과 가족들을 위한 아침 준비가 없는, 느슨한 아침은 다소 무력하다. 시간의 억압으로부터 벗어난 자유를 생각하기도 하지만 여전히 강박은 남아 있다. 아침은 생략하고 커피를 내렸다. 커피 향을 음미하며 창가에 서니 플라타너스 가로수에 연초록빛 물이 오르고 내 메마른 마음에도 설핏 첫사랑 같은 설렘이 미열처럼 스멀거린다.

피어오르는 욕망

    가끔 혼자 영화를 보러 간다. 학창 시절에는 여럿이 모여 영화를 보러 갔지만 지금은 같이 갈 수 있는 사람이 없다. 시간은 물론 취향을 맞추는 것도 쉬운 일이 아니었다.

    영화의 제목은 '쓰리'였다. 독일 영화는 생소했지만 평소 톰 티크베어만 감독의 영화에는 관심을 가지고 있던 터였다. 베를린에 거주하는 여주인공 한나는 오래된 연인 시몬과의 익숙한 일상과 새롭게 다가온 남자 아담와의 짜릿한 밀회를 즐긴다. 긴 세월을 함께한 시몬에게서 느낄 수 없는 신선한 흥분과 설렘을 아담에게서 제공받은 한나의 일탈은 무료한 일상을 살고 있는 사람이라면 꿈꿀 만한 일이고, 가질 법한 욕망이다. 바로 '바람'의 욕망. 누군가에게는 신바람이 되고 누군가

에게는 눈물바람이 되는 지독하고 잔인한 욕망 말이다. 한나
와의 관계에 있어서도, 일에 있어서도 굴곡 없고 안정된 삶을
살아가던 시몬은 인생의 굴곡을 겪으면서 무력감을 느끼는 중
이다. 그러다 우연히 아담을 알게 되고 그를 통해 짜릿한 흥
분을 경험하면서 삶의 방식에 변화를 주기 시작한다.

　이렇듯 대담하게도 한나와 시몬을 동시에 유혹하는 아담
은 사회적으로 인정받는 유능한 줄기세포 분야의 권위자이
다. 사회적 시선과 규범으로부터 자유로운 아담의 존재는 편
안하지만 단조로운 일상에 길들여진 한나와 시몬에게 거부할
수 없는 은밀하고도 짜릿한 유혹이자 도피처처럼 보이기도 한
다. 그것은 보는 이의 심리 상태에 따라 다 다를 것이다. 영화
는 실제로 개인들이 내면에 품고 있는 열망과 사회적으로 뿌
리내린 규범화된 가치들 사이의 역설적인 관계를 뛰어난 통
찰력으로 담아내고 있다. 하지만 다른 한편으로 그것은 비애
이기도 하다. 그러한 관계는 지속될 수가 없기 때문이다. 영
화를 보고 뭔가 탈출구를 생각하기보다는 나의 욕망을 내보인
것처럼 부끄럽고 가엾어진다.

　극장을 나와 점심은 스파게티를 먹으러 갔다. 아무리 자주
하더라도 결코 익숙해지지 않는 것이 혼자 밥 먹는 행위이다.

과장된 여유를 부려야 하고 젓가락에서 벗어나 또 다른 시선의 방향을 찾아야 한다. 혼자 먹는 점심이란 언제나 먹는다는 행위보다 공허함의 허기를 메우는 행위에 더 치중하는 듯싶다.

휴대폰의 진동음이 핸드백을 흔든다. 낯선 번호였다. 망설이다가 전화를 받는다.

"여보세요."

"안녕하세요?"

낯선 남자의 목소리였다. 긴장했는지 아니면 긴장이 풀렸는지 다음 이야기가 이어지지 않는다.

"누구시죠?"

어떤 미련 같은 것이 있었을까. 미련보다도 나른한 봄볕 때문이었을 것이다.

"저 김현민입니다. 지난번에 인사도 못하고 중간에 올라와서 죄송했습니다."

"근데 전화번호는 어떻게 알았어요?"

긴장감을 감추려고 여유를 부리듯 그에게 물었다.

"아 예, 다 아는 방법이 있죠."

그도 여유롭게 비켜 나가고 있었다.

"혹시 오늘 저녁에 시간 있으세요?"

그는 호기롭게 물었다.

"대학로 연극표가 두 장 있어서요."

그는 특별한 이유를 만들었다는 듯이 말했지만 오히려 내가 위축된 듯 즉답을 피하고 있었다.

"미안해요. 오늘 저녁 모임이 있어서."

생각하고 내뱉은 답변이 아니었다. 그렇다고 여자라서 한번 튕겨 본 것도 아니었다. 왠지 겁이 났다. 그에게서 달아나야 한다는 거짓의 몸짓이었다.

"알겠습니다. 다음에 전화하겠습니다."

통화가 끝났을 때 조금 아쉬웠다. 접시에 스파게티가 남아 있었지만 더 이상 식욕이 생기지 않았다. 골목길에 목련 꽃잎이 추레하게 지고 있다. 꽃을 피우기까지의 기다림에 지치고, 놀이공원의 놀이기구처럼 봄 들녘을 오르내리는 꽃샘바람에 지쳤을 것이다. 목련이 피기 시작하면 꽃샘추위가 한 번쯤은 꼭 지나간다. 목련 꽃잎이 추레하게 지는 이유가 거기에도 있을 것이라고 생각했다.

번호 키를 누르고 집에 들어갔는데 현관에 남편의 구두가 놓여 있었다. 갑자기 가슴이 답답해져 왔다. 사전에 이야기도 없이 갑자기 올라온 이유가 무엇일까?

"언제 오셨어요?"

언젠가 어디로든지 떠나야 하는 자유 아닌 자유

반가운 인사나 질문은 아니었다. 남편은 방에서 나오며,

"어딜 그렇게 싸돌아다니는 거야. 집 정리도 하지 않고."

라며 나를 바라보지도 않고 창문 쪽을 바라보며 고함치듯 말했다. 얼굴이 화끈거리고 화가 치밀어 올랐지만 참았다. 방으로 들어가 외출복을 벗고 다시 거실로 나왔다.

"점심은 먹었어요?"

갈라진 목소리에 절로 퉁명스러움이 묻어났다. 남편은 대답이 없다. 잠시 후 남편은 준비했던 것처럼 불만을 쏟아 냈다. 대화를 하겠다는 의도는 전혀 없었다.

"요즘 일하지 않는 가정주부가 얼마나 된다고. 당신은 일도 하지 않으면서 집구석 정리도 제대로 못하고 도대체 뭐하는 거야. 당신 무슨 일 있어. 어떤 놈이라도 만나고 다니는 거야?"

어이가 없어 뭐라 대꾸할 말이 없었다. 그의 목소리는 가시덤불 곁을 지나는 것처럼 내 마음을 할퀴고 있었다. 그는 아이가 학교에 다니게 되면서부터 직장 타령을 하기 시작했다. 신혼 때 바느질을 해서 살림살이를 새로 장만하고 집을 사는 데 보태기도 했는데 그는 은근히 고정적인 직업을 갖기를 바라고 있었다. 마음이 편치 않았지만 집안을 정리하기 시작한다.

나는 삼남매 중 둘째로, 위로 오빠가 하나 있다. 오빠는 집

안의 기둥 같은 존재였고 막내는 막내로서 존재감이 확고했다. 중간인 나는 늘 불편한 존재였다. 항상 부모님으로부터 관심을 얻기 위하여 노력했지만 부모님의 기대에 미치지 못했다. 분명히 더 노력한다고 하는데도 그저 그랬다. '열 손가락 깨물어 안 아픈 손가락 없다.'는 옛말도 있지만 그 말도 일반적인 수사에 불과한 것처럼 엄마는 늘 나를 탐탁지 않게 생각하셨다. 대놓고 구박하지는 않았지만 피해 의식처럼 나는 겉돌았다. 여대생이었을 때 만났던 이성 친구들도 마찬가지였다. 내가 관심을 가졌던 남자들은 나를 떠나갔고 관심도 없는 남자들이 치근거리곤 했다.

대학을 졸업하고 교직에 나가고 싶었지만 뜻대로 되지 않아서 무역 회사에 입사했다. 신입 사원으로 근무한 지 3개월쯤 지났을 때 건강하시던 아버지가 쓰러지셨다는 연락을 받았다. 병원에 도착했을 때 아버지는 폐암 말기라고 했다. 젊은 시절에 끽연을 즐기셨지만 근래에 담배도 끊으셨는데, 마른 하늘에 날벼락이었다. 직장에서는 타의 모범이 되며 존경받으셨고, 가정에서는 자상한 아버지였는데, 어느 새인가 아버지의 몸은 만지기만 해도 부서질 것처럼 야위어 있었다.

혹시 나 때문에 그런 것은 아닐까?

아버지의 기대에 미치지 못했다는 죄책감이 나를 괴롭게 했고 최선을 다하지 못한 삶에 후회가 되었다. 이제라도 아버지를 위해 무엇이든 하고 싶었다. 봄볕이 곱던 날 두 번째로 병원에 들렀을 때 아버지는 내 손을 잡고 힘들게 말씀하셨다.

"은영아, 이제 마지막으로 네 손을 잡고 너의 신랑에게 가고 싶구나."

예상외의 말씀이었다. 결혼이라는 것을 전혀 생각해 본 적 없던 터라 너무나 당황스러웠다. 그렇지만 사랑하는 아버지의 마지막 소원이라고 생각하니 꼭 들어드려야 한다는 절박감이 내 마음을 옥죄었다. 결국 친구 소개로 몇 번 만났던 사람과 결혼을 서둘렀다. 급하게 결혼 날짜를 정했다. 그때부터 아버지는 초인적인 의지로 산책을 나가고 몸을 움직이셨다. 그런 아버지의 모습을 보는 것이 고통스러웠다. 결혼식 날짜는 정했지만 모든 것이 어수선했다. 예비 시댁에서 나를 탐탁지 않게 생각한다는 것도 나를 괴롭혔다.

평생 한 번, 신부가 된다는 기쁨은 어수선함 속에 묻히고 아버지는 삭정이처럼 부서질 것 같은 몸으로 내 손을 잡고 신랑에게로 갔다. 신랑의 얼굴은 환한 낯빛이 아니었다. 그의 부모들도 마찬가지였다. 지금 생각해 보면 당시의 불편한 상황과 나를 바라보던 신랑의 차가운 눈빛은 내가 살아갈 암담한 미래의 전조였다.

갑자기 죄인이라도 된 것 같았다. 몸이라도 부지런히 움직이지 않으면 안 될 것 같았다. 집안 정리를 하고 점심을 준비했다.

"식사해요."

청소로 몸이 풀려서인지 음성이 부드러워졌다.

"지금 몇 신데 밥을 먹으라는 거야?"

남편의 목소리는 다시 높아졌다. 시계를 보니 오후 두 시를 넘어서고 있었다. 한 달 만에 올라온 남편이었다. 그런데 외출복으로 갈아입고 밖으로 나갈 채비를 하고 있었다. 늘 이런 식이었다. 나는 식탁을 정리하고 방 안으로 들어갔다.

귀한 집안에서 태어난 외동아들. 남편은 사람들과 만나는 것도 좋아하지 않았다. 다 그런 것은 아닐 테지만 보통 이공계 전공자가 그런 것처럼 남편도 자신의 전문 분야 외에는 무관심했고 사람들과의 관계도 원만하지 못했다. 물론 나에게도 문제가 있을 테지만 그런 현상에 대해 더 이상 나를 자학하고 싶지 않았다. 현관문이 닫히는 소리가 났다. 자리에서 일어나 캔버스를 세웠다. 마음이 심란할수록 집중할 것이 필요한데 나에게는 그림보다 좋은 것이 없었다.

시골 풍경이다. 아버지와 함께 살던 풍기의 시골집. 개울가에 작은 기와집이 한 채 서 있고 복사꽃이 돌담가로 서 있지만 아직 꽃은 환하게 피지 않았다. 언젠가부터 남편과의 사이가 벌어지고 생활이 답답해질수록 아버지가 가슴속을 채워가곤 했다.

생각해 보면 여자에게 어머니는 친구와도 같은 것이고 아버지는 고향과도 같은 것이다. 남자들에게는 어떨까. 그 반대일까? 아닐 것이다. 내가 알고 있는 남자들 대부분은 아버지와 친구처럼 지내지 못했다. 프로이트가 말한 것처럼 무슨 무슨 콤플렉스의 연장선일지도 모른다.

아버지는 금세라도 무너져 내릴 것 같은 몸으로 내 손을 잡고 걸어가서는 떨떠름한 표정의 사위에게 내 손을 건네주셨다. 아버지는 그로부터 일주일 후 눈을 감으셨다. 무언가를 말하고 싶은 절박한 모습이었지만 끝내 그 말을 밖으로 꺼내시지는 못하셨다.

처음에는 시댁에 살림을 차렸다. 시어머니는 알게 모르게 새 며느리인 나를 구박했다. 처음부터 맘에 들지 않았던데다 탐탁지 못한 혼수도 한몫했을 것이다. 더 좋은 집안의 아가씨와 결혼시킬 수 있었을 텐데 하는 아쉬움이 나를 향한 미움으로 변한 게 아닐까. 필시 그들은 아들이 꾐에 빠져서 나와 결혼했다고 믿었을 것이다.

나의 피난처이고 바람막이와도 같은 존재였던 아버지가 세상에 계시지 않는다는 사실만으로 나는 더 절망스러웠다. 게다가 남편은 직장 생활에 잘 적응하지 못하는 것 같았다. 그나마 다행인지 불행인지 남편이 지방대학에 자리가 생겨 부산으로 분가해야 했다.

　지옥 같은 시댁에서 벗어난다는 것에 내 마음에 오랜만에 온기가 돌았다. 그렇다고 얼굴에 표시할 수도 없었다. 바삐 이사 준비를 했다. 부산은 늘 가고 싶던 곳이었다. 대학 시절 그곳에 갔을 때 산자락까지 올라간 집들과 복잡한 시내거리를 보며 이름만큼 부산스럽다고 생각했지만 바다가 있다는 것은 더없이 큰 위안이었다. 바다는 어딘가로 떠날 수 있다는 여백과도 같은 공간이었다. 동백섬을 돌아 해운대의 백사장을 걸었던 추억만으로도 늘 다시 가고 싶었다.

　그러나 현실은 낡고 허름한 집에 갇혀 사는 것이었다. 시댁 식구들의 불편한 시선을 피해 이곳에 온 것은 다행스러운 일이었지만 말도 물도 낯선 곳이었다. 이 세상에 내 편은 아무도 없다는 단절감과 외로움이 나를 엄습했다. 신혼의 달콤함은커녕 섬처럼 외롭게 떠 있는 나는 뭐라고 소리라도 질러야 했다.

무인도처럼 울타리가 없는데도 갇혀있는 듯한 답답한 섬에서 탈출하기 위하여 내가 택한 수단은 바느질이었다. 어려서부터 어머니 어깨 너머로 보고 배운 것이었다. 그나마 일이 없으면 십자수를 놓았다. 한 뜸 한 뜸 수를 놓으면서 옛 여인들의 삶을 생각했다. 관습의 억압과 일상의 속박 속에서 삶이 얼마나 굴곡졌으면 이런 복잡한 것을 고안했을까 하고. 그리고 내 질곡의 삶도 이제 시작인가 싶었다.

초가 주변으로 돌담이 세워졌을 때 날이 어두워졌다. 저녁 준비를 하기 위하여 캔버스를 접었다. 식사를 차려 놓고 남편에게 전화를 할까 하다가 그만두었다. 여덟 시가 지나간다. 혼자라도 먹을까 하다가 역시 그만두었다.

스며드는 향기

　사월 중순, 여의도며 남산의 벚꽃이 지고 라일락이 피기 시작했다. 개심사에 이어 두 번째 답사지는 강진이었다. '남도 답사1번지'로 널리 알려진 곳이다.

　관광버스가 출발하는 곳은 양재역 근처였다. 먼 길이어서 출발 시간은 이른 새벽이다. 문득 김현민, 그 사람도 와 있을지 궁금했다. 조금 묘한 감정으로 버스에 올랐을 때, 그 사내가 반갑게 손을 들었다. 반가웠지만 그 옆자리에 앉자니 어딘가 불편했다. 그에게 눈인사를 하고 비어 있던 앞자리에 앉았다.

　버스가 출발했다. 산에는 연초록 새순들이 번져 가고 있었다. 봄볕이 들에 가득했다. 유월이면 온 산이 뿌예지도록 밤꽃이 피는 공주 땅 정안을 지나고 금강을 건너, 얼마 전에 아들이 입대했던 논산훈련소 인근을 지난다.

  하나밖에 없는 아들은 입대하기 하루 전날에야 군에 간다
는 이야기를 전했다. 그것은 누구에게서도 듣도 보도 못한 일
방적인 통보였다. 자식들이 군에 가는 과정이 어떠하였는가
는 친구들이며 주변을 통해 익히 들어서 더 그러했다. 언젠가
입대를 앞둔 아들을 둔 친구가 '왜 군대는 만들었는지 모르겠
다.'며 나에게 생뚱맞은 화풀이를 해대던 일도 생각났다.
  아들은 입대를 앞두고 어디로 갔는지 코빼기도 보이지 않았
고 나는 나대로 우울한 시간을 보냈다. '이등병의 편지'의 애절
한 가사가 그때만큼 와 닿은 적이 없었다. 자립심 있는 아이였
어도 내 손으로 귀하게 키운 아들임엔 변함없었기 때문이다.
  그해 겨울은 유난히 추웠고 입대하던 날은 겨울의 한복판,
소한(小寒)이었다. 저녁나절 친구들을 만나러 간다면서 던진
말이었으니 뭐라고 큰소리 칠 기회도 얻지 못했다. 남편에게
전화를 했다.
  "아이가 갑자기 내일 입대한다네요. 저녁에 올라오셔서 내
일 같이 훈련소에 갔으면 하는데요."
  나의 목소리는 퉁명스러웠지만 간절했다. 남편도 당황했을
것이다. 그러나 뭐라고 대답이 없었다. 평상시에야 그렇다 하

더라도 이런 경우는 특별한 것이었으니 어떤 반응이 있어야
한다고 생각했다,

"여보, 이번에는 꼭 당신이 올라와 주세요. 아니면 훈련소
근처에서 합류하는 방법도 있겠네요."

읍소하듯 남편에게 다시 절절한 마음으로 부탁했다. 잠시
동안의 침묵이 숨이 막힐 정도로 갑갑했다.

"그 자식은 왜 갑자기 이 엄동설한에 군대에 간다는 거야.
그리고 이제 이야기하면 지금 어떻게 하냐고, 내일 예정된 일
이 있는데. 당신은 도대체 자식을 챙기는 거야, 마는 거야?
누구나 가는 군대 그 자식 혼자서 가라 해."

남편 목소리는 뭔가 단호하게 마음을 정한 듯, 톤이 차분했
다. 전화기를 내려놓으면서 눈물이 쏟아졌다. 거실 진열장의
문을 열어젖히고 닥치는 대로 그릇이라도 꺼내 사정없이 던
지고 싶었다. 그런 사람인 줄은 알고 있었지만 지금은 상황이
다르지 않나? 엄동설한에 군에 입대하는 아들의 입장도 막막
한 것이었지만 아들을 군에 보내는 어미의 마음과 이제 혼자
집을 지켜야 한다는 사실이 나를 옥죄어 왔다. 커튼을 젖히니
창밖에는 내 마음처럼 검은 빛으로 눈이 날리고 있었다. 음악
을 듣고 싶었다. 아니, 우울하고 슬프고 싶었다.

'라라의 테마'.

눈 덮인 자작나무 숲에 눈바람이 쉼 없이 일었다가 사라지
듯이 영화 속 주인공 라라의 운명처럼 만남과 헤어짐을 생각
하다 창문을 열었다. 라라를 태운 마차는 이미 눈길 속으로
사라지고 있었다.

밤늦게 들어온 아들은 친구들과 같이 훈련소에 입소하겠다
고 했다. 그럴 수는 없었다. 부지런하게 아침을 준비했지만
아들은 어젯밤의 숙취 때문인지 몇 숟갈 뜨다 수저를 내려놓
았다. 베란다의 창문에는 두툼한 성에가 꽃을 피우고 있었다.
어젯밤에 자른 듯한 아들의 머리통은 어린아이 시절의 윤곽을
그대로 드러내고 있었다. 오랜만에 아이의 본래 모습을 보는
것 같아 반가운 마음도 없지 않았다. 내게 보이는 머리통의
윤곽만큼 아들의 마음을 알 수 있으면 좋으련만, 결국 그 속
은 영원히 알 수 없을 것이었다.

고속도로에서 빠져나왔을 때 훈련소로 가는 도로는 주차장
으로 변했다. 춘천처럼 추운 전방이 가까운 곳이 아니어서 다
행이라 생각했지만 마음은 이래저래 말할 수 없이 불편했다.

많은 젊은이들이 가족들과 함께 부대 안으로 들어가고 있었
다. 들어가기 전에 점심을 먹어야 할 것 같았다. 아들에게 무
엇을 먹을 건지 물었다.

"먹고 싶지 않은데요. 부대 앞에서 친구들을 만나기로 했는데."

아들은 어미의 마음은 눈곱만큼도 생각하는 것 같지 않았다. 여기까지 와서 또 친구 타령이었다.

"친구들에게 전화해 봐. 같이 점심 먹게."

아들은 친구들에게 전화를 한다. 근처에 있는 것 같았다. 친구들이 있다는 곳에 차를 세우고 가까운 중식당으로 들어갔다. 그곳의 식당들 간판은 유난히 컸다. 입소하거나 면회 오는 뜨내기손님들을 유인하기 위한 자구책인 것 같았다.

배웅 차 내려온 친구들은 모두 세 명이었다. 안면이 있는 친구도 한 명 있었다. 친구들의 표정도 밝지는 않았다. 아무것도 아닌 양 쉽게 '군에 다녀와야 어른이 된다.'라고 말하기도 하지만 곱게 자란 요즘의 아이들에게 입대란 목까지 잠기는 강에 들어가는 심정일 것이다. 입대하는 친구를 배웅하려고 왔다지만 머지않아 자신들에게 닥칠 일을 더 걱정하는 지도 몰랐다. 그렇더라도 멀리까지 친구를 위해 내려온 것은 고마운 일이었고 나와 같이 점심을 마주하는 것도 마찬가지였다. 탕수육과 양장피도 시켰지만 술은 마시지 않았다. 아들의 친구들도 자제하는 것 같았다. 식당 주차장에 차를 세우고 걸어가기로 했다. 길가에는 입영 준비물을 판다는 노점과 가게들이 식당들 사이를 빼곡하게 채우고 있었다.

부대 안에서 마이크로 통보하는 소리가 들려 걸음을 빨리했다. 전체 입대자 중에서 절반쯤이 이곳에서 훈련을 받는다고 했다.

먼발치에서 입소식 행사는 지켜볼 수 있었지만 아들과는 헤어져야 할 시간이었다. 아들은 친구들의 손을 잡고 이어 내 손을 잡아 주었다. 아들의 품에서 한시도 떨어지지 않았을 휴대폰도 한참을 만지다가 넘겨주었다.

"엄마, 잘 지내요."

아들은 담담하게 말했지만 내 눈에서는 눈물이 흘렀다. 아마도 아들은 아버지의 빈자리를 느끼면서 엄마에게 연민을 느꼈을지 몰랐다.

입소식은 간단하게 진행되었고 아이들은 연병장을 한 바퀴 돌아 사전에 편성된 생활관으로 들어갔다. 행진하는 대열 속에서 아들의 모습을 찾았을 때 옆에 있던 아들의 친구들이 아들을 향해 손을 흔들고 있었다. 눈물이 쏟아졌다. 친정아버지가 돌아가셨을 때 이후로 처음이었다. 남편이라도 곁에 있었으면 하는 생각을 지울 수 없었다.

창가를 넘나드는 나른한 햇살을 맞으며 그 슬프던 날의 꿈을 꾸었다. 그 막막하도록 슬픈 날도 세월 따라 추억이 되었던 것인가? 남녘의 들판에 푸른 보리가 숲의 나무들처럼 바람결에 흔들린다. 물결치듯 바람에 눕고 일어나는 보리를 보니한하운의 「보리피리」라는 시가 생각났다. 소록도에 갔을 때그의 시비는 서 있지 못하고 누워 있었다. 그곳에 강제로 수용되었던 한센병 환자들이 근처의 바다에서 옮겨온 것이었다고 했다.

"이 더러운 문둥이새끼들, 썩어 문드러진 몸을 아껴선 뭘할 테냐?"

저주 같은 욕설을 들으며 '어깨에 메어도 죽고 놓아도 죽는'극단의 고통을 감내하며 어깨에 피멍을 새겼을 가엾은 이들. 좋은 집안에서 태어나 유망한 젊은이로 사회생활을 시작했으나 어느 날 숨어 있던 병마가 모습을 드러냈고 젊은 시인은 나락으로 떨어졌다. 가늠할 수 없는 좌절과 절망, 채 피워 내지못한 인생의 꽃숭어리를 씹으며 절규처럼 시인은 노래했을 것이다.

보리피리 불며
봄 언덕
고향 그리워

피-ㄹ 닐니리

나주의 너른 들에는 배꽃이 환하게 피었고 물비늘이 반짝이는 강물을 따라 유채꽃이 노란 물결로 흐르는 듯한 영산강을 건너자 영산포가 모습을 드러낸다. 하굿둑이 건설되기 전에는 큰 포구였던 이곳은 이제 지명으로만 남아 있고 예전 포구의 명성 대신 홍어가 유명해졌다.

본디 홍어의 본고장은 흑산도이다. 삼별초 항쟁 시대에 고려의 조정은 공도 정책을 펼치면서 흑산도 바로 앞 영산도 사람들을 육지로 강제 이주시켰다. 그러니 고향에서 쫓겨나 여러 날을 항해해야 했던 '보트 피플'이 영산도를 떠나올 때 챙겨온 음식들은 모두 상해서 버려야 했을 것이다. 그러나 홍어는 유일무이하게 삭아도 유별한 풍미를 지닌 생선이었다. 어물을 실은 풍선(風船)이 영산강을 거슬러 오르면서 냉동실이 없던 그 시절의 배에서 자연스럽게 숙성되었고 이곳 남도 지방에서 특별한 미각을 풍겨 내는 음식의 대명사가 되었다. 훗날 영산도며 흑산도 사람들이 홍어를 잡아 육지에 팔러 갈 때 영산포에 살고 있는 고향 사람들을 찾아가 수월하게 판 데서 '영산포 홍어'의 명성이 쌓이게 되었다고도 한다. 처음 홍어라는 음식을 접할 때에는 멀리 있는 냄새도 진저리치게 역겨웠는데 이제는 찾아서 먹기도 한다.

영암 읍내를 지나면 한하운의 「전라도 가는 길」이라는 시의 시작처럼 가도 가도 붉은 황토가 드러난 올망졸망한 산이 보이고 갑자기라는 표현이 당연하도록 푸른 들판 너머 기기묘묘한 높다란 산의 모습이 나타난다. 월출산이다. 이 고장 출신 가수, 하춘화가 부른 '달타령'이라는 대중가요로 널리 알려진, 여성적인 섬세함과 남성적인 거친 골격미가 드러나는 산이다. 바라보는 방향과 높이에 따라 각기 다른 모습으로 보이고 계절마다 각기 다른 풍광을 드러낸다.

월출산 동쪽 끝을 굽이돌아 오르면 불티재 고갯마루에 이르고, 커다란 입간판에 청자의 모습과 함께 '어서 오십시오. 남도답사 1번지 강진군입니다.'라는 인사말이 보인다. 언제든 나를 반겨 줄 것처럼 익숙하고 자연스러운 풍경. 근래에는 터널이 지나면서 이 고갯마루로는 버스가 다니지 않는다.

이른 새벽 출발한 버스는 점심나절을 지나고 강진 읍내로 들어선다. 강진(康津)이라는 지명처럼 바다가 가까운 곳이다. 읍내로 들어서 먼저 김영랑 시인의 생가로 간다. 남산에 '소월로'와 '산유화' 시비가 있는 것처럼 강진에는 '영랑 로터리'와 '모란이 피기까지는' 시비가 있다.

김영랑은 3·1운동 때 강진에서 의거하려다 일본 경찰에 체포돼 6개월 간 옥고를 치러야 했다. 김영랑의 시 중 나는 '모란이 피기까지는'과 '돌담에 속삭이는 햇발같이'를 좋아했다.

옛 집을 새로 단장하였고 마당에는 모란꽃이 만발했다. 시인은 왜 모란꽃을 봄의 완성으로 생각한 것인가? 그 화려함에 비해 너무 빨리 낙화해 아쉬움을 주는 꽃. 영화 '황진이'에서 소꿉장난처럼 결혼하는 장면이 기억난다. 어린 황진이는 족두리 대신 모란꽃을 머리에 달고 혼인하자 했다.

해설사가 시인의 옛 삶의 흔적을 봄바람에 날리고 있었다. 날씨는 더운 느낌으로 옷깃을 넘는다. 봄바람이 좋다. 복원한 초가들은 너무 빤빤하여 어색하다. 뒤꼍으로 간다. 대나무와 오래된 동백나무들이 좋다.

"뒤꼍이 참 좋지요."

내 느낌을 들여다본 듯 그가 곁에 와 있었다.

"비원이 창덕궁의 후원이듯이 한옥의 멋과 맛은 뒤꼍에 있는 것 같아요. 저는 오래된 한옥에 가면 그 집의 뒤꼍에 꼭 가보곤 한답니다."

나의 표정이 밝아 보였는지 그는 말을 이었다.

"맞아요. 어렸을 때 집 뒤에 대숲이 있었어요. 대숲은 사계절 중 겨울철에 참 좋았어요. 찬바람에 댓잎이 청청해지고 눈이라도 내리는 날에는 눈이 댓잎을 스치며 내는 소리가 참 좋았어요."

"눈이 댓잎을 스치면서 소리를 낸다고요?"

약간 천진해 뵈는 표정이 귀여웠다.

"그럼요. 눈이 댓잎을 스치면 댓잎은 더 푸르러지고 댓잎과 눈이 교감하듯 소리를 내는 것이지요. 달빛이 호수 위를 지나는 소리가 들릴 만큼 마음이 호수처럼 고요해져야 들을 수 있다곤 하지만 어쨌든, 보통 대나무보다는 잎이 넓고 큰 시누대밭에서 더 잘 들을 수 있지요."

농담인 줄 알았는지 그가 자못 진지한 표정으로 물었다.

"그럼 그 소리를 한번 내 보실래요."

나는 당황스러웠다.

"그 소리를 기억하지는 못해요. 너무 짧은 순간 지나가고 대숲에 가득 차 있는 소리여서."

"그럼 비슷한 소리라도 내 보세요."

그는 약점을 잡은 것처럼 나를 채근했다. 궁색스러웠지만,

"내가 직접 그 소리를 내는 것보다는 눈 오는 날 시누대숲에 모시고 가 들려드릴게요."

하고는 그곳을 돌아 나왔다. 점심시간이었다. 식당은 시인의 생가에서 가까운 곳이었다.

식당은 수더분한 밥집이었다. 일행은 대부분 자리를 잡고
앉아 있었다. 나도 어색했지만 현민과 마주 보고 앉았다. 기
본적인 상은 차려져 있었다. 한정식은 아니었으나 상다리가
휘어질 정도도 아니었다. 바닷가 고장답게 해산물 위주로 차
린 상이었다. 내가 자란 풍기의 산골 음식과는 비교할 수가
없었다. 음식이 약간 짭짜름하고 감칠맛이 난다. 민물새우로
담근 토하젓은 익숙한 맛은 아니었으나 별미였다. 같은 식자
재라 하더라도 지방에 따라 음식 맛의 차이는 분명하다. 막걸
리도 한 잔씩 나누었다.

오후의 행선지는 다산초당이다. 다산초당은 남도답사 1번
지의 상징적인 공간이었다. 대학 시절 친구들과 한 번 들른
적이 있었으나 많은 시간이 지났다. 그때는 역사적인 인물에
대한 별다른 관심이 없어 잘 몰랐지만 이후 다산에 대한 나름
의 관심을 가지면서 지금은 다른 기분으로 그곳에 간다. 그
분에 대한 관심이 깊어졌다는 건, 아는 만큼 보이기 때문일
것이다.

왕의 총애를 받던 정약용은 왜 유배의 길을 나서야 했던가?
정치적인 행위이면서 형벌의 수단도 되는 유배는 가장으로서
나 사회인으로 존재감을 모두 박탈하는 치명적인 것이었다.
'流'와 '配'는 둘 다 귀양의 의미가 있다. '귀양'은 죄를 지은 관

리를 자신의 고향으로 보내는 벌을 주는 '귀향(歸鄕)이라는 말에서 유래되었다. 그러나 형벌로는 가볍다는 인식 때문에 낯선 오지로 유배지를 바꿨다고 한다. 이곳 강진처럼 남도 지방과 남도 지방의 섬, 제주도, 함경도의 삼수나 갑산도 해당되었다. 조선 후기에 이르러 유배지로 선택된 섬이 많아졌는데 외부와 단절은 물론, 식량 등 척박한 섬의 환경과 오가는 바닷길의 이동 위험성까지 계산된 것이었다.

군신 관계를 넘어서는 친구이고 동지였던 두 사람. 주군인 정조와 그의 흉중에 있었던 정약용은 주군의 갑작스럽고 의문스런 죽음으로 팽팽하던 삶의 긴장이 일시에 끊어지는 형국이었고 결국 자신의 죽음과도 마주 서야 했다. 가까스로 죽음의 위기를 넘겨 유배를 떠나야 했지만 다시 불려 와 죽음과 맞닥트린 그는 절박한 위기를 가까스로 넘기고 다시 유배로 나섰다. 그 길이 강진이었던 것이다.

강진 읍내를 벗어나 완도 방향으로 가다가 좌회전하여 들판을 지난다. 지금도 한적한 시골이지만 그 당시는 지금과는 비교할 수 없는 한촌이었을 것이고 누구 한 사람 알아봐 주고 반기는 이도 없었을 것이다. 주군의 총애를 받았던 시절은 옛이야기고 절해고도, 무인도에 버려지기라도 한 듯 막막한 심정이었을 것이다. 그나마 나주까지는 정약전, 그의 가형과 함께였으나 형은 흑산도로 가야했기에 나주 율정점에서 헤어졌다. 그 후 형제는 다시 만날 수 없었다. 정약전은 흑산도에서 지내는 동안 섬사람처럼 물고기를 연구하여 우리나라 최고(最古)의 어류학서(魚類學書)인 『자산어보』를 남겼다. '자(玆)'는 흑이라는 뜻으로 자산은 흑산과 같은 말이다. 정약전은 흑산이라는 이름은 음침하고 두렵다며 가족에게 편지를 보낼 때 흑산 대신에 자산으로 표기했다고 한다. 그래서 이 책의 제목도 자산으로 정했다. 그는 후인의 고험(考驗)에 도움이 되고자 썼다며 '자산어보'의 저술 이유를 밝히기도 하였는데, 정치 이면에 민생을 고민한 흔적이 역력했다.

또 흑산도에서 동생에게 보낸 편지에서 그는 동생 정약용을 향한 존경하는 마음을 가득 드러냈다.

'지난겨울에 주고받은 편지에서 전에 깨닫지 못했던 것을 새로 들은 것이 많구나.

또 전에 나 홀로 깨달은 것 중에 너와 생각이 같은 것도 알게 되었단다.

우리 두 사람은 형제이고 같이 배웠기에 그럴 수 있었구나.

참으로 신기하고 묘하여 웃음이 절로 난다.

내가 아침에 우연히 뜻을 깨달아 스스로 만족하고 있었는데,

그날 네 편지가 도착해 나와 네 뜻이 같음을 알게 되었단다. 너의 손을 잡고 등을 두드리며 내 아우야, 내 아우야 하고 부르고 싶은데 그러지 못하여 안타까울 뿐이다.'

산을 넘고 바다를 건너야 하는 먼 거리에서 이동의 자유가 없는 죄인의 몸으로 떨어져 지냈지만, 정약전과 정약용은 유배지에서도 편지를 주고받으며 변함없는 형제애를 지켜 나갔다. 가족들을 그리워하면서도 마음은 늘 가까이에 머물면서 편지로 서로의 안부와 생각, 집필하고 있는 책에 대한 의견을 나누며 가장 가까운 벗이자 멘토로 지냈던 것이다. 그러다가 정약용이 풀려난다는 소식에 정약전은 동생을 보기 위해 우이도로 마중을 나가려 했지만, 흑산도 주민들이 말리는 바람에 가지 못했다. 1년 후 가까스로 주민들을 설득하여 우이도로 갔으나, 이번에는 정약용이 의금부에서 보낸 공문을 받지 못해 우이도로 가지 못하고 결국 1816년 정약전이 우이도에서 세상을 떠나면서, 두 형제는 영원한 이별을 맞게 된다.

정약용에 대해 관심을 가지면서 많은 책을 보고 그 질곡 같은 삶을 생각했다. 그래서 처음 왔을 때처럼 단순히 풍광을 보려는 것이 아닌, 그 시절에 돌아가 이야기를 나누고픈 마음이었다. 주군의 총애를 받던 이의 유배였다면 그저 그런 심사였겠지만 그는 18년이라는 유배 기간 동안 목민심서(牧民心書)를 비롯하여 숱한 저술 활동을 펼쳤다.

흔히 다산의 유배지를 답사하는 사람들은 무심코 다산초당으로 향하지만 알고 보면 그곳은 네 번째 유배지이면서 마지막 장소였다.

'나는 가경 신유년 겨울 강진에 도착하여 동문 밖 주막집에 우거하였다. 을축년 겨울엔 보은산방에서 기식하였고, 병인년 가을에는 학래의 집으로 이사했다가, 무진년 봄에야 다산에서 살았으니 유배지에 있었던 것이 18년이다. 읍내에서 8년을 살았고, 다산에서 11년을 살았다. 처음 왔을 때에는 사람들이 모두 겁을 먹고는 문을 부수고 담을 무너뜨리기도 했고 달아나므로 편안히 만나는 것을 허락하지 않았다.

정약용의 저서 『다산신계』에 나오는 대목이다.

20여 년 전의 강진은 지금처럼 잘 알려지지 않은 곳이었다. 다산초당으로 가는 길 역시 마찬가지였다. 이곳에 주둔하는 부대의 간판을 이정표로, 완도로 가는 길에서 갈라지는데, 들어서면 농로로 작은 비포장 길이었다. 경운기 한 대만 마주서도 서로 눈치를 보아야 하는 좁은 길이다. 예전의 구불거리던 길은 넓게 포장된 도로로 바뀌었다. 초당이 가까워지면 강진만 구강포의 넓은 바다가 그 건너편으로 이어지는 연봉과 함께 시야에 잠겨 온다.

　이름도 정겨운 귤동 마을이다. 매우 한가로운 촌락이었지만 이제는 많은 시골 마을들이 그렇듯이 별장 같은 주택들이 즐비하다. 마을을 지나고 초당이 있는 가파른 길을 오른다. 이 길을 오르던 시기는 다산의 유배 생활이 11년쯤 지나던 시기였을 것이다. 큰 아들 학연이 한 번 다녀갔다고 하지만 그 외로움과 그리움은 끝이 없었을 것이다. 잠시 혼자가 되어 그 길을 오른다. 가파른 초당으로 가는 길에 석상을 옆으로 세워 둔 펑퍼짐한 산소가 나타난다. 해남 윤씨 윤종진의 묘라는 비명이 있다. 다산이 유배 시에 만났던 외가 쪽의 사람일 것이다. 지금도 초당 아래 귤동 마을에는 해남 윤씨들이 많다. 그의 곁에 선 석상이 고졸(古拙)하다는, '기교는 없으나 예스럽고 소박한 멋이 난다.'는 의미의 말이 적합하다. 오솔길가로 곰솔과 삼나무가 하늘을 가린다. 듬성듬성 대나무들이 공간을 나누고 서 있다. 초당으로 오르는 길에 나무뿌리들이 흙 속에 들지 못하고 드러나 있다.

　정호승 시인은 초당으로 길을 오르면서, 흙 속으로 숨지 못하고 숨겨야 할 신체의 일부를 생각했다고 한다. '학문적 이상을 정치 개혁과 사회 변혁을 통해 이루고자 했으나 끝내 이루지 못하고 정치적으로 유배된 다산 선생은 지상으로 뿌리가 드러난 이 유배의 산길을 걸으며 무슨 생각을 했을까. 초당으로 가는 이 산길에서, 반드시 땅속으로 뻗어 나가야 할 뿌리가 굳이 지상으로 구불구불 힘차게 뻗어 나온 까닭을 무엇이라고 생각했을까. 나라의 뿌리는 백성이고, 정치의 뿌리도 국민이며, 사랑의 뿌리 또한 서로 껴안고 하나가 되는 데에 있다고 생각하신 게 아닐까. "이 길은 뿌리의 길이야." 나는 그때 마음속으로 이 길을 '뿌리의 길'이라고 명명했다. 하늘과 구름과 별이 보이는, 지상으로 당당하게 뿌리가 뻗어 있는 그 길이 다산 선생의 애민(愛民) 정신을 상징적으로 나타내는 길이라고 생각했다. 다산 선생이 그 뿌리의 길을 통해 국가든 개인이든 우리 삶의 어디에서든 근본과 본질을 지키는 게 무엇보다 중요하다는 것을 무언으로 말씀하시는 것이라고 생각했다.'

드러난 뿌리들이 밟히고 밟혀 상처로 생각할 수 없을 만큼 반질반질 윤이 난다. 초당으로 올라선다. 초당은 일찍이 허물어지고 외가 쪽 사람들이 세운 기와를 올린 건물이 우뚝하니 서 있다. 마루에 앉아 서늘한 바람을 맞는다. 인솔자는 이곳의 주인이었던 이의 자취를 이야기로 만들어 들려준다. 집필은 대부분 유배 종반부의 산물이고 유배 기간 중에 마음을 썼던 것 중의 하나가 바로 자식들의 교육이라고 했다.

다산은 자식들에게 편지를 썼다. 언젠가 그의 부인 풍산 홍씨가 장롱 속에 고이 간직했던 빛바랜 다홍치마를 남편에게 보냈을 적에는 그 천을 잘라 천에 시를 적어 보내기도 했다. 그보다는 어린 나이 열다섯에 시집오며 입었던 다홍치마를 남편에게 보내는 여인의 마음은 어땠을까? 남편에 대한 그리움과 원망, 오십 줄에 접어든 자신의 나이에 대한 다소간의 원망과 안타까움이 있었을 것이다. 자식 아홉을 낳고도 천연두로 여섯을 가슴에 묻어야 했다. 남편도 없이 홀로 누에를 키우며 농사일을 하며 자식들을 키웠으니 말할 수 없이 힘들었을 것이다.

다산은 그 치마폭으로 하피첩을 만들었다. 하피첩(霞帔帖)이라고 이름 붙인 이유는 곧 붉은 치마(홍군, 紅裙)를 돌려 말하고자 한 것이다.

3년 뒤 다산은 시집간 외동딸에게 그림 하나를 보낸다. 아비로서 아무것도 해 주지 못한 미안함을 담아 서첩을 만들고 남은 천 조각에다 한 해 전 시집간 외동딸에게 줄 그림을 그렸다. 꽃이 활짝 핀 매화 가지에 올라탄 멧새 두 마리를 그려 넣은 그림, '매조도(梅鳥圖)'이다. 장남 학연이 두어 번 다녀갔지만, 아내와 외동딸은 유배 기간 내내 얼굴 한 번 볼 수가 없었다. 하물며 외동딸의 시집가는 날도 함께 해 주지 못했으니 아비로서 다산의 심경이 오죽했을까.

다산초당에서의 일정을 마치고 백련사로 간다. 동백 등 상록수림과 차나무 등 산길이 서늘하고 곱다. 연초록으로 피어나는 잎들이 생명력이 넘친다. 다산이 차를 배우러 수없이 걸었던 백련사 가는 길을 따라 밟는다. 초당 가까운 곳에 천일각이 있다. '하늘 끝 한 모퉁이'의 뜻으로 천애일각(天涯一閣)을 줄인 말이다. 그 시절에는 없던 정자였다. 이 언덕에서 주군과 흑산도로 간 형님을 그리워하며 스산한 마음을 달랬을 것이다. 행여 아내와 자식이 살아가는 모습을 먼 곳에서 들려오는 풍문으로나마 들어보려던 안타까운 마음이었을 듯싶은데, 그러하더라도 이곳에서 만난 벗과 같은 이들이 있었기에 그 외로움과 고통을 견딜 수 있었을 것이다.

다산이 처음 이곳에 내려왔을 때 그를 거두어 주었다는 주막의 주모는 유배 18년의 이정표 같은 존재였다. 대역 죄인을 무서워하고 멀리하는 마을 사람들과 달리 동문 밖 주막의 늙은 주모는 정약용을 거두어 주막 뒷방에 머물게 했고 다산은 그곳에서 4년을 보냈다. 정약용은 뒷방 이름을 사의재(四宜齋)라 명명했다. 의(宜)는 마땅히 해야 할 네 가지 일이나 도리에 맞는 것, 또는 옳음을 말한다. 맑고 깨끗한 생각, 진중한 말, 엄정한 행동, 단정한 용모로 생활하기로 한 정약용의 마음이 담긴 이름이었다. 이슬을 가리고, 바람을 피할 수 있는 방 한 칸을 얻어 그의 강진 생활이 시작되었다. 사의재란 이름은 그 럴듯했지만 주막집 뒷방에 거처하는 사람의 마음은 스산했 다. 이렇게 시작한 것이 무려 18년의 세월이 될 줄 알았을까.

천일각을 지나 언덕을 오르고 내리면 다시 해월루가 있다. 사방이 훤하게 트였고, 멀리 강진만이 내려다보인다. '바다 위에 뜬 달'이라는 뜻으로 지었다니 그 이름에 걸맞게 전망이 수려하다. 강진만과 그 너머 연봉들이 정겹다.

누각에 올랐을 때 그 남자가 멀리 시야를 두고 있었다. 내 시선이 머무르자 그가 나를 돌아보았다.

"백련사의 혜장선사와 이곳에서 자주 만났다더군요. 저는 이른 아침 산에서 내려온 안개가 저 강진만을 거슬러 오른 바 다를 따라 흐를 때가 참 좋았던 것 같아요. 저 바다 너머의 나 지막한 연봉들이 같이 흘러 나가는 것 같은. 몇 해 전에 나주 에서 예까지 걸어서 왔던 적이 있었어요. 이른 새벽에 출발하 여 추위와 허기진 배를 안고 이곳에 올랐을 때 저 강진만 너머 의 산에서 내려오는 안개를 만났었지요. 그때 나는 신선이 된 것 같았어요. 지금은 그저 그러네요. 저 풍경보다는 곁에 계 신 분이 꽉 차 있어서 그런 것 같아요."

그는 부끄러웠던지 고개를 돌려 바다를 보고 있었다. 뭔가

언젠가 어디로든지 떠나야 하는 자유 아닌 자유

대꾸를 해 줘야 한다는 의무감 같은 것이 있었으나, 무심한 척 멀리 장흥의 천관산 쪽을 바라보았다. 무언가 이야기로 지금의 어색한 상황을 벗어나야 했다.

"처음 내려오셨을 때는 물 설고 사람도 설어 두고 온 가족들이 눈에 밟혔겠지만 이곳에서 제자를 만나고 사람들을 만나면서 견딜 수 있었겠지요. 처음 주막의 여인이 그를 거둔 것은 정말 불행 중 행운이었던 것 같아요. 이곳에서 스님을 만났던 것도 마찬가지고. 다산(茶山)에서 차의 의미처럼 혜장선사의 제자였던 초의선사와의 만남도 마찬가지이구요. 유교와 불교는 추구하는 가치가 다른 것이지만 서로를 존경하는 마음에 정이 쌓이는 계기가 되기도 하였을 테지요."

말을 마치고 누각을 내려가기 시작했다. 동백나무 숲이 어둡다. 철 지난 동백꽃이 시들지 못하고 땅 위에도 피어 있다. 차밭을 지나면서 절을 건너다본다,

"군 생활 당시 처음으로 동백꽃을 보았어요, 나무에 피어 있는 꽃보다는 땅에 떨어진 꽃이 더 강렬함을 주었어요. 지고 나서도 시들지 않고 피는 꽃, 땅에 져서도 시들지 못하는 꽃, 그때부터 동백꽃을 좋아했지요. 물론 토종이랄 수 있는 홑동백꽃이지요. 요즘 흔히 보는 겹동백은 일본에서 건너온 것이고 꽃은 화려하지만 청순미는 없지요."

"그때 군 생활은 어떠했어요?"

"울면서 갔다가 울면서 떠나야 했지요."

"그게 무슨 소리예요?"

"말 설고 물 설은 것이야 그렇다고 치고, 처음 그곳 사람들과 부딪치면서 불쾌하고 불편했던 경우가 많아 그랬던 것 같아요. 말씨라든가, 알게 모르게 지역적인 정서 차이도 있었던 것 같고. 그랬는데 삼 년쯤이 지나고 그곳을 떠나오려니 떠나기가 너무 싫었어요. 단순히 정이 들었다는 표현만으로는 설명할 수 없는 것이지요. 그곳은 내가 입고 있던 제복처럼 산도 들도 바다 빛처럼 사철 푸르렀지요. 면 단위의 섬에 배치된 초소를 순찰하고 푸른 상록수림과 바다를 바라보며 아름다운 산하에 대한 사랑과 연모를 가슴 가득 품었던 시절이었어요. 그것은 나무 한 그루, 풀 한 포기에 이르는 그곳 자연에 대한 애착이었을 뿐 아니라 생명의 창고처럼 먹을거리를 채워 주던 바다와 들을 터전 삼아 살아가는 순박한 사람들에 대한 친밀감이었기도 했을 거예요. 시간이 지날수록 자연스럽게 애정이 깊게 뿌리를 내려 그곳의 자연을 돌보며 아끼게 되었고, 겨울철이면 산불 진화 작업을 돕고 휴일에도 자원하여 산으로 달려갔었어요. 그곳의 나무 한 그루, 풀 한 포기라도 내 손으로 지켜 내고 싶은 나름의 표현 방식이었던 것이지요."

그의 말은 길게 이어졌지만 들뜨지 않고 차분했다. 백련사가 가까워지고 있었다. 절 주위로 짙은 상록수림과 연초록 활엽수의 잎들이 대비를 이루면서도 조화를 이룬다. 만덕산 아래 강진만을 내려다보는 백련사는 신라 말에 창건된 사찰이다. 그 후 고려조에 원묘국사 요세에 의해 중창되었다. 요세는 귀족불교에 대한 반발로 서민불교 보현도량을 중창하고 '백련결사운동'을 통해 전국에 알려졌다. 후에 억압되었던 조선 시대 불교가 민간신앙으로 중흥하면서 효령대군의 후원으로 백련사는 중창될 수 있었고 여덟 명의 국사가 배출되었다. 가람의 배치는 투박하다. 대웅보전의 현판은 18세기 이광사의 글씨라고 했다. 그의 글씨는 투박하면서 기품이 있다. 대웅전 기둥에 기대어 구강포를 바라다본다. 앞의 만경루도 언덕으로 불편하게 서 있다. 구강포의 풍경을 끌어들이기 위함인가?

"겨울에 이곳에 오면 저 앞의 동백숲이 인상적이지요. 소나무 같은 침엽수만 있는 중부 지방에서는 볼 수 없는, 한겨울에도 짙은 초록의 무더기들."

그도 옆 기둥에 기대어 구강포를 내려다보고 있었다. 해설사가 이곳에 대해 설명하고 있었다. 나는 풍경을 내려다보는 것이 좋아 건성건성 듣는다. 단조로운 듯 경내를 한 바퀴 돌아보고 주차장으로 내려온다.

　다시 버스에 오르고 향한 곳은 오늘의 마지막 행선지인 무위사이다. 대중들에게 거의 알려져 있지 않다가 답사기를 통해 유명해진 절이었다. 버스가 강진 읍내를 거쳐 성전을 지나니 저 앞으로 월출산이 보인다. 월출산 너머로 도갑사가 있다. 국도에서 벗어나 마을길로 들어선다. 월출산을 뒤로 하고 드넓은 들판을 지나 무위사에 도착한다. 처음 와보는 절이다.

　버스에서 내렸을 때 그가 곁에 서 있었다.

　"과거에는 정말 고졸(古拙)하단 말이 딱 맞게 기교는 없으나 예스럽고 소박한 멋이 나던 절집이었다는데, 근래 들어 그 공간을 채워가면서 그 예스런 멋을 잃어버린 절이 되었어요. 스님들은 도대체 뭘 생각하시는지 모르겠어요. 모든 종교가 마찬가지긴 하지만 출가 제한 연령을 높이고 예쁜 모델로 포스터를 만든다고 해서 나아지겠냐는 거예요. 불제자가 되겠다는 젊은이들은 해마다 줄어드는데 말이죠."

　사실은 나도 그의 생각과 마찬가지였다. 부처님을 모시진 않아도 가끔 절에 오면 합장은 하는 정도인데 그때마다 대부분의 절집들이 중창불사라며 새 건물을 세우는 모습이었기 때문이다.

　극락보전을 한 바퀴 돌고 안으로 들어갔다. 아직 삼배를 올리는 것이 어색해 손을 모으고 인사만 올린 뒤, 극락보전만큼이나 유명한 불화벽화를 본다. 무위사에는 모두 29점의 불화벽화가 전해져 내려오고 있고 27점은 보전각에 별도로 전시 중이다. 아미타후불벽화와 백의관음도는 극락보전 안에 원화 그대로 보전되어 있다. 두 손을 가지런히 모으며 아미타후불벽화를 본다. 그가 옆에 와 있었다.

"전설처럼 파랑새가 그렸다는 불화이지요. 극락보전을 완성한 주지스님이 불화를 그릴 화공을 섭외하지 못해 고민하고 있었는데 마침 지나던 거지 차림의 노승이 불화를 그리겠다고 자원했던 모양입니다. 그런데 노승이 49일 동안 극락보전의 문을 열면 안 된다는 조건을 제시했대요. 하여간에 그리하시라 하고 49일을 기다려야 했답니다. 불화를 그리는 것인지 마는지, 굶어 죽었는지 살았는지, 진짜 불화를 그리는 스님인지 걱정은 되었지만 잘 참고 48일을 버텼는데 마지막 하루를 남겨 두고 더 이상 참지 못한 주지스님은 창살문에 구멍을 내어 안을 들여다보았다는 것이지요. 그런데 법당 안에 노승은 간데없고 작은 파랑새 한 마리가 입에 붓을 물고 그림을 그리고 있더래요. 파랑새는 마지막 관음보살의 눈을 그리다가 인기척에 놀라 날아가 버렸고 그래서 보시다시피 눈에 눈동자가 없는 것이지요. 이 불화는 당나라 화가 오도자가 그렸다는 설도 있는데 시대가 맞지 않는 것이고, 이 전설은 내소사에도 전해진다고 해요."

그의 이야기가 얼마나 진지한지 전설이 아니라 정말 그랬던 것 같았다.

"그런 전설이 전해진다는 것은 에피소드 같은 것이 아니라 뭔가 의미가 있게 느껴지네요. 그런데 여기는 언제 왔었어요?"

"글쎄, 그런 면은 깊이 생각해 보지 않았네요. 앞에서 이야기한 대로 완도에서 군 생활할 때 지나가면서 한 번 와 봤었지요. 그때도 조금 관심이 있었지만 지금 생각해 보면 아쉬움이 많아요. 그 당시 좀 더 자투리 시간을 활용해 자연 식생과 문화유산 등을 깊이 공부했더라면 하는 아쉬움이지요. 아 참, 뒤로 돌아가면 꼭 보셔야 할 불화가 있어요. 부처님 뒤로 돌아가야 하니 불경스러울 수도 있지만 꼭 보셔야 해요."

그는 앞장서서 법당의 후면으로 돌아간다. 백의관음도였다. 흰 옷을 입은 관음보살이 연잎을 타고 일렁이는 물결 위를 건너는 모습. 그런데 부처님의 얼굴이 전체적으로 커 보여 조화를 이루지 못하고 어색해 보였다.

"서서 보시지 말고 무릎을 꿇고 한번 올려다보세요."

그의 말이 불편했지만 그가 먼저 무릎을 꿇었으므로 한걸음 뒤에서 무릎을 꿇고 앉았다. 그리고 불화를 올려다보았다.

아, 이렇게 부처님의 얼굴이 달라 보일 수 있는 것인가. 내 눈을 의심할 수밖에 없었다. 밑에서 위로 올려다보니 정상적인 구도로 보였다.

"정말 그러네요. 믿을 수가 없지만 저렇게 조화를 이루는 모습이라니요."

"아마도 멀리서 바라볼 수 없는 공간적인 제약이 있었기 때문에 화공은 그런 것까지 고려하여 보는 사람의 시점에서 불화를 볼 수 있도록 그린 것일 겁니다. 나를 낮추면 낮출수록 아름다운 부처님을 만날 수 있다는 의미까지도 불화 속에 장치했다고 볼 수 있는 거지요."

무릎을 꿇은 상태에서 손바닥을 뻗어 절을 올리고는 다시 불화를 올려다보고 일어섰다.

"말해 주지 않았다면 그냥 지나쳤을 텐데, 고마워요."

가볍게 그를 추워주었다.

극락보전을 나왔을 때 봄바람이 지나간다. 너른 평지에 있다 보니 강물처럼 한곳으로 흘러가듯 분다.

"올라오면서 보신 보제루는 새로 만들어진 것이고 극락보전 뒤꼍에 있던 대숲은 없어졌어요. 무위(無爲)가 아닌 유위(有爲)인 것이지요. 나는 그런 유위(有爲)가 슬프답니다."

나는 그의 말에 웃어 주었다.

다시 한 번 극락보전을 돌고 월출산도 올려다보았다. 『나의 문화유산답사기』에서 읽었던 무위사의 늙은 개 이야기가 생각나 주변을 돌아다보았다. 이십여 년 전, 그때에도 늙은 개였으니 아직 이승에 있을 리는 없을 것이다. 답사기에서 저자는 집배원의 붉은색 자전거를 보고 달려들었다는 아주머니의 말을 인용하며 늙은 개에게 적색공포증 같은 것이 있다는 걸 이야기한다. 그러면서 무위사의 늙은 개마져 냉전 시대, 분단 시대의 지병을 앓는 것인가? 하는 이야기로 마무리한다. 그는 후에 노무현 정부 시절 문화재청장을 역임했다. 그 역시 색깔을 드러낸 행로에 대한 보상의 의미가 있지 않았을까.

일행들이 버스에 올랐을 때 오후 4시가 훌쩍 넘고 있었다. 서울로 돌아가야 할 시간이었다. 차가 밀리는 주말 오후에 당일 코스로 이곳까지 내려왔으니 어둔 밤길을 달리며 지루한 시간을 견뎌야 한다. 그와 같이 앉고 싶었지만 출발했던 자리 그대로 앉아야 했다. 나주를 지나면서 술을 돌리기 시작하고 노래를 시작한다. 술이야 먹을 수도 있는 것이지만 노래는 좀 그렇다. 지루함을 물리치긴 하지만 좁은 공간 안에서 나를 놓아둘 만한 공간이 없기 때문이다. 나의 사정이야 어찌되었든 돌아가면서 노래를 시작한다. 내 차례가 돌아왔을 때 '동백 아가씨'를 불렀다. 백련사 동백 숲에서 땅에 져서도 시들지 못하는 동백꽃의 비애를 떠올리며 나의 비애를 버무려 목소리를 냈다. 매혹적인 음색은 아니었던 터라 노래가 끝났을 때 왠지 무안해졌다. 또 쓸쓸하기도 했다. 계속해서 차례가 이어지고 그가 통로로 불려 나왔다. 그는 쑥스러운지 시선 둘 곳을 잃고 두리번거리다가 천정에다 시선을 두었다. 그가 말한 제목은 동요 '파란 마음 하얀 마음'이었다.

"우리들 마음에 빛이 있다면 여름엔 여름엔 파랄 거예요."

그는 소년처럼 진지하고 단정하게 불렀다. 노래는 잘 못한다던 그의 말이 생각났다.

"2절은 같이 부르실래요. 제가 먼저 부르고 여러분이 따라 부르시면 됩니다. 우리들 마음에 빛이 있다면 겨울엔 겨울엔 하얄 거예요."

대부분 같이 따라 부르면서 분위기는 상승되었고 그의 얼굴은 다시 소년처럼 붉어졌다. 처음 동요를 부른다고 했을 때는 의아했는데 듣고 보니 동요라는 것이 꼭 애들을 위한 노래만은 아니라는 생각이 들었다. 때로는 어른들의 마음도 훈훈하게 만들어 주니까 말이다. 어느덧 노래를 부르는 것도 시들해지고 논산을 지나면서 차 안의 분위기는 다시 밤으로 돌아왔다.

서울에 도착한 것은 오후 열 시쯤이었다. 양재역 근처에서 내렸을 때 그도 따라 내렸다. 다른 일행들도 같이 내렸고 함께 전철역으로 내려갔다. 그와 승차 방향은 반대였다. 다시 헤어져야 하는 시간이었다. 그는 내가 타는 방향으로 왔다.

"가시는 것 보려구요."

그는 수줍은 듯 웃었다.

"그럴 필요 없는데. 오늘 좋은 시간이었어요."

인사치레와도 같은 말이었지만 사실이었다. 전동차가 들어서고 그와 헤어져야 했다. 그는 전동차가 떠날 때까지 그 자리에 서 있었지만 손을 흔들지는 않았다.

집에 도착해 샤워를 하고 잠자리에 들었다. 먼 길을 떠났던 탓에 몹시 피곤했다. 그런데 아침에 일어나 컴퓨터를 켰을 때 낯선 메일이 한 통 와 있었다. 주저하다 메일을 열어 보니 그가 보낸 글이 들어 있었다.

문 닫아도 소용없네
그의 포로 된 후
편히 쉴 날 하루도 없네

아무도 밟지 않은 내 가슴 겨울 눈밭
동백꽃 피 흘리는
아픔이었네

그가 처음으로 내게 왔을 때
나는 이미 그의 것이었네

부르면 빛이 되는
절대의 그
문 닫아도 들어오네

탱자 꽃 하얗게
가시 속에 뿜어내는 눈물이었네

– 이해인

절대자에 대한 지고한 사랑을 노래한 것이라지만 탱자 꽃 이야
기를 쓰다가 창을 닫고 짧은 편지를 씁니다. 가시 끝에 푸른 물
을 길어 올리고 싸락눈처럼 가시 사이로 내려앉았다가 별처럼
피어나는 꽃. 소년은 탱자 꽃을 좋아도 했지요. 가파른 가시에

찔려 가면서도 향기를 보고 삼키곤 했었는데, 그 소년이 탱자
꽃처럼 어른거렸습니다.
사나운 탱자 꽃 가시에 찔린 것처럼 아픈 그리움이 가슴에 피어
나고 있었습니다.

김현민 드림

그의 글을 읽고 창문을 열었을 때 아침 햇살이 환하게 쏟아
져 들어오고 있었다. 봄 햇살이 나에게 오는 것 같았다. 그에
게 짧은 답장을 썼다.

언젠가 길을 걷다가 우연히
담벼락에 기대어 피어 있는 꽃을 보고
한 컷 찍어 와 책상 앞에 세워 두었습니다.

지금 다시 보니
들을 건너고 산을 넘어
골짜기의 흰 물줄기를 지나

그 집 담벼락에 안착한 듯합니다

이름 모를 꽃은
부르지 못하는
애절한 사랑의 노래 같습니다

빗방울 후두둑 떨어지고
세찬 바람이 불고
어둠이 깔리면
가만히 기대어 봅니다

스며든 깊은 향기가
새벽안개로 잠깐 떠 있다가
어디론가 스미듯 사라질까 두렵습니다

답장을 보내고 잠시 두리번거렸다. 내 속을 내보인 것 같아
어쩐지 속이 헛헛했다. 계절은 봄을 만끽하기도 전에 성큼성
큼 여름으로 달려가고 있었다. 그럴수록 그를 생각하는 시간
이 많아졌다. 막연했지만 전화를 기다리기도 했다.

주말에는 화천에서 근무 중인 아들에게 면회를 가야겠다고 생각했다. 아들은 논산에서 훈련을 마치고 월남전 당시 파병 교육장이 있던 파로호 상류 지역에 위치한 특공부대에서 근무 중이었다. 언뜻 그가 그곳에서도 근무하였다는 이야기를 들은 것 같았다. 그와 같이 가면 좋을 것 같다는 생각을 했지만 이내 고개를 흔들었다.

내가 가야 할 곳

외출 준비를 했다. 그림을 지도하는 선생님의 전시회가 시작되는 날이었고 장소는 인사동이었다. 집을 나섰을 때 아까시 꽃향기가 바람에 흔들렸다. 내 마음도 그 상큼한 향기에 흔들린다. 요즘 따라 밤에 잠을 잘 이루지 못하고 일상의 마디들이 삐그덕거린다. 오랫동안 이어진 증상이었지만 최근에 그 증상이 도지고 있었다. 그 불면의 증상이 깊어지면서 원망의 강도도 깊어져만 간다.

인사동 거리는 늘 사람들로 넘쳐났다. 차가 다니지 않는 길이 되면서 많은 사람들이 길가의 기념품점과 사람들을 기웃거린다. 임금님과 귀한 손님들에게 올렸다던 꿀타래는 꿀과 엿

기름으로 만드는데, 만 육천 가닥의 실은 장수와 건강, 행운과 소원 성취를 기원하는 의미도 담겨 있다고 했다. 유니폼을 입은 젊은이들이 만드는 과정을 한참 본다. 아직 먹어 본 기억은 없다. 그곳을 돌아 나왔을 때 경쾌한 음악 소리가 들린다. 남미에서 온 사람들이다. 아마 그곳에서 자라면서 악기 연주와 노래도 배웠을 것이다. 순박해 뵈는 그네들의 얼굴에서 비애가 묻어나는 까닭은 무엇인가? 태양을 숭배하며 자연과 조화를 이루며 살아가던 사람들은 정복자의 말발굽에 짓밟혔고 노역을 감당해야 했을 것이다. 그들의 악기 소리는 바람 소리와 닮아 있고 그들의 노래는 안데스 산맥을 외롭게 나는 콘도르를 부르는 소리와도 같다고 생각했다.

지하에 있는 전시관에는 첫날이어서인지 많은 사람들이 와 있었다. 선생님에게 다가가 인사했다. 60대 중반의 나이인 선생님의 얼굴은 약간 상기돼 있었다. 미술 교사로 근무하다 은퇴한 선생님의 그림은 자연의 풍경을 그린 수채화가 주를 이루었다. 이제는 잊히는 마을의 풍경들이 돌담처럼 정겹게 이어져 있다. 수채화는 물의 담백하고 맑은 성질과 닮았으므로 이 성질을 잘 살리는 것이 중요하다고 선생님은 강조하곤 하셨다. 같이 그림 공부를 하는 이들도 여럿 와 있었다. 익숙한 듯, 그러나 처음 보는 그림들 앞에서 한참을 서 있었다. 아직

나의 그림은 먼지가 날리는 예전의 시골길과 닮아 있다. 내가
가야 할 곳은 아직 먼 곳에 있는 것인가?

저녁에 선생님께서 식사 자리를 마련하셨다. 남도 지방의
해산물이 주 메뉴였다. 꼬막 정식 등의 메뉴가 있었지만 철이
아니어서 홍어삼합과 문어숙회를 주문했다. 막걸리가 한 순
배씩 돌려지고 축배를 했다. 좋은 자리인 만큼 술잔이 여러
번 돌았다. 그림 이야기도 마찬가지였다. 자리가 끝날 즈음엔
엔간히 취기가 올라왔다. 2차를 간다고 나서는 길에 안국동
쪽으로 돌아섰다. 세종로를 걸어 집에 가고 싶었다. 새로운
건물들이 낯설고 길 건너편에 높은 담으로 가려진 곳도 마찬
가지였다. 길을 건너 광장으로 들어선다. 중앙분리대처럼 오
랜 시간을 서 있던 은행나무를 뽑아내고 광장을 만들었다. 광
장은 하나이면서 또 개체로 존재하는 곳이 되어야 하는데 광
장이 섬처럼 분리되어 있다. 명색이 세종로인데도 대왕의 동
상은 없고 장군의 동상만 있음이 무안했던지 새로 대왕의 동
상을 만들었으나 어색했다. 서 있음과 앉아 있음의 차이일 수
도 있을 것이다. 서 있는 사람은 사방이 트인 곳이 좋지만 앉
아 있는 사람은 배경이 있어야 안정감이 주어지기 때문일 것
이다. 광장의 화단에는 일년생 초화들이 나들이를 나온 듯 시

끄러운 길 가운데 새침하게 모여 있었다. 이제 지하철역으로 들어가야 했다. 신호등을 건너는데 누가 부르는 듯 했다. 뒤를 돌아보았을 때 그가 뒤따라오고 있었다.

"웬일이세요?"

그는 다소 상기된 얼굴로 나에게 물었다.

"인사동에서 전시회가 있어서 저녁을 먹고 가는 길이예요."

"어디 가서 차라도 한 잔 마시고 가야지요."

"너무 늦었는데."

내 목소리는 힘이 없었고 애매했다. 그는 자신감 있다는 듯 힘차게 내 팔을 잡아끌었다. 우리는 세종문화회관 뒤편의 찻집으로 들어갔다.

"누구의 전시회였어요?"

주문을 하고 돌아온 그가 나에게 물었다.

"우리 미술 반 선생님이요."

"알려 주셨으면 저도 한번 가 보는 건데요. 저는 그림에 대해서 일종의 트라우마 같은 것이 있어요. 미술 시간이면 겨우 각이 나오는 예배당이나 그릴 수 있었으니까요. 아직도 그림이라면 너무 막연해요. 기회가 되면 한번 배워 보고 싶은 욕심도 있고요."

"지금 시간에 이곳은 무슨 일로?"

아직 나는 그가 일하는 근무지를 모르고 있었다.

"아 예, 일이 조금 밀려서요. 퇴근하는 길이예요. 회사는 이 근처구요."

"하시는 일이 뭐예요?"

진즉 묻고 싶은 말이었다. 그가 조금 편해졌다는 생각이 들었다.

"아, 인력 관리하는 조그만 회사에서 말단으로 근무하고 있지요."

그가 직업군인으로 근무한 것은 알고 있는 사실이었다.

"아 참, 아드님 면회는 안 가세요?"

그의 질문이 반가웠지만 짐짓 내 속을 들킨 것처럼 뜨악한 표정을 내보였다. 차를 가지러 오라는 벨이 울렸고 그가 일어섰다. 차를 받아 들고 그는 다시 물었다.

"면회 한 번 가신다 한 것 같은데, 안 가세요?"

"이번 주에 가려고요."

뭔가 다음 이야기를 하고 싶었지만 참았다.

"그럼 잘되었네요. 제가 가이드해 드릴게요. 제가 그곳에서도 근무했었거든요. 그렇다고 그 자리에 있지는 않을 거니 가불해서 미리 다른 걱정은 하지 마세요. 그때 같이 근무했던, 옛 전우들을 만나면 되니까요."

그의 표정은 어린아이처럼 밝았다. 나는 대답을 회피했다.

"글쎄, 모르겠어요. 가게 되면 연락할게요."

자리에서 일어섰다. 전철역까지 같이 걸어가야 했다. 그가 손을 잡으려 했지만 가볍게 뿌리쳤다. 그는 내가 가는 방향으로 같이 가다가 중간에서 환승하겠다고 했다. 그가 왜 나한데 관심을 갖는지, 그의 상태는 어떠한 것인지 궁금했지만 쉽게 물을 수도 없었다.

"자녀들은 어떻게 돼요?"

내가 갑자기 묻자 그는 당황했다.

"머슴애들만 둘이예요. 둘 다 군에 가 있어요. 하나는 GOP 철책선에, 하나는 UDT 부대에. 덕분에 혼자 편안하게 집에서 근무하고 있어요."

"왜 혼자예요?"

주책없는 질문이었다. 궁금증을 참지 못했다.

"잘 모르겠어요. 제가 보기 싫어 떠났다는 것 외에는 잘 몰라서."

그는 더 이상 말을 하지 않았고 내가 오히려 민망해져서 입을 다물었다. 한동안 침묵이 흐르고 그가 환승해야 할 역에 다다랐다. 그런데 그는 내리지 않았다.

"내리셔야죠."

"아뇨. 가시는 데까지 같이 갔다가 가겠습니다. 내려서 생맥주나 한 잔 사주시지요."

더 이상 뭐라 할 말이 없었다.

역에서 내려 가까운 생맥주 집으로 들어갔다. 실내는 한산했다. 잔을 맞대고 맥주의 시원함을 음미했다.

"취미가 뭐예요?"

그는 마치 미팅에서 처음 만난 것처럼 물었다.

"책을 보는 것, 그림을 그리는 것, 그리고 공상이예요."

"독서나 그림 그리기는 그렇다 치고 공상은 뭐예요?"

그는 심각해진 표정으로 물었다.

"누구나 하는 것이 공상이잖아요. 다만 나는 용감하게 취미의 범주에 포함시키는 것이지요."

"공상의 주요 영역은요?"

"그건 비밀이지요. 아직 속도 모르는 남자한테 내 속을 내보일 수는 없잖아요. 다만 팁을 준다면 본인의 영역을 생각하면 될 것 같은데요."

"주로 나는 공상의 범주가 여자가 아닌 여성, 그런 것인데요. 그런 것인가요?"

그는 임기응변처럼 말하고 어색하게 웃었다.

"그렇더라도 공상은 공상으로 그쳐야지, 취미가 되면 정신적으로 문제가 있을 것 같은데요. 어떤 문제가 있으신가요?"

"남자들은, 온통 바람을 피우고 싶어 하는 족속들이니 그런 생각을 할 수도 있겠지요. 물론 여자들도 그렇긴 하지만 대상을 구별하는 차이는 있을 거예요. 그러니 자신의 잣대로 나를 재보려는 음모는 거둬 주셨으면 좋겠네요."

"남자의 바람을 '씨를 퍼트리려는' 생물학적인 관점에서 바라볼 수도 있겠지만 그보다는 원초적인 존재감을 가지려는 본능에 가깝죠. 여자의 입장에서는 허튼 수작일수도 있겠지만요. 남자들에게도 다분히 여성성이 내재되어 있는데 어머니나 주위 여성, 그리고 사회적으로 이를 표출하는 것을 금기시하고 있어요. 그래서 이에 대한 보상 심리처럼 포르노에 집착하거나 과도한 승부욕, 성공 욕구 등에 집착하기도 하는 거지요. 거짓이 아니라 남자들은 한번 바람이 일기 시작하면 잊고 살았던 중요한 것을 재인식이라도 한듯 집착하기도 하지요. 그러나 몽정의 단계처럼 환상 속을 헤매다가 곧 음습하고 눅눅해진 현실로 돌아오는 것이지요."

"문제가 없는 사람이 어디 있나요. 누구나 문제가 있는 거지요. 심각한 문제는 아니니 너무 걱정하지는 마세요."

어색한 분위기가 이어지고 그는 술잔을 비우고 있었다.

"토요일은 몇 시에 출발하실 건가요?"

그는 동행을 약속한 것처럼 물었다.

"글쎄, 아직 모르겠어요. 가게 되면 연락할게요. 이제 나가야지요."

그는 한잔만 더 마시고 나가겠다고 했다.

"뭐라고 부를까요? 그냥 이름을 부를까요?"

그는 내가 연상이라는 것을 알고 묻는 것이리라.

"편한 대로 하세요."

"이름을 부를게요. 다만 뒤에 언니라고 부를게요. 내 고향 충청도에서는 형에게 언니라고도 했거든요. 이문구의 관촌수필에도, 드라마로 방영되었던 '추노'에서도 그런 호칭이 나오지요. 당시 시청자들의 혼란을 예상한 제작진은 자막을 통해 '언니는 동성의 손위 형제를 가리키는 조선 시대 용어'라고 알려 주기도 했었거든요. 알겠지요, 은영 언니."

그가 부르는 호칭이 낯간지러웠지만 싫지는 않았다.

"고향이 어디시라 했지요? 안성맞춤의 고장이라고 했던 것 같은데."

"아 예, 맞아요. 언젠가 칠장사에 가 봤던 기억이 나요. 그 절집에 전해져 내려오는 이야기와 함께 저수지며, 목가적이고 전원적인 풍경도 좋았구요."

"언제 언니와 함께 가 보고 싶어요."

시간이 자정으로 가고 있었다. 그의 얼굴도 붉어졌다.

"먼저 일어설게요."

백을 챙겨 일어섰을 때 그도 따라 나왔다. 계산은 내가 했다.

"댁까지 바래다 드릴게요."

"에구, 됐시유."

손사래를 쳤지만 그는 막무가내로 나를 따라왔다. 집 방향을 벗어나 전철역으로 갔다.

"잘 가요. 내일 전화할게요."

그는 내 앞으로 가까이 다가왔다. 두 팔을 들어 나를 안아보겠다는 자세였다. 나는 대신 그의 손을 잡아 주었다.

"잘 가요. 내 꿈도 꾸어 주시고."

웃으면서 손을 흔들었다. 그는 아쉬운 듯 손을 흔들었다. 그가 흔들흔들 지하 계단을 내려간다. 그의 뒷모습이 애처로워 보였다. 내려가서 한 번 안아 주고 싶었지만 돌아섰다. 아파트를 들어서면서 집을 올려다보았는데 불은 꺼져 있었다. 차가운 금속성으로 문이 열리는 소리는 달뜨던 내 마음을 도로 차갑게 가두었다. 거실에 불도 켜지 않은 채 그대로 앉아 있었다. 독한 양주를 꺼내 스트레이트로 따랐다. 혀끝이 타는 듯 따끔거리며 기도를 지나간다. 삼키지 못한 울분이 치고 올라오고 있었다. 울분의 본질은 원망과 외로움인가? 배신을 도모하려는 나의 사악함인 것인가? 두 번째 잔이 기도를 넘어 가면서 소파에 그대로 무너지듯 쓰러졌다. 창문으로 아까시 향이 설핏 지나고 있었다.

아침에 일어났을 때 머리가 무거웠다. 어젯밤에 꿈을 꾸었 던 것 같다. 혼자 산을 오르던 꿈이었다. 지난번에 본 차마고 도 다큐멘터리에서처럼, 마방과 같이 험준한 히말라야를 넘 었던 것도 같다. 이제는 익숙해졌지만 긴장감이 없는 아침은 무기력하다. 아침의 긴장감은 출근해야 할 곳이 있느냐 없느 냐가 지배적인 요소이다. 자의든 타의든 직장을 그만둔 사람 들이 아침의 출근에서 해방된 마음을 가지기도 하지만 그것의 상실감은 너무나 커서 무기력의 덫에서 버둥거리기도 한다.

주방에서 혼자 먹는 밥 또한 그렇다. 살다 보면 생살이 베어 진 것처럼 아픈 순간이 다가오기도 하지만 세월이 지나면 풍 화되어 삭아지기도 하는데 혼자 밥을 먹은 것은 그렇게 익숙 해지지 않았다. 그래도 쓰린 속을 달래야 했다. 콩나물과 묵 은 김치를 넣고 국을 끓여 간단히 밥을 먹었다. 설거지를 마 쳤을 때 남편에게서 전화가 왔다. 남편은 휴대전화보다는 집 전화를 이용했다. 나름 위치 확인을 위한 방편이기도 할 것이다. 남편의 전화 용건은 대부분 관리하고 있는 몇 건의 부동산과 정기적으로 지출되는 돈에 관한 일 때문이었다. 머리가 더 아파졌다. 아침나절부터 남편에게 짜증을 냈다.

영화를 보러 가야겠다고 생각했다. 편한 차림으로 집을 나섰다. 울 밖으로 피어난 덩굴장미들이 오월의 태양처럼 뜨거워지고 있었다. 영화관에 들어섰을 때 매표소 앞은 한산했다. 오늘 아침 충동적으로 이곳에 왔기 때문에 무엇을 볼지 정하지는 않았다. 봐야 할 영화를 선택하는 것도 상표를 보고 상품을 사는 것처럼 각종 보도 매체의 영향력을 피할 수는 없었다. 결국 선택한 영화는 '마션'이었다. 마션은 화성인이라는 의미였다. 누군가는 주인공인 맷 데이먼의 미국 판 '삼시세끼'라고 했고 가장 낙천적인 재난 극복 영화라고도 했다. 어떻게 보면 내가 봐야 할 영화가 아닐까. 오늘 아침에 나의 마음 속은 재난 상황이었다. 물론 영화 속 주인공이 당면한 상황에 비하면 내 일은 아무것도 아니겠지만 그래도 극복하고 싶었다. 평정심을 되찾고 싶었다. 그러나 그게 어려운 게 인생 아니겠는가. 세상 사람들 대부분도 그러할 것이다.

이 영화는 특별했다. 이런 유의 영화를 보며 인간의 강인한 의지와 생명력에 감동을 받을지언정 편안하고 흐뭇한 느낌까지 가질 수는 없는 것인데, 낙천성으로 똘똘 뭉친 이 영화는 긍정이 바로 삶의 덕목임을 말하고 있었다.

영화가 끝나고 엔딩 크레디트가 다 오를 때까지 자리에서 일어나지 않았다. 나는 종말론을 믿지 않지만 지구 종말이 온다면 이 시대에 사람들이 누리는 문명은 분명 사라질 것이다. 살아 있는 모든 것들이 발을 딛는 대지가 아니라 문명이 사라진다는 얘기다. 세상은 진화해 가는 듯하지만 퇴행의 덫에 빠지기도 한다. 금단의 열매를 따고 판도라의 상자를 열었던, 그 상징적인 행위는 선과 악은 늘 공존한다는 의미이기도 한 것이다. 이 시대를 살아가는 사람들이 획기적인 진화를 이룬 까닭은 공평하지는 않았지만 부풀릴 수 있었던 파이와 깊은 상관이 있는 것이고, 이제 더 이상 파이를 부풀릴 수 없기에 '올바른 삶'으로의 진화를 꿈꾸는 일은 한계에 도달한 게 아닐까 싶다.

영화에서는 엄청난 비용이 소요되는 작전을 펼쳐 주인공을 구출해 내려 한다. 다른 건 차치하고 오로지 한 사람을 구하는 일에 집중하는 것이다. 거기에다 고립된 한 인간의 살아야겠다는 낙천성이 접합되어 긍정의 완전체를 만들어낸다. 특히 자신이 죽을 때를 대비하여 부모님께 전하는 메시지는 끝까지 자신의 일을 후회하지 않는 긍정적인 강인함을 보여 주며 눈시울을 뜨겁게 만들었다.

"제가 죽으면 부모님을 찾아가 주세요. 제가 화성에서 있었던 일은 대장님이 대신 전해 주세요. 전 제 일을 사랑했고 아주 뛰어났다고, 저 자신보다 위대하고 아름다운 것을 가지기 위해서 죽었다고. 후회는 없었다고. 그리고 부모님이 제 부모님이었다는 게 감사하다고 전해 주세요."

아침나절부터 헝클어졌던 마음이 정돈되는 느낌이었다. 허기가 느껴졌다. 텅 빈 객석을 나와 극장 밖으로 나왔다. 오월의 햇살이 연초록 잎사귀에 눈부시게 부서지고 있었다.

근처 시장으로 갔다. 가끔 들르는 떡볶이 집이었다. 서너 평, 작은 테이블 셋과 초등학교 교실처럼 의자가 모여 있는 곳이었다. 주인 여자는 땀을 훔치며 가래떡을 뒤집고 있었다. 그녀도 뭔가 사연이 많은 여인이었다.

2인분을 시키고 앉았다. 뜨겁고 매운 것이, 부드럽게 씹히며 목을 넘어간다. 그녀를 불렀다.

"같이 먹어 주시지요. 아침나절에 속이 시끄러웠는데 영화 한 편을 보고 났더니 좀 편해졌어요."

말해놓고는 좀 머쓱했다. 아침부터 한가롭게 영화나 보러 다니는 팔자 좋은 여자 같아서 말이다. 그녀는 잠시 앉아 같이 먹어 주었고 나는 그녀와 잠시 수다를 떨었다. 매운 맛은 답답한 속을 풀어 주었고 당장의 이해관계가 없는 누군가와의 대화도 답답한 속을 풀어 주었다.

그곳을 나오면서 그에게 전화를 했다.

"내일 아들 면회하러 화천에 갈 건데 시간이 되겠어요?"

일상적인 전화를 하는 것처럼 편안했다.

"와! 전화를 다 하시구. 당연히 시간을 내야지요. 몇 시에 어디로 갈까요?"

"중간쯤의 전철역에서 여덟 시에 만나요."

"예, 그렇게 할게요."

그의 목소리는 경쾌했다.

집으로 돌아와 캔버스를 펼쳤다. 어린 시절 풍기에서 보았던 시골 풍경을 아직 완성하지 못했다. 물감을 선택하고 칠하는 것은 연상이나 시각에 의존하기도 하지만 당시의 감정도 영향을 미친다. 오랜만에 마음이 상승기류를 타는 기분이다. 물감도 잘 번지고 고향 마을에 가 있는 느낌이다.

저녁나절 그림을 마치고 시장에 다녀왔다. 아이가 좋아하는 고기와 파인애플 등의 과일을 샀다.

어젯밤에 음식을 대충 준비했지만 이른 새벽부터 부지런을 떨었다. 늘 쓰고 싶었으나 그럴 기회가 없었던 찬합을 꺼냈다. 시집오면서 특별히 준비했던 혼수품이었다. 옷을 입힌 찬합은 기품 있는 집안의 여인처럼 세월이 가도 더 윤이 났다. 그러고 보니 손뜨개로 커버도 만들고, 어울릴 만한 포크며 젓가락도 사 두었는데, 막상 찬합을 꺼내 들 기회가 없었다. 아마 내 삶도 그랬을 것이다. 음식을 담은 찬합은 달콤한 향기가 난다.

마음의 감옥

찬합을 챙기고 집을 나섰다. 화사한 햇살 아래 집 밖을 나온 넝쿨장미들이 환하게 웃는 것 같았다. 약속한 전철역 앞에 차를 멈추었을 때 그가 기다리고 있었다. 새로 난 고속도로로 들어설까 했지만 경춘가도를 이용하기로 했다. 그가 원했기 때문이다. 고속도로가 나기 전 춘천과 화천에 있는 부대에서 근무했던 그는 그 길에 익숙했다. 그는 주말이면 늘 밀리는 길이지만 북한강을 옆에다 두고 달리는 길이 제법 운치 있다고 말했다. 마석을 지나면서 차량 행렬은 더디게 움직였다.

대성리를 지난다. 대학 1학년 때 MT를 왔던 곳이다. 그 시절 서울에서 학교를 다니던 대학생들은 대부분 이곳으로 MT를 왔을 것이다. 청량리에서 경춘선을 탔다. 통기타가 유행하던 시절, 모닥불을 피우고 밤새워 술을 마시고 노래를 불렀다.

"혹시 이곳에 MT 왔었어요?"

"네, 대학에 들어가고 얼마 되지 않아서 경춘선 열차 타고 이곳에 왔었어요. 남녀공학은 아니었으니 요란한 추억은 없는 편이지요."

"저는 MT를 추억할 때마다 영화 '박하사탕'이 생각나요. 영화의 마지막 장면처럼 달려오는 기차를 앞에다 두고……."

'나 돌아갈래!'

그래, 생각이 난다. 목젖이 터지도록 외치던 주인공의 모습과 철교 아래 강변에 둘러 앉아 통기타를 치던 청춘의 군상들이.

"세월의 간극 속에서 오버랩되는 모습, 우리의 현대사가 응축된 모습이고 개인도 마찬가지이겠지요. 이 봄날 같은 가장 빛나는 청춘 시절을 굴절된 역사와 함께 보낸 너와 나의 삶이 분명히 다르지 않을 테니 말이지요."

그는 창밖을 보며 회상하듯 말했다. 마르지 않고 흐르는 강물처럼 나의 삶도 흘러내려 간다. 강물의 목적지는 어디인가? 단순히 바다인 것인가? 내 삶의 목적지는 어디인 것인가? 단순히 죽음인 것인가?

휴게소에 들렀다. 강가에 있는 휴게소였다. 그는 커피는 마시지 않는다고 했다.

"왜 커피를 마시지 않는 거예요?"

"외국에서 들어온 것이잖아요."

그는 웃으면서 싱겁게 말했다. 양담배를 단속하던 70년대식 수구적 애국심의 감상에 젖어 있는 것인가도 생각했다.

"아니, 그것보다는 커피를 마시면 잠을 못 잔다는 의식이 강하게 나를 지배하는 것 같아요. 본디 예민한 편인데……. 요즘 길거리를 오가는 사람들 대부분이 1회용 커피잔을 들고 있어요. 동네마다 예전 구멍가게처럼 커피집들이 생겨나고 있으니."

"그렇게 말하니 커피가 단순한 음료의 범위를 넘어서는 것 같군요. 하긴 요즘에는 그쪽 말대로 1회용 컵을 들고 다니는 사람들이 많으니까요."

다리를 건너고 산굽이를 돌아서니 통행하는 차량의 수가 눈에 띄게 줄어든다.

"오른쪽으로 등뼈처럼 이어져 있는 산이 금병산이지요. 근처에는 김유정역이 있어요. 우리나라에서 처음으로 사람 이름을 딴 역이지요. 폐병으로 젊은 나이에 요절한 김유정의 작품들을 아끼고 사랑하는 마음이 모여 탄생한 역이겠죠."

"국어 교과서에 수록된 그의 작품 때문에 많은 사람들이 기억하게 되었죠."

"예, 맞아요. '동백꽃'이라는 작품이었지요. 그 동백꽃은 겨울과 봄 사이에 상록수에서 피는 붉은 꽃이 아니라 이른 봄에 피는 생강나무 꽃이지요. 생강나무 꽃은 산수유와 함께 제일 먼저 피어나서 봄을 알리는 꽃이기도 하고요. 작중에 '알싸한, 그리고 향긋한 그 냄새에 나는 땅이 꺼지는 듯이 온 정신이 그만 아찔하였다.'는 내용이 나오지요. 이야기의 전후로 보면 동백꽃 향기보다는 처녀티가 날 나이인 점순이 때문이었는지도 모르지요. 정선아리랑 가사에도 그런 내용이 나오지요.

아우라지 뱃사공아 배 좀 건네주게
싸리 골 올 동박이 다 떨어진다
떨어진 동박은 낙엽에나 쌓이지
사시장철 임 그리워서 나는 못 살겠네

정선아리랑에 나오는 동박도 같은 의미지요. 김유정은 당대 명창이었던 연상의 여인을 사랑했다는데 그는 끝내 그 사랑을 이루지 못했대요."

"유정의 집은 실레마을에서 첫 번째 가는 부자였대요. 그러나 그는 일곱 살 때 어머니를 여의었고 평생 어머니를 가슴에 묻고 살았다는 것이지요. 어머니의 사진을 항상 몸에 지니고 있었고 책상 위에도 어머니 사진을 모셔 놓았고 불운한 삶의 마지막까지 사진을 가슴에 품고 있었대요. 그가 연모하였던 여자 중에 세 살 연상의 박녹주라는 여자가 있었어요. 그녀는 동편제를 지켜 낸 남장부 같은 여인이지만 그녀의 삶은 여러 번의 자살을 시도할 정도로 굴절된 삶이었대요. 박녹주, 그녀는 그의 어머니의 모습을 투영하였던 것이 아니었던가 하는……. 그러나 끝내 그 사랑을 이루지 못하고 떠난 거지요. 김유정 자신이 쓴 자전적 소설에서 유명렬이 나명주에게 보낸 긴 편지는 다음과 같이 끝나지요.

'선생이시여, 저에게 지금 단 하나의 원이 있다면 그것은 제가 어려서 잃어버린 그 어머님이 보고 싶사외다. 그리고 그 품에 안기어 저의 기운이 다할 때까지 한껏 울어 보고 싶사외다. 그러나 그는 이 땅에 이미 없노니 어찌하오리까.

선생이시여,

당신은 슬픔을 아시나이까. 그렇다면 그 한쪽을 저에게 나누어 주소서. 그리고 거기 따르는 길을 지시하야 주소서.'

개인의 입장에서 참으로 가슴 아픈 이야기이지요. 연서를 보내고 혈서로 된 연서까지 보내고 애원하고 협박하고…….

그의 글도 은연중에 그토록 연모하였던 그녀의 판소리처럼 우리의 정서와 전통에 의미를 두었을 것이지요."

"그렇다고 그렇게까지, 혹시 내가 은영 언니를 그토록 좋아한다면 어떻게 할 거예요?"

"요즘에야 그렇게 투박한 연심을 가진 자가 있기나 하겠어요? 그런 것도 전혀 없겠지만 현민 씨를 포함한 그 누구라도 그렇게 한번 해 줘 보라 하세요. 두 손을 펼쳐 들고 환영할 테니까요."

말해 놓고 보니 제풀에 쑥스러웠다. 차는 소양댐 아래 교각도 없는 다리를 지나고 있었다.

"이 다리 이름이 세월교인데 일명 '콧구멍다리'라고도 하죠. 세월은 흘러가는 시간을 뜻하는 세월(歲月)이 아니라 달빛에 마음을 씻으며 마음을 정갈하게 헹구는 의미이지요. 잠수교처럼 다리 높이가 낮고 교각이 원통형으로 콧구멍을 연상시키기 때문에 지어진 이름이라고 해요. 이 다리는 소양댐이 준공되면서 73년 완공되었는데 여름에 댐을 방류하면 시원한 냉기가 물에서 올라오고 겨울에는 빙어 낚시를 하기도 한대요. 둘째가 이 근처에서 태어났는데 아이들의 할아버지는 지금도 둘째를 '콧구멍다리 아래에서 주워 왔다.'고 농담처럼 말씀하시죠. 아, 다리를 건너면 살던 아파트가 있는데 잠깐 들렀다 가요.

이곳에 살 때가 참 좋았던 것 같아요. 자전거를 타고 출퇴근할 수 있었고, 봄에는 무릉도원이 따로 없었어요. 벚꽃이 필때면 주말 아침으로 소양댐에 오르기도 했는데 사위는 적막하고 연초록 물이 오르는 숲에 복숭아꽃이 만발했었거든요.”

그는 오랜 친구를 만난 것처럼 흥분되어 이야기를 계속했다. 다리를 건너 댐 쪽으로 조금 오르니 넓은 주차장이 있고 막국수며 닭갈비를 주 메뉴로 하는 식당이 이어져 있었다. 산아래로 낡은 아파트 한 동이 서 있다.

“이 아파트에서 3년쯤 살았어요. 테니스장이 있던 저쪽의 공터에 텃밭을 일구고 토끼도 키웠었지요. 저 살구나무들 보세요. 봄이면 튀밥 터지듯 분홍빛 꽃들이 피고 초여름이면 노란 살구가 가득했지요. 비워진 지가 오래인 것 같은데 뭔가 재산상의 문제가 있는 듯, 사람이 살지 않는 아파트를 허물지도 못하고 이렇게 방치하고 있는 것 같아요.”

그는 잠시 회상에 잠긴 듯 그것들을 바라보고 서 있었다.

사랑의 씨앗은 눈물이라고도 노래했지만 삶은 그리움을 씨앗으로나마 남기는 것이리라. 대학시절, 나도 이곳에 놀러 온 적이 있었다. 2학년 초에 미팅에서 만난 남자 친구는 다섯 번쯤 만난 후에 청평사를 다녀오자고 말했었다.

청량리역에서 출발하는 경춘선 열차도, '호반의 도시'라는 춘천도 처음이었다. 중간고사가 끝나고 아까시 꽃이 한창인 시절이었다. 소양댐에서 배를 타고 청평사로 가던 길이었다. 배에서 내리면 조금 삭막한 선착장이지만 개울을 끼고 다리를 건너 오르는 길이 한적하고 청량했다. 청평사는 오봉산을 뒤에다 두르고 가볍지도 그렇다고 결코 무겁지도 않게 서 있었다. 여유 있게 절을 한 바퀴 돌아보았고 오봉산을 천천히 올랐다. 오월의 싱그러운 녹음과 아카시 향기 때문이었을 것이다. 등산은 계획된 것이 아니었다. 마지막 배는 오후 5시 반이었다. 조금 더 오르다가 내려가도 충분히 배를 탈 수 있을 것 같았다. 당시는 등산화라는 것이 귀한 것이었고 그도 나도 편한 캐주얼화를 신고 있었다. 중턱쯤에서 '이제 그만 산을 내려가자.'고, 내가 말했을 것이다. 그의 표정이 아쉬운 듯 했지만 그도 순순히 돌아섰다. 바위를 돌아가야 하는 길이었는데, 뒤따르던 그가 갑자기 비명을 질렀다. 바위에 미끄러진 그가 발목을 붙잡고 비명을 지르고 있었다. 발목을 삔 것 같았다. 난감한 상황이었다. 여학교 시절 교련 시간에 배운 대로 나뭇가지를 주워 가지고 있던 손수건으로 부목 처치를 했다. 그의 발목은 순식간에 벌겋게 부어오르고 있었다. 조금 쉬었다가 내려가기로 했다. 그가 지팡이로 쓸 나무를 하나 잘라 들려주었고, 그는 왼쪽 다리에 힘을 주고 천천히 내려가기 시작했다. 그는 통증이 점점 심해지는지 멈춰서는 시간이 많아졌다. 마지막 배 시간을 맞출 수가 없을 것 같았다. 마음은 초초해지고 그는 더 고통스러워했다. 난감한 상황이 한꺼번에 몰려오고 있었다. 배를 타지 못하면 춘천으로 나가는 방법도 없었다.

　과거의 상념이 계속 뒤를 따라다니고 있었지만 에피소드처럼 그에게 그날 일을 이야기할 수는 없었다. 아니 이야기하고 싶지가 않았다. 그곳에 유명한 막국수집이 있다는 것도 알았지만 그대로 출발했다. 큰 고개를 넘어야 했다. '배후령'이라는 고개이고 해발 600m를 통과하는 길이라고 했다.

　"이 도로는 제주의 5·16도로처럼 국토재건단이 만들었지요. 5·16 정변 후 정부는 당시에 폭력배 등 일명 사회 불량자들을 체포하여 수감 대신에 재건대라는 불법단체를 만들어 여러 토목 공사에 투입했는데, 주요 사업으로는 남강댐, 제주도 횡단 도로, 고속도로 건설 등이 있지요. 주로 병역 미필자, 불량배 등을 체포하여 수감 대신에 노역 봉사로 대신하였으나 그 과정도 정당한 재판 절차 없이 이루어진 점은 개발 독재시대의 한 단면이기도 한 거지요. 후에 5공화국 시절 그 유명한

삼청교육대가 바로 이 국토재건대를 벤치마킹한 것으로 볼 수
도 있겠네요. 인권 유린이라는 비민주적인 방법이었지만 일
반인들에게는 불량배 소탕 등 좋은 이미지도 있었으므로 전두
환 정권 때 다시 차용되었다고 볼 수도 있는 것이지요."

　그는 이 도로에 대해서도 잘 알고 있는 듯 했다. 지난 2012
년 5km가 넘는 긴 터널이 산의 속살을 뚫고 통과했다. 그는
터널은 돌아올 때 지나고, 지금은 옛 고갯길로 가자고 했다.

　"일 년쯤 이 길을 넘어 다녔어요. 자연 속에서 계절이 변화
하는 모습을 체감하는 시간들이었어요. 겨울철이면 눈길에
미끄러지는 아찔했던 순간도 여러 번이었고."

　이제 구불거리는 산길은 터널이 만들어지면서 대부분 사라
져 간다. 길에 삶이 있었고 삶이 길에 있었다. 도로는 산굽이
를 돌아가고 있었다. 고개의 정상을 넘어서는 경사도 낮아졌
다. 그만큼 전체적인 고도가 높아졌다는 의미였다. 이제 목적
지가 가까워지고 있었다.

　"이곳에서 오른쪽으로, 근무했던 곳은 창군 초기에 군마대
가 있던 곳이었다고 하는데 확인을 하지는 못했어요. 파로호
를 끼고 분지를 형성하고 있는 이곳은 월남전에 참전하게 되
면서 파병교육대가 있던 곳이었어요. 현대사의 굴곡진 현장
이었고 분수령이기도 하였지요. 처음 파병되었던 1진을 제외

하고는 65년부터 73년까지 32만 명이 이곳을 거쳐 월남전에 참전했죠. 그 후에는 공수부대가 주둔했다가 80년에 담양 쪽으로 내려갔고 지난 5공화국 시절에는 삼청교육대가 있었던 곳이고."

부대가 가까워지고 있었다. 부대에 도착하자 면회를 신청했다.

"나는 이곳에서 같이 근무했던 전우를 만날 거예요. 편하게 면회하시고 끝날 시간에 전화 주세요."

아들에게 그를 뭐라고 소개할 수가 없으니 그냥 보낼 수밖에 없었다. 사전에 연락이 없이 와서인지 아들이 나온 시간은 30분이나 지나서였다. 아들의 모습이 보였다. 훈련을 마치고 퇴소 시에 잠깐 보았지만 잠시 시야가 젖어 아들의 얼굴이 희미했다. 선임병인지 상병계급장을 단 병사가 같이 나왔다. 아들은 위병소 근무자에게 신고를 하고 나에게로 거수경례를 했다. 아들의 손을 잡고 안아 주었다. 동행한 상병은 인사를 하고 돌아가려고 했다.

"잠시 앉았다 가세요."

선임병을 불러 세웠다. 그냥 돌려보내기가 서운했다. 물론 나름의 지침이 있을 것이다. 그래도 음료수라도 한 잔 먹여 보내야 할 것 같았다. 매점에서 음료수를 사고 준비한 음식을 덜어 상병 손에 들려 두었다.

"많은 것은 아니지만 들어가서 나눠 먹어요."

상병은 절대 안 된다고 음식물을 가지고 들어갈 수 없다고 고개를 흔들었다.

"그럼 잠시 같이 들고 가세요."

우린 음료수를 한 잔씩 마셨다.

"외출을 할 수 있는지 제가 한 번 알아보겠습니다."

상병은 다시 위병근무자에게로 갔다.

"아들, 여기 특공부대라는데 힘들지 않니? 아픈 데는 없었어?"

"아니, 처음에는 약간 얼어서 왔는데 일반 보병부대보다 더 재미있는 것 같아."

상병은 다시 돌아왔다.

"죄송합니다. 전입 온 지 얼마 되지 않아서 외출은 안 된답니다. 저는 들어가 보겠습니다. 윤 이병, 좋은 시간 보내고 들어와라."

상병은 가볍게 목례를 하고 돌아간다. 아들의 긴장된 얼굴은 상병이 부대로 들어가자 입대하기 전의 군기 빠진 얼굴로 돌아오고 있었다.

"엄마, 혹시 술 가져왔어요?"

"아니, 얘가 술은 무슨."

고개를 흔들었지만 아들은 믿지를 않았다. 사실은 아들이 좋아하는 양주를 조금 가져왔다. 아들은 가방을 헤집더니 작은 병을 찾아냈다.

"들어가면서 표시를 안 내리면 지금 먹어야 해요. 그러잖아도 들어가면 군기를 잡힐 텐데. 기름기를 뺀다는 명목으로다."

구타도 없고 여러 가지 사정이 좋아졌다지만 군대는 군대였다.

"내무반 생활은 어때?"

"그냥 그렇지 뭐. 엄마 전화기 줘 보세요."

정성스럽게 준비한 음식도 먹는 둥 마는 둥 아들은 친구들에게 전화기 버튼을 눌렀다. 나는 잠시 부대 주위를 둘러보기로 했다. 저만치 파로호가 보이고 주변엔 산만 보였다. 번잡한 도시 생활에 익숙한 아들에게 이곳 생활은 견디기 힘들 것 같았다. 아들은 얼굴에 화색이 돌아 누군가와 큰소리로 통화하고 있었다. 앉으나 서나 품에 끼고 살던 전화기와 헤어진다는 것이 아들에게는 가장 큰 고통이었으리라.

"혹시 아빠에게 전화 드렸니?"

다시 자리로 돌아와 통화 중인 아들에게 물었을 때 아들은 고개를 흔들었다.

"빨리 통화 끝내고 아빠한테 먼저 전화하거라. 무척 반가워하실 거야."

아들은 여전히 친구들과 통화하는 중이었다. 저 나이에는 친구가 전부일 수도 있으니 이해가 안 되는 것은 아니었지만 그래도 그건 아닌 것 같았다. 잠시 후 아들은 전화를 끊고 술을 한 잔 입에 털어 넣더니 갑자기 허기가 온 듯 싸 간 음식을 허겁지겁 먹기 시작했다. 한나절 준비한 음식을 내남 보살하는 것 같아 서운했는데, 갑자기 음식을 먹어대니 의아했다. 아들은 오랜만에 만난 친구를 대하듯 얼굴에 화색이 돌았다. 손을 들어 전화기를 잡는 포즈를 취했더니 아들은 고개를 끄덕였다. 어쩔 수 없이 데면데면한 표정으로 자리에서 일어나 걸어가며 전화를 한다. 일상적인 안부 전화를 하는 것 같았다. 아들에게 미안했다. 누구 탓을 하기 전에 부부 관계가 좋았다면 아들이 좀 더 세상을 넓고 화평하게 볼 수 있었을 것이라고 생각했다.

잠깐잠깐, 이제야 이곳까지 동행해 준 그가 생각났다. 아들에게 그 표정을 보일까 봐 잠시 긴장하면서. 아들과 오랜만에 만나니 이야기의 줄거리를 잡기가 쉽지 않았다. 아들은 부대 안의 이야기는 회피하는 것 같았다. 부대 밖을 나왔지만 우리 안에 갇힌 짐승처럼 아들은 여전히 불안한 눈빛이었다. 시간이 해결해 주겠지만 낯선 타인들과 불편한 상하 관계로 지내는 일은 아직도 넘어야 할 산과 같은 과정일 것이다.

"사귀던 여자 친구와 편지도 나누고 있니?"

아들은 즉답을 피했다. 이제 어미와 공유할 수 있는 문제들이 뭐가 남아 있을 것인가를 생각했다. 그 먼 길을 아들을 위해서 왔건만 한정된 공간 안에 갇혀 있다 보니 나 자신이 불편하고 갑갑했다. 그런데 아들은 어떨 것인가? 아들에겐 견뎌야 하는 시간이겠지. 아들은 이 공간마저도 잠시 해방감을 가질 수 있는 공간일 텐데. 부대로 들어가야 하는 복귀 시간까지는 아직 한 시간여 남아 있었다. 행여 이곳까지 동행한 그 때문에 내 마음이 조급한 것이 아닌가, 자괴감이 들기도 했다. 가져왔던 것을 챙기면서 아들에게 용돈이 얼마나 필요한가를 물었다.

"알아서 주세요."

아들은 시큰둥하게 답했다. 병사들의 봉급이 올랐다지만 늘 돈이 부족할 것이다. 예전에 어머니들은 식구들 먹을 양식도 부족하면서 휴가 나온 아들이 귀대할 때나 면회를 갈 때는 귀한 쌀로 떡을 만들어 들려 보내거나 싸 들고 갔다. 심지어는 늘 아들 몫의 밥을 한 그릇 퍼 아랫목에 넣어 두고 날마다 찬밥을 만들기도 했다는 이야기를 들었다. 일제강점기를 거쳐 한국전쟁, 후에는 베트남 전선에도 투입되면서 당사자는 물론 이 땅의 어머니들은 아들과 같이 긴장된, 장독대에 정한수를 떠 놓고 기도하는 모습이었다.

아들에게 용돈을 주었다. 이제 헤어져야 할 시간이었다.

"날씨가 더워지는데 건강 조심하고 곁에 있는 동료들하고 잘 지내도록 해라. 휴가는 언제 나오는데?"

"두 달쯤 더 있어야 해요."

아들을 꼭 안아 주었다. 아들은 주춤거리며 위병소 안으로 들어갔다. 아들이 부대 안으로 들어갈 때까지 시선을 그곳에 두었다. 아들은 돌아보지 않고 연병장을 가로질러 간다. 눈시울이 젖어지며 잠시 이청준의「눈길」이라는 짧은 소설이 생각났다.

"산비둘기만 푸르륵 날아올라도 저 아그 넋이 새가 되어 다시 돌아오는 듯 놀라지고, 나무들이 눈을 쓰고 서 있는 것만 보아도 뒤에서 금세 저 아그 모습이 뛰어나올 것만 싶었지야, 하다 보니 나는 굽이굽이 외지기만 그 산길을 저 아그 발자국만 따라 밟고 왔더니라. 내 자석아, 내 자석아, 너하고 둘이 온 길을 이제는 이 몹쓸 늙은 것 혼자서 너를 보내고 돌아가고 있구나!"

선산에 이어 마지막 남은 집까지 남의 소유로 넘어갔고, 이미 팔린 집이었지만 어머니는 먼 객지에 나가 공부하고 있는 자식을 기다리며 주인에게 양해를 구해 집을 쓸고 닦으며 불씨를 죽이지 않고 기다렸다고 했다. 어둔 고샅길을 찾아든 자식을 위해 더운밥을 해 먹이고 하룻밤을 재워 다음날 그 먼 눈길을 걸어 자식을 보내고 돌아가는 어미의 모습이다.

소설 속에서 어머니는 바로 '손사랫짓'으로 대변되는 모습, 결코 손바닥을 보이지 않는 헤어짐의 표현, 몸은 비록 떠나보내지만 떠나는 자의 마음을 불러들이고 떠나보내는 이의 마음을 그 몸에 묶어 보내는 이젠 옛 이야기 같은 우리 어머니들의 주술 같은 이별 의식, 나에게 그런 이야기 속의 어머니가 가졌을 법한 절절함은 물론 주술끼도 없다.

그에게 전화를 했다. 그는 한참 만에 전화를 받았고 면 소재지 쪽으로 차를 가지고 나오라고 했다.

얼마 뒤, 그는 누군가와 같이 걸어 나오다가 아쉬운 듯 헤어진다. 얼굴이 불쾌했다. 오랜만에 만난 전우였으니 술도 한잔했을 것이다. 그는 차에 오르더니 터널을 통해 춘천 쪽으로 나가자고 했다.

"아들과의 만남은 어떠셨어요? 엄마의 사랑을 듬뿍 건네주고 오셨나요?"

그는 올 때와는 다르게 명랑해진 표정이었다. 작은 공간 안에 전해지는 그의 목소리와 술 냄새가 싫지 않았다.

"터널을 지나죠."

　그의 마음 씀씀이가 고마웠다. 뭔가 의식하지 않고 자연스럽게 상대방을 배려하는 모습. '아까 지나왔지만 유명한 막국수 집이 있어요. 점심도 제대로 드시지 못하셨을 테니 간단히 드시고 가시죠.' 자꾸만 남편과 비교되는 건 어쩔 수 없었다. 터널은 한참을 가도 그 끝이 보이지 않았다.

"우리나라에서 제일 긴 터널은 평창올림픽을 앞두고 현재 공사 중인 서울에서 강릉 가는 고속철 구간의 율현 터널이지만 자동차가 다니는 터널로는 지금 통과하고 있는 이 터널이 제일 긴 터널이래요."

　잠시지만 환한 빛이 그리웠다. 한참 만에 터널을 빠져나가 다시 소양댐 방향으로 올라갔다. 주말이었지만 오후 시간이라 주차장은 한산했다. 춘천의 대표 음식이랄 수 있는, 막국수와 닭갈비. 그는 막국수 집으로 향했다.

"이 식당은 제가 이곳에 근무할 때부터 있었지요. 그 당시에는 가정집을 개조한 작은 식당이었는데 지금은 증축하여 공간을 넓히고 이곳에서 유명한 식당으로 발전하였지요."

　막국수와 감자빈대떡을 주문했다. 막국수는 내가 좋아하는 음식이었다. 가끔 남한강가의 천서리로 막국수를 먹으러 다니곤 했었다.

"이곳은 열무김치가 별미지요. 막국수의 '막'은 '보편적', '국수를 막 뽑아서 지금 바로 만든'이라는 의미로, 막국수 요리의 편리성과 대중성을 알 수 있는 것이고. 일본의 소바만큼은 아니지만 요즘은 점점 수요가 늘어나고 있는 추세지요. 또한 이렇게 메밀이 포함된 면은 칼로리가 적고 비타민 B나 E가 풍부하고요, 건강식품의 중요 요건이기 때문일 거예요."

그는 막국수를 좋아하는 사람답게 전문적인 설명을 해 주었다. 먼저 감자빈대떡이 나왔다. 빈대떡은 밀가루가 주성분이니 당연히 식물성이다. 그런데도 감자빈대떡에서는 감자 냄새가 아닌 풀 냄새가 유독 나는 것 같았다. 막국수가 나온다. 막국수의 맛이야 그렇고 그렇지만 투박함이 덜 느껴진다.

"맛있네요. 참기름 냄새가 고소하고."

"그래요."

그도 반가운 모양이다.

"최전방은 아니지만 면회하신 소회가 궁금한데요?"

"아들은 부대를 벗어났는데도 내내 갇혀 있는 듯 불편해 보였어요. 나도 덩달아 그 분위기에 갇혀 있는 듯, 가는 시간이 아쉬워야 할 텐데 오히려 시간이 지루했어요. 누군가 기다리는 사람이 있다는 것도 이유가 되었던 것 같구."

열무김치에서도 풀 냄새가 났다. 당연히 열무도 풀에 속하는 것이니 풀 냄새가 당연한 것이지만 좀 심한 풋내가 났다. 소금에 절이는 과정의 차이인 것 같았다. 계산은 그가 했다. 서울에 가서 술이라도 한잔 사야겠다고 생각했다. 강촌을 지나면서 차가 밀리기 시작했다. 고속도로로 진입하려고 했지만 그가 말해 국도로 갔다.

"남자와 여자는 어떤 차이가 있을까요?"

뜬금없이 그가 물었다.

"남자와 여자란 범위가 너무 넓잖아요. 범위나 구역을 정해야지요."

"그런데 성경에 보면 남자의 갈비뼈를 취해 여자를 만들었다고 하는데 남자와 여자는 서로 통하는 게 왜 그렇게 없는 걸까요."

그가 내 사정을 마치 알고 있기라도 한 것처럼 물었다.

"아담의 갈비뼈로 이브를 만들었다는 것은 다분히 신화적인 것이겠지요. 그보다는 남자라는 존재가 여자의 몸을 빌려 태어난다는 것이 더 비중이 큰 숙명일 거예요. 다만 모계사회를 벗어나면서 남성의 권위를 높인 데에는 종교가 지대한 역할을 했을 거예요. 로마가 망한 후 체계화된 대부분의 종교에서 남성의 권한을 강화했어요. 기독교에서는 하느님 아버지라고 했고 마호메트는 일부다처의 혼인 지침을 주기도 했고요. 동양의 유교는 말할 것도 없지요. 지금까지도 이어져 내려오고 있는 남녀 차별 개념은 사실 조선 중기에 시작되었다고 볼 수 있는데 조선 중기에 성리학이 토대였던 사림파가 득세하면서부터였지요. 여성의 재혼은 금지되어서 지아비를 잃은 여성은 첩이나 평생 과부로 살아가야 했죠."

"정말 그런 것 같네요. 그럼 가정생활에서의 범위를 말해야겠네요. 아내와 남편으로서의 차이."

"그것도 범위가 너무 넓지요. 경제적인 면이나 음식이거나 성적인 것 등 범위를 한정해야지요."

"그러면 포기해야겠네요. 친구들끼리 이야기를 하다 보면 가정이건 어디에서건 남녀 간의 갈등은 성격이 차이가 아닌 성적인 차이 때문이라고 하던데, 여자의 입장에서는 이 말을 어떻게 받아들이는 건지."

"무슨 이야기를 듣고 싶으신 거예요? 남자들 입장에서는 그럴 수도 있지요. 오로지 생각하는 것이 그것뿐이니."

"근데 그것이 무엇이래요?"

그는 짓궂게 물었다. 그러고는 조금 심각한 표정을 지어보였다.

"고대 그리스의 철학자 플라톤이 쓴 대화록 중 '향연' 편에 보면 아리스토파네스가 남녀의 차이를 말하는 전제처럼, 자웅동체 한 몸이었던 것에서 분리했던 이유가 나와 있어요. 인간은 본래 남성, 여성, 제3의 성(性) 이렇게 세 가지 성을 가졌었다는 이야기죠. 제3의 성은 남자와 여자 두 가지 성이 혼합된 모습으로 남녀동체(男女同體)이지요. 하나의 머리에 두 개의 얼굴, 두 쌍의 팔, 두 쌍의 다리를 가지고 있었다는 등과 등이 붙은 한 쌍의 인간, 이들은 몸이 둥글둥글해 굴러다녔고 힘이 아주 셌다고 해요. 이에 위협을 느낀 제우스와 다른 신들은 그들을 어떻게 할 것인가를 의논했대요. 모두 죽이자니 인간이 바치던 예배와 제물을 영원히 포기하게 되고, 그렇다고 인간들의 오만을 방치할 수도 없었죠. 오랜 고민 끝에 제우스가 나서서 인간을 둘로 쪼갤 방안을 내놓습니다.

'나는 그들을 모두 둘로 쪼개 놓겠소. 이렇게 함으로써 그들은 지금보다 약해지고 동시에 그 수가 늘어남으로써 우리들에게는 더욱 이익이 될 것이오. 그들은 두 발로 똑바로 서서 걷게 될 것이오.'

이렇게 말하고 나서 제우스는 자신의 번개 가위로 인간을 두 조각으로 쪼갰다는 것이지요. 그런 후 제우스는 얼굴과 반조각이 된 목을 절단한 쪽으로 돌려놓아서 인간들이 쪼개진 모습을 똑똑히 보고 앞으로는 온순하게 행동하도록 만들라고 아폴론에게 명령했습니다. 아폴론은 잘라진 인간의 몸을 꿰맸고 신에게 반항하지 말라는 메시지를 상기시키려 배의 한가운데에 구멍을 남깁니다. 이 구멍이 바로 배꼽. 이처럼 인간은 원래의 몸이 양분되었기 때문에 잘라져 나간 자신의 반쪽을 그리워했고, 이로 인해 사랑이 시작되었다는 것이지요."

"그런 비슷한 이야기는 들었지만 자세하게는 처음 듣네요. 그렇게 그리워하고 사랑을 하면 되는데 사실은 그게 아니잖아요. 저는 남녀의 차이를 신체적인 특징을 통해 파악하는 것이 가장 현실적이지 않은가 생각해요. 남자의 신체 중에 가장 돌출된 부분은 무엇일까요? 남자는 여성을 대할 때 몸으로 시작한다는 것이지요. 심벌이라고 하는 것, 그 신체적인 결합에 휘둘리게 되는 거지요. 그러나 여자는 다르지요. 여자의 신체 중에서 가장 돌출된 부분은 가슴입니다. 가슴이라는 의미가 단지 유방을 뜻하는 것이 아닌 것처럼 여자는 가슴, 즉 마음으로 시작하는 것이지요. 마음이 열려야 몸이 열린다고나 할까요. 간통이라는 것이 법적으로는 죄가 아닌 것이 되었지만 부부나 연인을 기준으로 남자가 생각하는 여자의 부정은 성적인 결합에 몰리게 되는 것이지요. 서로 사랑하는 마음은 큰 의미가 없고요. 그러나 여자는 다르지요. 다른 사람에게 마음이 갔다는 것에 큰 의미를 두는 것이지요. 같이 잠을 자는 것도 그렇지만 같이 영화를 보고 밥을 같이 먹는 것에도. 그래서 남자는 바람을 펴도 다시 돌아오지만 여자는 그러기가 쉽지 않지요. 이미 마음이 가 버렸기 때문에."

그는 약간 흥분된, 신체적인 이야기로 멋쩍게 이야기를 마쳤다. 그건 누군가의 이야기나 글을 읽은 것처럼 전문성을 가진 이야기였지만 대놓고 맞장구를 칠 수는 없었다. 나 또한 남자의 권위에 짓눌린 채 살아온 세대 중 하나니까. 개인적인 것이나 정서적인 차이가 있겠지만 여성으로서 자신의 성적 취향을 드러내는 것은 있을 수 없는 일이었다. 남편으로서 문제가 있다면 해결 방안을 찾아내는 것이 아니라 회피하거나 다른 것으로 남성의 존재성을 가지려 했다. 미국인이 쓴 책의 제목처럼 어차피 남자는 화성, 여자는 금성이라는 각기 다른 별에서 온 존재들이니 말이다.

조금 심각한 표정으로 창가를 내다보던 그가 다시 물었다.

"그러면 존 그레이 씨가 쓴 '화성에서 온 남자 금성에서 온 여자'는 어떠하셨어요?"

속으로 깜짝 놀랐다. 그도 나와 같은 생각을 하고 있었다.

"그 당시에는 대단히 공감을 했던 것 같아요. 책에서 보면 남자는 기분 나쁜 일이 있거나 고민이 있을 때 혼자 숨을 수 있는 자신만의 동굴로 들어가려고 한다는 것, 그리고 그 동굴에서 자신만의 해결책을 찾은 후 비로소 평상시와 같은 얼굴과 생각을 가지고 일상으로 돌아온다는 것이고. 대부분의 남자들은 어려운 문제가 생겼을 때 주위의 누구와 이야기하기보다는 혼자 생각해서 해결책을 찾으려 한다고 말이죠. 그러나여자는 이와 상반되게 같은 상황에서 주위의 누군가에게 이야기를 하고 하소연을 하는 동안 그 일에서 빠져나오게 된다는것이죠. 그래서 여자들이 스트레스를 푸는 가장 쉬운 방법이친구들과 수다를 떠는 거라고 말하고 있죠. 저도 공감이 가는부분이고요."

"맞아요. 대부분의 남자들은 어떤 일에 대해서 감정을 무시하고 무조건 해결책을 제시하거나 시도하기도 하지요. 여자 친구가 어떤 좋지 않은 일들을 이야기하면 남자친구는 편안하게 들어주기보다는 곧바로 그 문제를 해결하기 위한 답부터 찾으려 하는 면도 있고요. 그 문제는 해결책이 있는 게 아닌 사안인데도 말이지요. 상대적으로 여자들은 지나친 간섭과 행동으로 상황을 나쁘게 만들기도 하지요. 동성들과는 다르게 분명한 차이점이 존재하지요. 그러나 그것도 본질적인것은 아니지요. 본질은 다른 데 있는 거지요."

"그 본질이라는 것이 무엇인데요?"

"본인이 더 잘 아실 텐데 저한테 묻는 것 같네요."

가평을 지나면서 우리들의 대화처럼 차는 더 속도를 내지 못했다. 서울에 도착한 것은 오후 여덟 시가 가까운 시간이었다. 집에다 차를 세워 두고 술을 한잔하기로 했다. 내가 가끔 들르는 수서역 근처의 한정식 집으로 그를 안내했다. 그는 자칭 미식가 축에 든다고 했다. 그는 미식가를 '자신이 음식을 직접 만들어 남에게 대접할 수 있는 능력을 가진 사람'이라고 내리며 색다른 의견을 제시했다.

식당에 자리를 잡고 앉았을 때 그는 너스레를 떨며 말했다.

"야아, 어떻게 내 취향을 잘 알고 식당을 선택하셨네요. 늘 그럴 수는 없는 거지만 한 번쯤은 상대방이 존중받는다는 느낌을 받을 수 있도록 하는 것이 중요하죠. 음식이라는 게 허기를 면하는 게 일차적인 목적이지만 일단은 분위기이지요. 분위기는 여성들의 몫이기도 하지만 경우에 따라서는 남자들도 무력해지는 시공간이지요."

"화성에서 온 사내들은 금성에서 온 여성으로부터 인정과 격려를 빌어먹고 살아가는 존재들이지요. 어머니라는 여자의 몸을 빌려 태어났으니 그게 사내들의 숙명 같은 것이고요."

음식이 나오기 시작한다. 우리의 정서는 한꺼번에 차려진 음식에 익숙하다. 차례차례 나오는 음식은 불편하고 익숙하지 못하다. 긴 시간을 차에서 시달렸으니 입맛도 밥맛도 별로였지만 순서대로 나오는 음식으로 입맛에 긴장감을 줄 수 있었다. 그는 맥주를 즐겨 한다고 했지만 그날은 와인을 마셨다. 그와 같이 있는 시간이 편안했다. 그와 다녀온 길도 마찬가지였다. 와인 한 병을 다 마셨고 그는 맥주를 더 마셨다. 그의 얼굴에 취기가 올라오고 있었다.

"아내는 나를 버리고 떠났지요. 늘 마음에 차지 않은 듯, 세상사는 재미가 없는 듯하더니 어느 날 떠나 버렸어요. 아마 내 사회적 위치나 경제적인 상황에 절망했을 거예요. 세상사람 모두가 다 다른 종류의 물건들처럼 개별성을 가지고 있는 거지만 그녀는 대범했고 나는 상대적으로 그에 미치지 못했어요. 자라온 환경이 많이 달랐으니까요. 나는 나대로 그녀에게 인정받지 못한다는 열패감에 시달려야 했어요. 은영 언니의 사정은 잘 모르지만 저 관심 있는 것 아시죠?"

당황스러웠지만 듣기 거북하지는 않았다. 나도 그가 좋아지고 있었으니까.

"은영 언니, 지금 혼자 사시는 것 아니예요?"

늦은 밤에도 전화를 주고받기도 했으니 그렇게 생각할 수도 있었다. 그건 사실이 아니니 있는 그대로를 이야기해야 했다.

"아뇨, 남편과는 떨어져 있어요. 별거나 다름없는 상황이지요. 오래전부터 남편과의 관계가 악화되면서 내 감정 표현을 유보하거나 억제하고 살았어요. 그래서 사람보다 사물에 더 집착을 했어요. 내가 사물에 집착을 보였던 것은 어쩌면 사람에게서 상처받기 싫어서거나 빠져드는 내 감정을 스스로 조절하는 것에 자신이 없어서기도 할 거예요. 그래서인지 늘 갈망하는 사랑을 만화나 소설이나 영화에서 찾아 혼자 맘속으로 사모하곤 했죠. 또 한편으로 상상 속의 한 남자를 그려 놓고 생명이 불어넣어지기를 꿈꾸기도 했고요. 마치 그리스 신화에 나오는 피그말리온처럼 말이죠. 그러나 아직 나의 간절한 염원에 아프로디테 같은 여신이 없었던 것 같아요. 그래도 기다려야죠."

쓸데없는 말을 했다는 후회가 머릿속을 지나갔지만 이미 뱉어진 말이었다. 그에게 맥주를 달라고 했다. 시간이 빨리 지나갔고 자리에서 일어났다. 몸이 흔들렸다. 식당을 나와 전철역까지 걸어가면서 그는 내 손을 잡았다. 오랜만에 느끼는 다른 남자의 촉감, 몸이 조금 뜨거워지는 느낌이었다.

"집 앞까지 모셔다 드릴게요."

그의 말이 싫지 않았다. 그의 집으로 가는 반대 방향이었다. 그와 같이 있는 것이 편안했다. 전철역을 나와 아파트 입구에서 그와 헤어졌다.

"오늘 고마웠어요."

가볍게 손을 흔들었을 때 그가 갑자기 두 팔을 뻗어 내 어깨를 잡아끌며 뺨을 부딪쳐 왔다. 전혀 예기치 않았던 행동이기에 당황스러워 그를 밀어냈다.

"이게 무슨 짓이예요. 빨리 돌아가세요."

계단을 뛰어올라 갔다. 뒤를 돌아보지 않았다. 몸은 피곤했지만 하늘을 날던 풍선 같은 기분이었는데 갑자기 펑 터진 기분이었다. 아파트 현관 앞에 섰다. 다시 눅눅한 현실로 돌아온 기분이었다. 문을 열자 어둠이 덩그러니 놓여 있었다. 이젠 익숙할 만한 시간이 지났는데도 늘 새롭도록 공포스럽다. 아들을 만나고 온 감정을 추스를 여유도 없이 갑자기 그런 상황과 부딪친 것이 분하고 서운한 마음이 들었다. 옷을 갈아입고 샤워를 했다. 그와 헤어지기 전까지는 온몸이 팽팽해지는 듯 긴장감이 돌았는데, 지금은 바람 빠진 풍선처럼 쭈그러진 기분이었다.

컴퓨터를 켜고 그에게 메일을 썼다.

전화해서 편안한 밤이 되고 잘 자라는 말을 해 주고 싶었지만······.

어쩜 금방 잠들었을 것 같아 메일을 씁니다.
오늘 동행해 주어서 고마웠는데,
아무튼 무척 미안한 생각이 듭니다…….
당황스러움에 더 큰 당황스러움을 드려서,
이제 우리의 인연은 여기까지인 것 같으니 그만 만나는 것이
좋겠습니다.

짧게 메일을 썼다. 그가 취기의 더운 기운을 빌렸을 것이라
는 생각도 했지만 그만 만나는 것이 좋을 것 같았다. 진심은
아니었다. 그는 나의 현재 상황을 잘 모를 것이다. 아마 내가
혼자일 거라는 생각을 가졌을지도 모른다고 생각했다. 자리
에 누웠지만 쉬이 잠이 오지 않았다.

다음날 늦은 아침에 침대에서 일어났다. 머리가 욱신거렸고
엉킨 실타래를 잡은 것처럼 심란했다. 하루 종일 해야 할 일
을 하지 못하고 우두커니 있었다. 해가 저물고 있었다. 술을
한잔 해야겠다고 생각했다. 갑자기 친구에게 전화를 하기도
그렇고 가끔 들르던 시장 골목의 국밥집으로 갔다. 국밥집은
저녁 시간인데도 한산했다.

"막걸리나 한 병 주세요."

주인아줌마는 뜨끈한 국물을 뚝배기에 담아내더니 내가 좀 안쓰러웠는지 선 채로 막걸리를 따랐다.

"고맙습니다. 한잔 받으실래요?"

그녀는 말없이 잔을 가져왔다.

"손님이 별로 없네요. 그런데도 늘 씩씩하게 사시는 모습이 좋아요."

"씩씩하기는요. 낚싯바늘에 걸려 올려진 복어 새끼처럼 그런 척하고 사는 거지요."

"낚싯바늘에 걸려 올려진 복어 새끼라뇨?"

"잘 모르시는가 보다. 바다낚시를 하다 보면 자주 작은 복어 새끼가 물리기도 하거든요. 낚싯대에 걸린 복어 새끼를 떼내려고 손으로 잡으면 애네들은 뽀득뽀득 소리를 내며 있는 힘을 다해 배를 부풀려요. 아마 상대방을 겁주기 위해서일 거예요. 겉으론 씩씩해 보이지만 죽기 싫어 발악하는 모습이지요. 이렇게 사는 게 남들이 보기에는 괜찮을지 모르지만 사실 속으로 곪아드는 것이지요."

그녀는 잔을 부딪치고 단숨에 막걸리를 마셨다. 그래도 그녀가 유쾌하게 마주 서 있는 것이 고마웠다. 손님들이 들어오면서 그녀는 바빠졌고 그 사이 나는 한 병을 비웠다. 이런 선술집에서 여자 혼자 술을 마시는 경우는 드문 것이어서 자리

를 차지한 사람들이 힐끔힐끔 쳐다보기 시작했다. 이왕 시작
했으니 한 병을 더 시켰다. 그녀는 지나다가 술을 한잔 따르
고 지나갔다.

술기운이 오를수록 그 사내가 가까이 다가왔다. 아마 쌀쌀
맞은 타박으로 어색해진 그 사내를 불러내기 위해 술을 먹는
게 아닌가 하는 생각도 해야 했다. 그렇게까지 말할 필요는
없었는데, 설핏 후회가 지나갔다. 허나 이미 뱉은 말이었다.
식당 안은 점차 시끄러워졌다. 계산을 하고 식당을 나왔다.

전화기를 자꾸 열어 본다. 영락없이 누군가의 전화를 기다
리는 모습이다. 그러나 전화는 오지 않는다. 맥주라도 한잔
할까 생각했지만 공원으로 향했다. 오랜만에 산책이라도 하
고 싶었다. 팔월 중순을 지났으니 밤공기는 조금 서늘해졌다.
풀벌레소리도 서늘하다. 공원에는 다양한 부류의 사람들이
나와 밤을 즐기고 있었다. 공원을 천천히 돌았다. 주머니에
있는 전화기의 존재를 잊으려고 애썼지만 신경은 온통 전화기
에 가 있었다. 공원을 세 바퀴쯤 돌고 집으로 돌아왔다. 혼자
지낸다는 것이 자유롭다는 말과 동의어일 수도 있지만 그 반
대로 감옥과도 같은 단절의 공간이라는 비통함에 잠기기도 한
다. 감옥은 독방도 있지만 여럿이서 같이 생활하는 공간이다.
영화 '빠삐용'에서 빠삐용의 탈출 제의를 받은 드가는 망설임

없이 이렇게 말했다.

"네가 아무리 이 섬에서 탈출한다고 해도 네 마음의 감옥에서 벗어나지 않는다면 너는 여전히 감옥 속에 갇혀 사는 거야."

망설임 없다는 것보다는 자신에게 던지는 독백처럼 중얼거리던 말이었다는 것이 타당할 것이다. 내가 느끼는 것처럼 사람들은 현실에서 물리적인 감옥에 갇혀 있지도 않으면서도 빠삐용의 모습을 꿈꾸기도 한다. 그리고 더러는 현실에 안주하거나 비겁하게 순응하며 살아가는 자신의 모습을 감추고 가리기도 한다. 그러면서 과연 나는 얼마만큼의 자유를 가진 인간인가 하는 의문을 가지기도 한다. 그러나 실제로 나를 포함한 인간들이 가지거나 누리는 자유는 관념적인 생각에 비하면 아주 미약할 수도 있다. 물리적인 한계와 지식의 한계와 표현의 한계에 부딪치기 때문이다. 다만 나보다 그렇지 못한 상대가 존재할 때 내가 가진 자유의 폭을 느끼기나 할 뿐이다.

드가의 말처럼 내 마음의 감옥은 어떤 것인가. 결코 드러낼 수 없는 아물지 않은 마음의 상처, 그리고 자신과도 소통하지 못하고 관계 속에서 소통하지 못하는 단절감, 타인과 비교되는 나의 미약한 성취, 그리고 타인과 비교하여 가지지 못한 것에 대한 좌절감이 견고한 감옥으로 웅크리고 있는 것은 아닌지.

하염없이 창밖을 내다보다가 샤워를 시작했다. 한때는 나르시시즘에 빠진 것처럼 보았던 내 몸이었다. 그러나 사랑이 닿지 못하는 여자의 몸은 시든 꽃처럼 향기가 나지 않았다. 오래 흘러내리는 물줄기와 마주 서 있었다. 그 남자가 잠시 머무르도록 했다.

방으로 돌아와 컴퓨터의 전원을 켰다. 그에게서 메일이 와 있었다.

아침에 일어나니 머리가 무거웠습니다. 거울을 볼 자신도 없고 나 자신이 너무 미워 자신을 추스르기가 어려워 어찌할 줄을 모르고 한참을 서 있었습니다. 일상 같은 아침 산책도 생략하고 집안 청소를 하고 화분에 물을 주고 꽃들에게 눈도 한 번씩 맞춰 주었지요. 쌀을 씻어 밥을 짓고 두부를 부쳐 간단한 찬을 만들고 아이들을 깨워 같이 밥을 먹었습니다. 그리고 동행하겠다는 알림도 주지 않았는데, 산행 준비를 하고 집을 나섰습니다. 산에라도 다녀오면 심란한 마음이 풀리려나 하는 절박함으로 집을 나섰습니다.

그러나 산을 오르면서도 '내가 왜 이러는지 몰라.' 하는 유행가 자락처럼 자꾸만 뒤를 돌아보고 있는 내 모습이 싫기도 했습니다.

은영 언니!

궁상스럽기도 했던 나의 유년은 누가 '이것은 네 것이다.' 했더라도 몇 번씩이나 확인하고 다짐받아야 편해졌습니다. 그런 유치함은 나이를 더해도 변하지 않았지요. 옳고 그름이거나 하는 차원의 문제가 아닌 절대 물러설 수 없다는 그리고 자유로워져야 한다는 처절한 외침 같은 것이어야 했습니다.

호수 위를 지난 달빛처럼 작은 물결에도 지워져 갈 줄 알았는데 시간이 지날수록 찰진 뻘 속을 걷듯 자꾸만 빠져 가는 내 모습을 봅니다. 나의 서툰 몸짓이 그토록 큰 허물이었다 하더라도 한 번쯤은 용서해 주십시오.

은영 씨!

당신에게 별이 되고 싶습니다. 태양이 가린 날에도, 구름이 가린 날에도, 달빛이 가린 날에도 보이게 보이지 않게 당신의 별이 되고 싶습니다.

그의 이야기는 그렇게 끝나고 있었다. 그는 자꾸만 나를 늪속으로 끌려 들어가게 하고 있었다. 전화가 울린다. 발신 번호를 보니 그에게서 온 전화였다. 전화를 받았다. 잠시 동안 그는 말이 없었다.

"어제는 죄송했습니다. 그렇다고 그렇게 사람을 무안하게 하시다니요. 이번 주말에 마지막으로 한 번 뵐 수 있었으면 싶어요."

그는 나의 대꾸를 기다리지 않고 전화를 끊었다. 내가 다시 그에게 전화를 걸었다.

"전화를 그렇게 끊는 사람이 어디 있어요. 늘 제 맘대로네요. 어제는 나도 미안했어요. 그치만 아직 서로를 잘 모르잖아요. 내가 만만해 보였다는 생각을 할 수밖에 없는 경우이기도 하거든요. 그리고 이번 주말엔 다른 일정이 있어 만날 수가 없을 것 같아요. 다음에 시간되면 보기로 해요."

그는 뭐라 말이 없었다. 전화를 끊었다. 잠시 후 전화기가 내 맘처럼 다시 흔들렸다.

"알겠어요. 잘 주무세요."

그는 짧게 말하고 전화를 끊었다. 어젯밤도 길었는데 오늘 밤도 역시 길 것 같았다. 우연히 책상 위의 달력을 보았더니 추석이 가까이 와 있었다.

길들여진 관계

추석(秋夕), 가을 저녁이라는 단순한 의미이다. 추석은 우리 고유의 명절로 가을의 한가운데에 있다. 보름이니 음력으로 치면 달의 가운데에도 있는 것이다. 중추절이라는 또 다른 이름, '한가위'라는 우리말도 마찬가지 의미가 담겨 있다.

명절이 다가올 때마다 그 풍성함과 충만함 대신 가슴이 답답해지곤 했다. 단순히 차례 상에 올릴 음식을 만들고 손님을 치러야 하는 차원이 아니었고 가까운 가족들과의 문제였다. 그 첫 번째가 남편이었다. 시댁에서의 불편함은 얼마든지 견딜 수 있는 것이었지만 남편과 연휴 동안을 같이 지내야 하는 것은 큰 억압이고 고통이었다. 추석이나 설 명절이 가까워지면 요즘 흔히 이야기하는 '명절증후군'이 나타나곤 했다.

첫 만남. 사람과 사람과의 관계는 처음 만남에서 대부분 관계의 내용과 질이 설정된다고 보아도 무방하다. 그렇기 때문에 '첫눈에 반한다.'는 것도 실제로 가능한 이야기다. 물론 이는 개인적인 경험에 근거한 것이다. 그러나 알게 모르게 이 말에 동의하는 사람은 꽤 많다. 처음 만남이 좋았다면 후에도 좋은 관계를 만들어 갈 수 있는 확률이 그만큼 높고, 처음 만남이 좋지 않다면 후에도 계속 그럴 가능성이 높다.

　나와 시댁 식구들도 마찬가지였다. 나는 아버지 등의 문제로 결혼을 급하게 서두르면서 시댁 식구들과 충분한 교감을 나누지 못한 채 한 가족이 되었다. 이때 갖게 된 시댁 식구의 나에 대한 좋지 않은 인식은 새로운 물길을 트지 못하고 현재까지 그대로 흘러가고 있다.

　모든 인간관계에서 간과하기 쉽지만 절대적인 것은 '모든 것은 상대성을 가진다.'는 것이다. 상대방이 드러내는 몸짓과 표정이 바로 자신의 내면과 연결되어 있다는 뜻이다. 개인의 학습과 경험으로 또는 이해관계에 따라 내면을 숨기고 가리며 포장하거나 치장한다고 해도 그것에는 분명한 한계가 있다. 의사를 교환하거나 전달하는 데 있어 언어가 차지하는 한계처럼, 몸짓과 표정, 억양이 진정성의 기준이 된다는 말과도 같다. 말은 결코 중요하지 않다. 몸짓과 표정 속에 숨겨진 의미를 읽어 내야 한다. 첫 만남에서 상대방이 드러내는 몸짓과 표정은 미래에 펼쳐질 관계의 내용과 질을 설정한다. 그리고 대부분의 사람들은 첫 만남에서 자신의 이기심을 바탕으로 깔고 상대방을 재단한다.

다음날도 그에게서 전화는 오지 않았고 대신 메일이 왔다.

읽다 덮어 두었던 책을 폈고 오랜만에 아이들과 외식을 하고 숲으로 갔지요.

숲은 늘 넉넉히 품어 주기도 하고 어떤 외로움 같은 것을 가려 주기도 하는데,

오늘은 그 외로움이 가려지지 않고 물결이 이는 소리가 들렸어요.

숲길이 끝나 가는 곳으로 야생화 농원에 들렀지요.

야생화를 키우고 그 비루한 하우스 한편에 짐승처럼 깃들어 사는 사내.

그러나 그 사내는 한 번도 비루한 모습을 보여 주지도 않았고 말하지도 않았어요.

오히려 야생화 화분 하나씩도 내 배낭에 넣어 주기도 하지요.

가끔 들를 때마다 나에게 적대감을 드러내는 고양이 한 마리와

십여 년을 같이 살았다는 '아름'이라는 애완견 하나.

불문율처럼 한 번도 그 사내의 과거를 묻지도 않았지요.

오늘도 그 사내는 '문 라이트'라는 꽃봉오리가 열리기 시작하는 작은 야생화 화분 하나를 넣어 주더군요.

한 번 일었던 파문은 숲을 다 내려오도록 잠잠해지지도 않고 소리를 내고 있었지요.

이 파문을 어찌해야 하나요?

그가 가진 자유의 폭을 부러워해야 하나? 추석을 앞둔 주말이라 음식을 준비해야 했다. 남편이 올라올 것이다. 오랜만에 재래시장에 갔다.

97년 IMF 구제금융 신청, 강력한 지진해일에 갑작스럽게 생겨난 소용돌이처럼 이 땅의 많은 변화를 야기했다. 그런 참혹하고 살벌한 시간들이 도래하리라고는 누구도 예상하거나 생각하지 못했을 것이다. 하루아침에 직장에서 쫓겨난 자가 속출하고 기업들은 파산했다. 생을 포기하는 사람들도 부지기수였다. 가정이 해체되면서 노숙자로 한뎃잠을 자는 사람들도 많아졌다. 당시 금 모으기 운동은 위기 속에서 벗어나려는 국민들의 자발적인 희망의 빛줄기로 미화되기도 하지만 그 상처는 깊고 참혹한 상흔을 남겼다. 그 후 다시 '경기가 좋아졌다.'는 말은 돌아오지 않았다. 가진 자와 그렇지 못한 자의 간격이 더욱 넓어졌을 뿐이다.

시장은 대목 분위기는 아니었지만 명절을 앞둔 터라 평상시보다 조금 분주했다. 시장에 나오면 죽어 가는 세포를 두드려 깨우듯 뭔가 삶의 활력 같은 것을 느낀다. 집에서 먹을 음식과 시댁에 가지고 갈 음식의 식자재를 샀다. 오랜만에 배추김치를 담그려고 배추도 샀다. 그러나 시장을 오가며 물건을 사는 일이 전혀 신나지 않는다. 가정주부가 음식을 만드는 설렘이 없다면 아니, 잃어버린다면 그 본분, 삶의 의미를 잃어 가는 것이다. 나의 삶 속에는 어머니가 만들어 주셨던 음식들이 응축되어 있다. 나의 영과 육신은 그 음식들로 기둥을 세우고 골격을 만들었다. 내가 풍기에서 이태동안 짧게 시골 생활을 할 때 어머니가 만들어 주셨던 음식들, 쉽게 구할 수 있었던 도시의 식자재보다는 자연에서 나는 것들, 이른 봄의 냉이와 쑥, 머위순의 각별한 식감, 추억은 그 풋것들의 맛에 곁들여진 조미료처럼 알싸하게 남아 있다. 그것은 어머니와 나를 연결시켜 주는 끈이 되었다. 지금도 어머니께 가면 당신이 불편한 몸으로 만든 음식에는 머지않은 한계를 생각하면서도 그 추억의 끈을 이어놓으려는, 안타까움이 묻어 있다.

무거운 마음으로 두 팔에 무게를 느끼며 집에 도착했을 때 현관에 남편의 구두가 놓여 있었다. 가지런히 놓이지 못한 구두는 나와 남편의 마음일 듯싶었다. 주방으로 가는 동안에도 남편의 위치는 확인되지 않았다. 식탁에 올려놓고 안방 문을 열었을 때도 그랬다. 마지막으로 내 작업실 문을 열자 남편은 컴퓨터 앞에 앉아 있었다.

"언제 오셨어요?"

그때서야 남편은 등을 돌렸다.

"요즘, 누구 만나고 다니는 거야?"

남편의 목소리는 취조하는 형사처럼 위압적이고 확신에 차 있었다. 오랜만에 만나 겨우 한다는 소리가, 기가 막혔다. 물론 처음에 헤어지자고 말한 건 나였다. 지난봄 심하게 다투고 난 후였다. 심각하게 결기를 가지고 던진 말은 아니었다. 오랫동안, 누르고 참아 왔던 이야기를 뱉어내듯 던진 것뿐이었다. 그때부터 남편은 전과 다르게 나에게 감시의 눈길을 만들었다. 한 번 금이 간 관계는 다시 본래의 제 모습을 찾지 못하는 것이 동서고금 매한가지였다.

"누굴 만나기를 바라고 하는 소리예요?"

나의 목소리는 뒤틀리고 갈라져 나왔다.

"누구 만나는 놈 있다며, 그게 누구냐고?"

"그게 무슨 소리예요? 당신 지금 누구 떠보는 거예요?"

도둑놈이 제 발 저리다고 은근히 켕겼고, 평상심이 흐트러진다.

"나한테 한 번 걸리기만 해 봐. 그리고 당신, 처신 똑바로 하고 다니라고."

컴퓨터에서 무언가를 찾아내려고 했던 것처럼, 남편은 무안한지 뒷말을 흐렸다. 연휴 동안 그와 같이 있어야 한다는 사실이 참담했다. 그래도 익숙한 것처럼 음식을 준비하고 시댁에도 갈 것이다. 그렇게 오래 길들여진, 습성이 된 것이다.

한 시대를 풍미했던 배우, 모 씨는 그의 자서전 같은 이야기를 통해 공개적으로 외도를 공개했고 그 여인을 사랑했다고도 했다. 요즘 흔히 하는 말로 '간을 배 밖에 내 논 사내'라고 여겨졌고, 판매부수를 의식한 상술이라는 생각도 들었다. 그가 불륜을 공개한 이유는 그 여인이 오래전에 이 세상을 떠났기 때문이라고 했다. 또한 한 방송 프로그램에서 자신의 불륜 고백과 관련해 "나의 아내는 가만 보면 머리가 참 좋은 여자다. '어디 가더라도 나를 봐서 체통을 지켜 달라.'는 말을 가끔 했다. 아내는 그렇게 다스려진 사람이기 때문에 불륜을 문제 삼으면 나랑 못 산다."라고 말했다. '다스려진 사람'이라는 표현은 자신의 입장에서 '길들여졌다'는 표현과 같을 것이다.

남편 역시 당연하다고 생각할 것이다. 날마다 보는 얼굴도 아니고 오랜만에 만나 서로를 그렇게 대면한다는 것이 참 한심하다는 생각이 들었다. 그렇다고 남편은 내가 원하는 대로는 아니더라도 좀 더 변하여 주지도 않을 것이다. 자신의 영역을 허무는 것이라고 생각할 테니까. 자라면서 부모를 포함해 주변 사람들로부터 인정을 제대로 받지 못한 사람들은 어른이 되었을 때 역시 주변 사람들을 편애하고 맘에 들지 않은 자는 가혹하게 다루는 경향이 있다. 남편이 그런 부류였다. 허물어져 가는 자신의 권위를 세우기 위해 나를 억압하고 의심의 각을 세울 것이다.

파경중원(破鏡重圓). 깨진 거울이 다시 둥근 모습이 되었다는 의미이다. 예전에는 눈도 제대로 맞추어 보지 못하고 혼인하거나 겨우 눈만 맞추고도 해로하는 것이 당연한 것이었는데, 요즘은 결코 깨어지지 않겠다며 온갖 조건을 다 맞춰 보고 재어 보고 결혼해도 오히려 깨진 거울 조각들이 무수히 발에 차이는 세태이다. 다시 태어나도 지금의 배우자를 만나겠다는 연분이 있는가 하면 부부의 연을 이어 가면서도 남보다 못하게 사는 이들도 많다. 누군가는 농담처럼 "이혼이란 제도가 없었다면 결혼도 하지 않았을 것이다."라고 말하기도 했고 누군가는 "사랑은 완전해도 사람은 완전하지가 않다. 그런 사람이 꾸려가는 생활 또한 그렇다."라고 말했듯, 예전과 달리 요즘은 결혼하는 것도 부부로 사는 것도 어렵고 또 어려운 시대다.

저녁 밥상에 마주 앉았지만 나는 수저를 들지 않았다. 이럴 때 아이들이라도 있으면 완충 역할을 해줄 것인데……. 갑자기 군에 가 있는 아들 생각이 났다. 남편은 아무 말도 없었다. 그도 그럴 것이다. 제 아무리 잘났다 해도 그도 여자의 몸을 빌려 태어난 사람일 뿐이다. 그도 아내인 나로부터 인정을 받지 못하는 존재라는 것을 알고 있을 것이다. 그런 연고로 사내들은 여자의 인정을 갈구하며 살게 되는 업을 지게 된 것이다.
　남편이 자리에서 일어나자 나는 꾸역꾸역 밥을 먹기 시작했다. 밥을 먹는다기보다는 밀어 넣는다는 표현이 맞을 것이다. 저녁을 먹고 시댁에 가지고 갈 음식을 만들기 시작했다. 음식을 만드는 일은 자정이 되어서야 끝났다. 간단히 씻고 잠자리에 들었다. 남편이 먼저 누워 있었는데 내가 침대로 올라가자 나에게로 다가왔다.
　신혼 초에는 그렇다 치고 내가 여자로서 완숙된 몸이 되어가도록 남편의 품안에서 여자가 되지 못했다. 여자는 소극적일 수밖에 없는 것처럼 세대와 관습의 한계처럼 그렇게 길들여겼을 것이다. 오랫동안 딱딱한 관습처럼 남자들은 쾌락을 얻기 위해 섹스를 하고 여자들은 사랑해서 섹스를 한다는 이야기가 통념이었다. 그러나 여자들도 남자와 크게 다르지 않다. 여자들도 성적 쾌락에 탐닉해서 성적으로 흥분하고 오르가즘을 느끼는 과정에서 성기와 심리 상태의 변화를 즐기기 위해 섹스를 한다. 여자들이 더 많이 사랑을 섹스의 전제 조건이라 생각하는 경향이 있지만 섹스를 사랑의 결정적 특징으로 더 많이 집착하는 쪽은 남자다.

낮에 있었던 극단의 독설에 한마디 사과도 없이 그는 내 몸에 손을 얹었다. 전에는 그렇더라도 그냥 넘어갔지만 이제는 아니었다.

"그만하세요. 낮에 나한테 뭐라고 했는데."

베개를 들고 방을 나왔다. 그렇지 않으면 밤새 나를 괴롭힐 것이다. 마치 자신이 가진 권력의 방편이라고 생각할 것이다. 작업실로 들어가 방문을 잠갔다. 잠시 후 남편은 방문을 두드리다가 발로 차기 시작했다. 잠시 조용하더니 남편은 열쇠를 찾아냈는지 방문을 열었다.

"제발 이제 그만 하란 말이예요. 이제 지겨워! 당신이!"

나의 목소리는 둔탁하게 방 안을 울리고 있었다. 남편은 나를 잡아끌다가 안 되겠던지 웅크리고 있는 내 옆으로 와서 다시 내 몸을 더듬기 시작했다. 그랬다. 지금까지 서로 다툰 후에 섹스라는 행위를 통해 흐트러진 상황을 무마했다고 생각했을 것이다. 이제 그 잘못된 습관의 행태를 끊어내야 한다고 생각했다. 남편은 완력으로 나를 밀어붙였고 머리가 벽에 부딪쳤다. 나는 머리를 감싸고 서럽게 울음을 토해냈다. 이불에 머리를 박고 서럽게 울었다. 남편은 망연히 서서 나를 내려다보다가 방을 나갔다.

쉽게 잠들지 못하고 긴 밤이 지났다. 설핏 잠이 들었던가. 눈을 떴을 때 창문이 환하게 밝아져 있었다. 그렇게 한동안 자리에 있다가 거실로 나갔을 때 남편은 소파에 멍하니 앉아 밖을 내다보고 있었다. 흐트러진 머리칼처럼 내 마음도 마찬가지였다. 주방으로 가 아침을 준비했다. 내 수저는 놓지 않았다. 식탁에 앉은 남편은 혼자 밥을 먹기 시작했다. 남편도 말을 하지 않았다. 예정대로라면 시댁에 갔어야 하는 시간이었다. 어제 준비한 음식을 챙기고 옷을 갈아입었다. 어디론가 떠나고 싶었지만 딱히 갈 만한 곳도 없었다. 연휴가 시작되면서 연중 최대 인원이 공항을 빠져나갈 예정이라고 보도하고 있었지만 그건 남의 일이었다. 남편도 옷을 갈아입고 차가 세워져 있는 지하주차장으로 내려갔다.

시댁은 평창동, 고급 주택가가 있는 외곽이었다. 대기업의

임원으로 근무했던 시아버지는 나를 홀대하지는 않았지만 시어머니는 달랐다. 시집올 때부터 미운 살이 박힌 셈이었다.

시댁으로 들어섰을 때 시어머니는 불편한 심기를 그대로 드러냈다.

"지금 몇 신데 이제야 오는 거니. 집에서 노는데 뭐가 바쁘다고."

나는 고개를 숙이고 주방으로 갔다. 점심상을 차려야 할 시간이었다. 도우미 아줌마도 명절이라고 집에 보냈는지 주방은 설거지도 그대로였다. 설거지를 하고 점심상을 준비했다. 집에서의 상황이 떠올랐고 불편한 모습을 감추려고 했지만 완전히 가릴 수는 없었다.

"애비야, 무슨 일이 있었냐?"

시아버지가 물었을 때 남편은 우물쭈물했다. 시아버지도 알고 있었다. 타인들과 잘 친화하지 못하는 아들의 모습을. 그래서 며느리인 내게 잘 대해 주려고 했지만 시어머니는 달랐다. 당신의 아들은 완벽하다고, 자신만의 잣대로 남편을 평가하고 나를 하찮게 생각했다. 그보다는 잘난 아들에게 미치지 못하는 며느리라고 생각했을 것이다. 내일이면 집에 들를 시누이는 나를 제대로 긁어 놓을 것이다. 모녀는 철저하게 한편이었다. 그녀도 자신의 시댁에서는 그럴 것이면서 나에게 못되게 굴었다. 빨리 시간이 지나가기를 바랐다. 늘 그랬던 것처럼 변함없이 차례 상에 올릴 음식을 준비하니 자정이 넘었다.

사람들은 바다에 떠 있는 섬을 피난처처럼 생각하기도 하지만 나는 그 반대로 바다에 갇혀있는 거라고 생각했다. 그러면서 빠삐용처럼 수단과 방법을 가리지 말고 섬을 탈출해야 한다고 생각했다. 그것은 순전히 남편과 헤어지는 것을 의미하는 것은 아니었다.

일회성의 행사처럼 차례를 지냈다. 집에 돌아가고 싶었지만 그도 쉽지 않았다. 아버지가 돌아가시면서 친정은 사람들이 전부 떠난 섬과 같은 곳이 되었다. 특정한 공간의 의미는 같은 시간을 공유한 사람이 그곳에 있을 때 유효한 것이었다. 그래서 명절이 되면 더 외롭고 쓸쓸했다.

내 표정은 내내 침울했다. 시아버지가 우리 부부를 불렀다.

"수고했다. 이제 돌아가거라."

당신의 자식이지만 오십 줄을 넘어선 부부의 일에 개입할 수 없다는 것 정도는 알고 계신 것이다. 그런데 옆에 있던 시어머니가 그 앞을 가로막았다.

"오후에 둘째네 식구들이 온다니 보구 가거라."

시아버지는 당황한 표정이었지만 그 자리에서 시어머니의

말을 가로막지는 못하셨다.

"죄송해요. 제가 머리가 아파서 집에 가서 좀 쉬어야겠어요. 아범은 좀 더 있더라도. 죄송해요."

"뭐라고? 지금 네가 제 정신이냐."

시어머니는 당황하시며 언성을 높이셨다. 고개를 숙이고 방으로 들어와 가방을 챙겼다. 거실을 지나 현관으로 내려섰다. 남편은 팔짱을 끼고 망연히 서 있었다. 등 뒤로 화살이 꽂힌 듯 따끔거렸다. 현관문을 열고 닫는 시간이 무겁게 지나갔다. 계단을 천천히 걸어 내려갔다.

거리는 피난이라도 떠난 도시처럼 한산했다. 그 많던 차와 사람들은 다 어디로 간 것일까? 그렇지만 나는 가야 할 곳이 없었다. 오빠 집에 친정어머니가 계셨지만 이 기분으로 그곳에 가고 싶지 않았다. 어디를 가야 한다기보다는 내가 숨을 공간이 필요했다.

세종로에서 조계사를 지나 종로 3가에 있는 오래된 영화관인 서울극장으로 갔다. 요즘은 중국인 등 관광객들이 많이 드나드는 영화관이다. 산만하지만 오히려 다행이다 싶었다. 여러 제목 중에서 고민하다가 고른 영화는 '나를 찾아줘'였다.

영화를 다 보고 나서 배우들의 연기와 대단한 캐릭터의 탄생에 엄지를 치켜들었지만, 자신을 옭아매고 살인자의 누명까지 씌운 에이미를 그대로 받아들이는 닉에게 찜찜함을 느꼈다. 대체 왜 이혼하지 않고 같이 사는 걸까 하고. 아무튼 속 시원하지 않은 결말이었다.

영화 속에서 닉이 "우리가 지금껏 했던 거라고는 서로에게 분노하고, 서로를 조종하려 하고, 서로에게 상처 줬던 게 전부잖아."라고 말했을 때 에이미는 "그게 결혼이야."라고 말한다. 닉은 왜 자신을 막장으로 몰고 간 에이미를 다시 받아들인 것일까? 그 이유는 에이미의 협박 때문이기도 하지만, 자신을 남자다운 남자로 만드는 유일한 여자라는 사실을 깨달았기 때문인지도 모른다. 사이코인 에이미가 언제 자신을 죽일지 모르지만, 닉의 심리는 그렇게 단순하지 않다. 닉은 에이미를 내치지 못하며 그녀에게 길들여진 존재임을 자인한다. 평범하지 못한 여자와 사는 것이 자신의 존재감을 드러내는 모습이라는 듯 비루한 사내의 모습으로 영화는 끝났다.

영화가 끝난 후에도 나는 에이미라는 캐릭터에서 쉽게 빠져나올 수 없었다. 나도 에이미처럼 그렇게 하고 싶었던 것일까? 상영관에 불이 들어오고야 나는 자리에서 일어났다. 에이미가 했던 말이 다시 내 앞에 돌아왔다.

'그게 결혼이야.'

아주 오래전에 아리스토텔레스는 '인간의 최고의 선은 행복이다.'라고 말했다. 행복에 관해 이야기한 이들은 수없이 많았다. 욕망과 행복은 궤를 같이하는 것이다. 욕망의 충족이 행복감을 주는 것은 너무나 당연하다. 결혼이라는 틀에서 기본적인 욕망은 사랑이다. 그러나 사랑이라는 욕망의 틀 속에서 행복과 불행의 간격은 백지 한 장 차이고, 행복이 불행으로 바뀌는 것은 손바닥을 뒤집는 것보다 가벼운 것이다.

다시 인사동 거리를 지나 조계사에 들렀다 가야겠다고 생각했다. 거리는 한산했지만 인사동 거리는 여느 때와 다름없이 오가는 사람들로 복잡했다. 대부분 특별한 목적 없이 나온 사람들 같았다. 북적이는 거리를 걸을 때 갑자기 허기가 몰려왔다. 아침도 제대로 먹지 않은 채 늦은 오후 시간을 맞이한 것이다. 때로 허기는 삶의 의욕을 돋우는 기제가 되기도 한다. 물론 혼자 밥을 먹는다는 것은 동냥아치가 되는 기분이 들게 하지만. 근처의 식당으로 들어갔다. 밥때가 지나서인지 식당 안은 썰렁했고 홀에는 종업원들이 식사 중이었다. 정말 동냥아치라도 되는 것처럼 종업원들이 힐끔거린다는 느낌을 받았다. 주문을 하고 밥을 기다렸다. 혼자이니 간단한 비빔밥을 시켰다. 식사 장소가 어디든 익숙해지지 않는 것이 혼자 밥먹는 일이다. 차분하게 마음을 가라앉히는 것이 중요하다. 스스로에게 주문을 거는 것이다. 오래된 정서처럼 비빔밥에는 약간 쉰내가 나는 열무김치가 제격이라고 생각하며 아쉬운 듯 밥을 비볐다.

식당에서 나왔을 때 거리는 가로등불이 들어와 있었다. 전철을 타고 아파트에 도착해서 올려다보니 집에 불이 들어와 있었다. 집 앞에서 열쇠를 꺼내려 하다가 초인종을 눌렀다. 남편이 문을 열어 주었고 이내 돌아서 방 안으로 들어갔다. 현관에서 방까지 가는 짧은 거리가 고산지대를 지나기라도 하는 것처럼 숨쉬기가 거북했다. 옷을 갈아입고 주방으로 갔을 때 남편이 불렀다.

"이야기 좀 해. 당신 뭘 잘했다고 이러는 거야. 만난다는 그 놈 때문에 그러는 거야?"

큰소리는 아니었지만 가시가 박혀 있었다. 아무 할 말이 없었다.

"당신하고 할 얘기 없어요. 나 피곤해요. 쉬고 싶어요."

"뭐라고 이야기를 해야 할 거 아냐. 집에 가버리다니. 당신 뭐하는 짓이야. 어른들 앞에서 뭐하는 거냐구."

목소리가 커지면서 소파 한구석의 등받이를 냅다 나에게 집 어던졌다.

"이제 헤어져요. 당신과 사는 게 이제 진절머리 나게 지겨워요.”

순간적으로 나온 말이었다. 생각하고 한 말이 아닌 극단의 표현이었다. 남편은 어이가 없는지 당황하는 기색이 역력했다. 나는 한 번도 그런 모습을 보인 적이 없었다. 늘 아버지를 생각했을 것이다. 그러면서 아버지 같은 남편을 생각했을 것이다. 그러나 남편은 그 발뒤꿈치도 따르지 못하는 인간이었다. 엄마에게 아버지는 어떤 남편이었을까? 학교에서는 어떨지 모르지만 남편은 나를 눈곱만치도 가엾게 생각하지 않았다. 자리에서 일어서며 나에게 던진 등받이를 거실 한쪽으로 집어던졌다. 작업실로 들어갔다. 문을 잠그고 자리에 누웠다. 출구가 보이지 않는 깜깜한 터널 같았다.

몸은 피곤한데 잠은 오지 않는다. 술이라도 한잔 마시고 싶었다. 술 대신 시집을 한 권 꺼내 들었다. 김신용 시인의 『바자울에 기대다』였다. 언젠가 읽은 시집이었다. 언젠가 그가 시인이 될 수 있었던 특별한 사연을 말한 적이 있었다.

‘대학로에서 보도블록을 깔다가 한 화가를 만났고 그와 우연히 찾아든 술집에서 술을 마시다가 시인이 되었다. 지금 생각해 봐도 꼭 농담처럼. 그래, 농담처럼 느껴진다.’

나는 그의 많은 시 중에서 ‘돌 그물’이 좋았다.

시인은 피를 팔아 밥을 얻은 적도 있었고, 지친 몸을 추스르기 위해 자청해서 감옥에 가기도 했다. 시인의 삶은 그러했고, 사람들은 저마다 자기 삶의 경험적 요소에서 만들어진 관점에서 사물과 타인을 본다. 나도 마찬가지였다. 시인은 시 '돌 그물'에서 '저 푸른 갯벌을 걸어 무거운 돌들을 어떻게 옮겼을까 하는 안쓰러움이 먼저 밀려와 돌 그물에 걸린 물고기처럼 파닥이고 있지만 그것이 사는 일이었다고'라는 구절처럼 그렇게 언젠가 푸른 갯벌에 돌 그물을 두른 사람들을 추억했을 것이다.

내 삶의 일은 무엇인가? 하루하루 가슴에 돌의 지문을 꾹꾹 눌러놓은 것 같기도 한 갯가 사람들의 치열한 삶의 이야기들……. 그 뒤로 몇 편의 시를 더 읽다가 잠이 들었을 것이다. 창문이 훤하게 밝아졌다. 혼곤하게 잠에 빠졌던 듯 머리가 맑아진 느낌이었다. 거실로 나갔을 때 남편은 TV를 보고 있었다. 주방으로 가 아침을 준비했다. 지금까지 결혼 생활이 늘 그랬다. 멍에를 떨쳐 내려 몸부림치던 찬수네 소가 시간이 지나서 길이 들었듯이 나 역시 막다른 골목까지 갔다가 다시 돌아서 걸어 나오곤 했던 것이다. 오늘 아침도 마찬가지였다.

"아침 드세요."

남편은 지아비의 근엄한 자리로 돌아오듯 식탁에 앉는다. 그와 마주 앉았지만 어색하게 수저를 든다. 어색함을 깨려는

듯 남편은,

"어디 바람이나 쐬러 갈까?"

라고 물었고 나는,

"어디로요?"

라고 물었다.

"어디 가고 싶은 데 있어?"

"남이섬은 어때요?"

"그래, 거기 갑시다."

아침을 먹고 간단한 과일과 간식을 준비했다.

얼마만인가 싶다. 거리는 아직 한산했다. 올림픽대로변에
는 붉은 능소화가 아직도 치렁치렁 꽃숭어리를 매달고 있다.
중부지방에선 올림픽대로의 개나리가 제일 먼저 핀다. 열섬
화 현상 때문일 것이다. 한강을 건너 경춘국도를 들어선다.
운전대를 잡고 있는 남편은 말이 없다. 서로 할 이야기가 없
다는 것은 그만큼 공유하는 것이 없다는 것과 같다. 그렇다고
억지로 이야기하는 것도 쉬운 일이 아니다.

강이 따라오는 길을 달리는 것은 특별하다. 이 골 저 골에서
흐르는 물이 강으로 만난다. 강으로 합류한 물들은 골짜기마
다 이야기를 풀어내어 수런거리며 흐른다. 갇힌 물은 소리를

내지 못한다. 삶도 흐르는 것이니 이야기를 만든다.

가브리엘 가르시아 마르케스의 자서전, 『이야기하기 위해 산다』는 다큐멘터리 〈차마고도〉에 빠져 있을 당시 읽은 책이다. 그가 쓴 『백년의 고독』은 그 이야기의 확장판인 것 같았다. 『백년의 고독』에 나오는 무수한 사건은 마르케스의 경험에 비추어 보면 모두 그가 겪었음직한 일들이었다. 자서전은 마치 소설처럼 어머니가 바랑끼야에 살던 청년 마르케스를 찾아와 외할아버지 집을 같이 팔러 가자고 얘기하는 장면에서 시작한다. 그러면서 무수한 사건과 회고가 이어진다. 그 당시 마르케스는 법대를 막 자퇴했으며 신문에 매일 논평을 실어받는 푼돈으로 '왕처럼 생존'하고 있었다.

이야기는 특별한 산물이다. 강물이 서로 몸을 뒤섞듯이 삶도 뒤섞을 때 생겨나는 것이다. 뛰어난 이야기, 소설은 이야기가 가득한 나라와 사람에게서 태어난다. 그가 30대 초반까지 쓴 이야기처럼 마르케스는 이야기하기 위해 살았고, 살기 위해 이야기했다. 그가 태어난 나라 콜롬비아도 마찬가지였을 것이다. 이야기는 사람에게서 생겨나는 것이다. 같은 공간에 있으면서 이야기를 나누지 못하는 것은 각자의 공간에 갇혀있다는 의미와도 같다. 나와 남편 역시 각자의 공간에 갇혀 있는 가여운 존재들이었다.

대성리를 지나면서 차가 밀리기 시작했다. 지난여름의 끝에 그와 함께 이 길을 지났던 시간들이 차창 밖을 홀연히 지나간다.

"휴게소에 들러 차 한 잔 마시고 가요."

남편은 말없이 휴게소로 들어간다. 화장실에 다녀왔을 때 남편은 담배를 피우고 있었다. 내가 좋아하는 에스프레소를 한 잔 건네주리란 기대는 그저 사치스런 욕심이었다. 그는 주로 다방 커피라는 자판기 커피를 좋아했다. 커피는 포기하고 드링크 두 개를 사 들고 차로 돌아왔다. 남편은 시동을 걸고 차 안에 있었다. 드링크 마개를 거칠게 열고 남편에게 건넸다. 그는 눈도 마주치지 않고 받아든다.

남이섬 입구의 주차장에 도착한 것은 정오가 조금 지난 시간이었다. 연휴로 나들이 나선 사람들이 많아서인지 주차장은 만원이었다. 조금 시들해지긴 했지만 여전한 한류의 위력 덕에 요우커로 통칭되는 중국 관광객들이 주류를 이루는 듯했고 배를 기다리는 사람들은 길게 줄을 잇고 있었다. 배를 타고 건너는 것이, '나미나라 공화국'으로 들어가는 길이다. 한 편의 드라마와 한 사람의 아이디어가 강 사이에 떠 있는 섬을 꿈의 공화국으로 만들었다.

뱃길이 가까워졌고 우린 배에 올랐다. 섬의 나무들은 가을을 맞고 있었다. 은행나무들이 그 빛을 선도해 가고 있었다. 호숫가 옆으로 걷기 시작했다. 단풍나무들도 가을볕을 흔들고 있었다. 오랜만에 남편의 팔짱을 끼고 걸었다. 남편도 싫지 않은 표정이었다. 천천히 섬을 돌다가 잔디밭에 자리를 잡았다. 가지고 온 간식을 꺼냈다. 과일과 빵이었다. 와인도 한 병 가지고 왔다.

"와인 괜찮아요?"

남편은 와인을 좋아하지 않았다. 아니, 술을 좋아하지 않았다. 음식은 그렇다 치고 술의 취향이 다르다는 것은 불편한 사실이었다. 다른 것이지 틀린 것은 아닌데도 말이다.

"막걸리나 한 병 가져오지 무슨 와인이야."

불쾌한 표정을 그대로 드러냈다. 와인을 열어 달라고 하고 싶었는데 내 손이 무안했다. 그렇다고 다시 집어넣는 것도 그랬다.

"그래도 한잔 하세요."

"안 마시고 싶어."

어쩔 수 없이 혼자 따라 마셨다. 가을햇살이 강물을 흔들었다. 내 마음도 강물 따라 흔들리고 있었다. 기분을 바꾸고 싶었는데 취기 때문에 눈앞의 가을햇살만 흔들리고 있었다. 남편은 과일만 먹었다. 마음이 다른 곳에 가 있는 듯 쓸쓸했다.

자리에서 일어났다. 나무들보다 사람들이 더 많았고 모두 환한 표정이었다. 메타세쿼이아가 길게 서 있는 길에서 사진도 한 장 찍었다. 나무 데크를 따라 걸었다. 남편은 몇 발자국 앞서가고 있었다.

"여기서 식사를 하고 갈까요?"

"아니, 나가서 먹자구. 여기는 비싸기만 할 것 같으니."

서로 불편한 일이 있었더라도 다시 봉합하고 다시 길을 떠나는 것이 부부일 텐데 우리는 이미 그 과정이 무의미한 관계였다. 공화국 입구에 꽂아 놓은 국기들이 바람에 흔들렸다. 나미나라 공화국을 떠나는 배는 쓸쓸했다. 빤히 보이는 도착 지점이 나를 절망스럽게 했다. 망망한 길을 떠나고 싶었다.

배에서 내려 차가 세워진 곳으로 갔다. 점심시간이 한참 지났지만 점심은 가면서 먹기로 했다. 남편은 국도변의 막국수 집에 차를 세웠다. 여행을 다니면서 특별한 추억이 없는 사람은 설렘도 없다. 추억의 그리움에는 설렘도 있는 것이다. 때가 지난 식당은 한산했다. 막국수는 그저 그런 맛이었다.

서울로 돌아오는 길은 길게 밀렸다. 불편한 기분을 공유하면서 공간도 공유하는 것은 곤혹스런 일이었다. 집에 도착하니 여덟시가 가까웠다. 온몸에서 맥이 풀렸다. 들어오기 전에 저녁을 먹었으면 싶었지만, 아쉬운 소리를 하는 것 같아 참았다. 내 자신이 초라했다. 다 그런 건 아니지만 가끔 친구들이 여왕 같은 대접을 받고 산다고 자랑하면 은근히 화가 치밀곤 했다.

주방에서 간단한 저녁을 준비했다. 내일 학교로 내려갈 거니 무언가 따뜻한 음식을 해야 한다고 생각했지만 피곤한 몸은 마음을 여유롭게 하지 않았다. 남편이 좋아하는 김치찌개를 끓였다. 저녁을 먹고 남편은 서재로 들어갔다. 나는 작업실로 들어가서 그림을 그리기 시작했다.

자정이 가까운 시간 붓을 내려놓고 샤워를 했다. 한 달에 한 번 정도 집에 들르는 남편은 의무감처럼 섹스를 했다. 아니, 거르고 그냥 내려갈 때도 있었다. 부부나 연인에게 섹스는 쾌락을 쫓는 본능이자 서로를 구속하는 수단이다. 거기에 사랑하는 감정이나 존경심 같은 것이 담겨 있다면 그것은 생의 순간순간에 본능이나 구속을 넘어서는 기제가 된다.

남편의 서재로 갔다.

"내일 내려가시려면 주무셔야죠."

권유이자 위태로운 끈을 이어 놓고 싶은 지어미로서의 유혹이든가 아니면 도망칠 구실을 만드는 것인지도 몰랐다. 달아날 남편은 책상 위에 한동안 시선을 고정시키고 있다가 일어섰다.

"욕조에 물 받아 놓았어요."

그 말을 건네고 침대로 갔다. 잠시 후 남편이 들어왔다. 오랜 시간 동안 부부라는 관계를 유지했지만 같이 지낸 날들은 채 일 년도 되지 않았다. 그 기간만큼 둘이 나누는 섹스는 건조했다. 술이라도 같이 즐긴다면 그 취기를 빌릴 수도 있을 텐데, 그것도 해당 사항이 없었다. 섹스도 습관의 범주에 든다면 무감각하고 어색한 것인가? 19금 영화라도 같이 본다면 성애 장면을 흉내 내도 덜 어색할 텐데……. 아무런 설렘도 없었다. 여자를 헤아리는 마음도 없었다. 남자의 자신감은 침대에서 생겨나기도 한다는데 나는 그에게 눈곱만큼의 자신감도 주지 못하고 있는 셈이었다. 교감이 없는 전희는 시간이 문제가 아니었지만 시간도 절대 부족했다.

다음날 아침, 남편은 다시 내려갔다. 터미널까지 같이 가려고 했지만 남편은 혼자 가겠다고 했다. 본디 그러하였던 것처럼 다시 나는 혼자가 되었다. 추석 명절은 그렇게 지나갔다. 평소에는 당연한 행사처럼 여겨졌지만 이제는 피해 갈 수 있으면 피해 가고 싶었다. 집안을 치우고 정리했다. 다시 나의 공간을 되찾은 느낌이었지만, 왠지 쓸쓸하고 씁쓸했다.

점심을 먹고 가까운 산에라도 다녀오려고 나섰다. 예술의 전당에서 열리는 전시회에 들렀다가 그 뒤편의 우면산에 오른다. 언젠가부터 산에 오르기 시작하면 차마고도의 영상이 앞을 막아서고 있었다. 그처럼 차마고도 여행을 꿈꾸고 있었다. TV로 방영된 다큐멘터리를 본 것이 여러 해가 지났는데도 새록새록 그 길에 서고 싶다는 갈망이 커지고 있었다. 오래전부터 오지 여행에 대한 환상을 품었지만 극한의 환경과 체력의 한계를 극복하겠다는, 그 원시적인 풍광 속으로 들어가 보겠다는 일반적인 목표나 목적에서는 벗어나 있었다. 비켜서지 못하는 현실의 답답함을 벗어나고 싶어서, 소설 『잃어버린 지평선』에서처럼 미지의 이상향을 찾아 나서겠다는 허튼 열망을 부풀려 가고 있었던 것이다.

우면산을 오르는 것도 숨이 가빠오는데, 그 길은 높고 가파르고 너무 멀게 있었다. 어느 시인은 '차마 오를 수 없어 참아 오르는 길, 목이 말라야 닿을 수 있는 길'이라고도 했다. 오래전 그 길을 가야 했던 마방들은 당연히 그랬을 것이다.

차마고도, 단지 오가는 통행으로서의 길이 아닌, 길을 잇지 않으면 생을 이을 수 없었던 길이었다. 할아버지가 넘고 아버지가 넘었던 길, 질러가거나 돌아가는 길도 없었던. 다니면서 길이 만들어지거나 길을 가는 행위로 끝나는 것이 아닌, 한눈을 팔다가 발을 헛디디면 천 길 낭떠러지, 다시 생으로 돌아올 수 없는 길이기도 하였다. 손발이 얼고 숨이 가빠지는 설산을 넘고 얼음장 같은 개울을 건너야 했던, 달이 저물다가 떠나던 곳에 머물던 계절도 바뀌었다. 말(馬)과 차를 바꾸고 야크 등에서 소금을 내리고 다시 달이 차고 다른 계절이 시작되어야 곡식과 곰삭은 차를 품고 돌아올 수 있었던 길. 길이 이어지면서 문화와 종교, 풍습들도 사람들을 따라 오가던 길.

그곳은 가파른 산등성이와 긴 겨울의 혹독한 추위로 농경의 환경은 척박하다. 사람은 물론 야크 등의 사료로도 충당하기 부족할 정도로 먹을거리를 구하기 어려웠다. 여기 사람들은 염정에서 소금물을 퍼 올려 가파른 벼랑에 나무 기둥을 세워 소금밭을 만들고 소금을 만들어 낸다. 그 가혹한 노동은 모두 여인들의 몫이다. 사내들은 거둔 소금을 야크 등에 싣고 남쪽 지방으로 떠난다. 남아 있는 가족들은 눈 쌓인 설산을 바라보며 지아비나 아비를 하염없이 기다린다. 기다림이라는 것을 삶의 한 자락으로 받아들인 그들의 삶. 삶이란 그토록 험난한 길을 가는 것이었다.

꿈을 꾸듯 그 길을 가면서는 굴뚝새 같은 소년을 꼭 만나고도 싶었다. 어스름이 내리면 등 굽은 할머니처럼 낮은 초가의 굴뚝주변을 날던 작고 까만 새. 낮은 초가의 추녀에 깃들었다가 굴뚝의 온기에 기대어 잠들던 굴뚝새. 야크와 염소 떼를 몰다가 저녁이 되면 밥 짓는 연기 피어오르는 굴뚝이 있는 집으로 내려오던 굴뚝새 같은 소년. 자기애와 퇴행의 불온한 정서처럼, 그리움의 연민처럼 꼬질꼬질한 까만 얼굴과 까만 눈동자의 소년. 이제는 볼 수 없는 어린 시절 자신의 모습처럼, 그 길에서 그 소년, 그 소년들을 만나면 꼭 한 번 안아주고도 싶었다. 그런 꿈길이었는데.

그러나 이제는 길들여진 것에서 벗어나고 싶다는 탈출구로서의 의미가 더 커져 가고 있었다. 늘 절실하게 갈망하던 길이었는데, 아직 한 번도 가지 않은 길을 다시 가고 싶었는데, 그 길을 가려면서 나는 매번 멈칫거리고 있었다.

콧구멍이 없는 소

'너는 죽어서 소가 되어도 콧구멍이 없는 소가 되어라.'

그 후 많은 세월이 흘렀어도 그 낡은 풍경은 여전히 내 기억 속에 남아, 코뚜레가 걸린 것 같은 천박하고 각박한 현실에서 달아나려 하면 할수록 더 가까운 데서 모습을 비추었다. 그때마다 경허스님이 노래한 '오도송'이 떠오른 까닭은 어쩌면 필연 같은 게 아니었을까.

홀연히 고삐를 꿸 콧구멍이 없는
소의 얘기를 듣고 깨닫고 보니
삼천대천세계가 다 내 집이네.
6월의 연암산 아랫길에서

시골 사람들이 일도 없이 태평가를 부르는구나

'고삐를 꿸 콧구멍이 없는 소' 이야기는 경허스님의 일화이
다. 찬수 할아버지는 소를 마음대로 다루기 위하여 소의 코에
구멍을 뚫고 코뚜레를 끼워 넣었다. 코뚜레를 잡고 소를 부려
먹고 싶은 대로 간섭하고 억압하기 위한 것으로, 소의 입장에
서는 자기 마음대로 무엇을 할 수 없게 하는 불리한 장치인 셈
이다. 소는 코뚜레를 잡고 있는 주인의 의지대로만 움직이게
됨으로써 소 자체의 존재 의미를 영원히 잃어버린다.

　삶은 길 위에 있었다. 그러므로 인간의 생로병사는 길과 궤
를 같이하는 것이었다. 장자(莊子)는 '제물론(齊物論)'에서 '道, 行
之而成'이라고 했다. '길이란 다니면서 생긴 것이다.'라는 뜻
이다. 이는 또 다른 의미로 '도(道)란 행하면서 이루어진다.'라
고도 말할 수 있을 것이다. 중국 근대문학의 바탕이 되었던
노신(魯迅)도 소설 「고향」에서 장자의 이 구절을 끌어왔을 것이
다. 그가 불편한 마음으로 고향에 돌아왔을 때, 무섭게 변해
버린 고향 농촌의 세태와 풍경에 절망하면서도 마지막에 다음
과 같이 되뇐다.

　'희망이란 본시 있고 없고를 말할 수 없는 것, 그것은 길과
같다. 사실 땅 위에 처음부터 길은 없지만 다니는 사람이 많

아지면 길이 되는 것이다.'

　노신은 장자가 말한 도와 불가에서 말한 '지도무난(至道無難)'을 희망으로 되새김하여 희망은 거저 주어지는 것이 아니라 만들어 나가는 것임을 말했다. 허나 도가 문자로 새겨지면서 그것은 도가 아니라 권력이 되었고 억압이 되었다. 그래서 노자는 '도가도비상도(道可道非常道)'라고도 했을 것이다. 장자의 생각은 그보다 더 현실적이었다.

　우면산(牛眠山)은 '소가 잠을 자는 형상'처럼 편안한 산이었지만 지난 2011년 큰 상처를 감당해야 했다. 7월 말 서울을 포함한 중부권에 국지성 집중호우가 쏟아졌다. 특히 우면산 일대는 4일간 계속된 비로 인해 빗물이 모여 흐르는 곳은 죄다 무너지며 시뻘건 속살을 내보였다. 산 전체가 산사태였다. 강물이 범람하는 것도 두려운 것이지만 산사태는 소리를 지를 틈 없이 순식간에 닥치는 일이어서 더 무서운 자연재해였다.

　창세기에는 '그날에 큰 깊음의 샘들이 터지며 하늘의 창들이 열려 사십 주야를 비가 땅에 쏟아졌더라.'라는 구절이 나온다. 그렇듯 4주야를 지나 40일간 비가 쏟아진다면 세상이 온통 물에 잠길 것을 생각했고 두려웠다. 그리고 그때 신의 계시를 받고 노아가 방주를 만들었다던, 결코 현실적이지 않은 일들이 떠오르기도 했다.

백 년만이라고 했다. 그러나 기상관측사를 들먹이지 않는 것을 보니 그 이전에도 이번처럼 사나운 비의 역사가 있었던 것일까? 질척거리는 역사(驛舍)를 나와 집으로 가는 심란한 거리를 지났을 때 '소가 잠자듯' 평안한 모습이라는 우면산은 검은 어둠 속에서 붉은 속살을 거침없이 내보이며 흘러내리고 있었다. 천재(天災)인지, 인재(人災)인지로 숱한 손가락질이 서로 오갔지만 큰 의미가 없었다. 폭우와 함께 새벽녘에 밀어닥친 토사로 많은 사람들이 목숨을 잃었고 차로 가득 차 있던 왕복 8차선 도로는 본래의 모습처럼 흙으로 덮여 있었다.

산은 이제 그 상처를 치유해 가고 있었다. 비나 내려야 물길이 이어지는 작은 개울에 석축으로 둑을 만들고 제방을 만들어 주변과 부조화를 이루던 모습도 이제는 자연의 모습 그대로 보인다. 복구 공사를 하며 심은 싸리나무들이 숲을 이루었다. 이른 가을부터 피기 시작한 보라색 싸리꽃들이 한창이다. 이제 선명한 빛은 바랬지만 향기는 남아 있다. 벌들이 윙윙거리는 것을 보니 아직 꿀도 남아 있는 모양이다. 싸리나무의 용도는 다양했다. 풍기에 살았을 때 보았던 것이지만 빗자루는 물론 다래끼나 지게에 얹는 바지게를 만드는 자료로도 흔히 쓰인다. 억새꽃은 바람에 흔들린다. 약수터는 다시 만들었지만 배드민턴장이 있던 곳에는 나무를 심었다. 나이 든 분들이 올라와 경기를 하던 모습이 선한데, 그분들을 다시 볼 수는 없다. 오르고 내리며 소망탑까지 간다. 탑을 세 번쯤 돌고 전망대에서 멀리 마주 서 있는 북한산이며 서울 시내를 내려다본다. 무수한 아파트들이 무질서하게 세워져 시선을 어지럽힌다.

　대성사까지 오르니 땀이 흐르고 무겁던 몸이 한결 가벼워졌다. 소망탑에 오르니 아직 아이스케키 장수는 그 자리를 지키고 있다. 시들어 가는 햇살처럼 가는 계절이 아쉬운 듯, 지난여름보다 외치는 목소리에는 힘이 없다. 추억을 끌어내듯 하나를 사 들었다. 풍기에서 살 때 먹었던 아이스케키 맛이 아련한데 그 맛은 나지 않는다.

　밖에서 놀던 아이들은 멀리서 어떤 소리가 들리면 집안으로 뛰어들어가 온 집안을 들락거리며 무언가를 찾곤 했다. 아이들을 동요시킨 그 소리는 대개 두 가지 소리로 엿장수가 치는 가위 소리이거나 아이스케키 장수가 외치는 소리였다. 그 초여름, 차가운 얼음에 혀가 닿았을 때의 그 시원함과 달달한 맛은 세상 어느 것과도 바꿀 수 없는 것이었다. 나야 도회지에서 살았으니 그 맛이 익숙했지만 그곳에 사는 아이들은 아니었을 것이다.

산을 내려오기 시작했다. 단풍이 물들면서 잎이 지기 시작한다. 길가에는 벌개미취꽃이 한창이다. 요즘에는 서양등골나물이 산을 채워 간다. 환경부가 지정한 유해 식물이다. 유해한 것들은 잡초처럼 악을 쓰듯 번식력이 강하다. 우면산에도 개체수가 많아졌다. 메꽃은 강렬한 보랏빛을 머금고 있다. 나팔꽃은 씨앗으로 번식하지만 메꽃은 들에서 숙근성으로 다년생이다. 길가에는 꽃향유도 한창이다.

가을에 피는 야생화에는 보랏빛이 유난히 많은 것 같다. 나팔꽃과 쑥부쟁이, 꽃향유, 벌개비취꽃, 여름부터 숲에서 피는 향기로운 칡꽃, 고마리꽃과 함께 핀 물봉선도 자줏빛과 보랏빛의 중간쯤이다. 산중에 피는 용담이며 금강초롱, 고려엉겅퀴며 산박하, 그리고 산부추꽃이며 구절초꽃까지. 또 머루며 좀작살나무의 작은 열매, 댕댕이덩굴의 열매도 보랏빛이다. 가을의 정취를 흔드는 갈대며 억새꽃도 처음 피어날 때는 옅은 보랏빛이다.

봄이 바람의 계절이고 여름이 태양의 계절이라면 가을은 빛의 계절이다. 봄날엔 바람을 보려 하고 여름엔 태양을 올려다보지만 가을은 빛으로만 존재한다. 가을 하늘을 올려다보면 태양은 존재감을 잃고 빛만이 존재한다. 가을엔 바람도 태양도 의미를 잃고 빛이 공간과 시간을 지배한다. 빛이 태양으로부터 번져 나왔다기보다 빛은 그 자체로 생성되어 존재하는 듯하다. 여타의 계절에서 대지는 바람과 태양에 눈을 맞추고 반응하지만 가을엔 빛을 내면으로 받아들여 반응한다. 그래서 가을의 대지는 초록의 색이 성장을 멈추고 내면을 채우는 계절이다.

자연이 만들어 내는 색 중에서 보라색은 가장 우아하고 신비한 기품마저 풍겨나는 빛이다. 그래서 보라색 도라지꽃을 보면 대갓집 규수가 차려입은 모시적삼이 연상되나 보다. 저물어 가는 가을 햇살이 산 그림자를 만들고 있었다. 가을빛을 음미하면서 내려가고 있는데 누군가 아는 체를 했다. 김현민, 막연했던 그리움이 앞에 와 있었다.

"여기는 웬일이세요."

내 목소리에서 반가움이 묻어났다. 그도 반가운 표정을 역력하게 드러내고 있었다.

"여기는 내 구역인데 신고도 없이, 무단침입하신 거네요. 과태료가 좀 비싼데요."

그는 반가움을 표시하며 야단스럽게 너스레를 떨었다.

"소망탑에 다녀오셨어요?"

"네. 내려오는 길이예요. 이제 올라가는 길인가요?"

"나에게는 우면산이 정서적 놀이터이지요. 그해 여름 산사태가 있은 후 너무 속이 상해 한동안 멀리했지만 이제는 예전처럼 가까워지려고 노력하고 있어요. 낮고 작은 부피의 산이지만 골마다 식생이며 질감이 조금씩 다르거든요. 김훈 작가님도 그런 의미에서 이렇게 말했을 거예요.

'금강산이 아름답다는 말은 진실일 테지만, 금강산이 북한산이나 인왕산보다 더 아름답다는 말은 진실이 되기 어렵다. 모든 산하는 강토의 이름으로 제각각 아름다울 뿐이다.'라는. 산에 오셨으니 시간의 여유도 있으실 것 같은데 아직 가보지 않았을 곳으로 안내해 드리지요."

그는 성큼성큼 앞장서기 시작했다. 그는 늘 빠른 걸음이다. 자신도 잘 아는 것 같은데, 동행과 보조를 잘 맞추지 못한다.

"저는 가을에 피는 야생화 중에서 고마리꽃과 물봉선을 좋아해요. 고마리는 어려서 돼지풀이라고도 했어요. 너무나 흔한 것이어서 눈길조차 주지 않았던 꽃이지요. 돼지가 잡식성이라지만 억센 환삼덩쿨과 고마리류의 풀도 좋아하거든요. 서울에서는 양재천 둑에 많이 있고 물봉선은 이곳에도 피지요. 물봉선꽃은 늦여름부터 피기 시작해 가을이 끝날 때까지도 피어 있어요."

그는 야생화에 관심이 많다고 했다. 꽃 이름도 많이 알고 자연 생태에 대한 강의도 한다고 했다.

전나무 숲을 지나고 언덕을 넘어 약수터를 지나는 곳에서 그는 멈춰 섰다. 그곳에는 물봉선꽃이 군락을 이루고 있었다.

"물봉선은 습한 개울가에서 잘 자라거든요. 얘네들의 고향은 우리 땅, 울 밑에선 봉선화는 인도 쪽이고요. 물봉선의 꽃 모양을 보면 마치 뿔 나팔처럼 생겼어요. 한번 보세요. 대개는 붉은 빛이 도는 보라색이지만 드물게 노랗게 피는 물봉선 꽃도 있어요."

그는 그 자리에 쭈그리고 앉아 꽃을 꺼내듯 눈앞으로 보여 주었다. 그가 말한 대로 뿔 나팔처럼 꽃이 줄기에 매달려 있었다. 진한 초록에 보라와 분홍이 섞인 색, 진한 녹색의 잎과 서늘한 빛을 내는 물봉선 꽃이 새롭게 보였다.

산을 내려가다가 그가 밤나무를 발로 찼다. 작은 산밤 두어 알이 떨어졌다. 그는 내게 밤 한 알을 건넸다.

"'소나기'라는 소설을 기억하고 있지요. 이야기를 만든 황순원님은 어떻게 그 소년으로 되돌아갈 수 있었는지 궁금해 하곤 했어요. 유년에서 성년(에)으로 발돋움하며 이성에 눈떠 가는 소년이 성적 성숙의 징검다리를 건너면서 겪게 되는 방황은 인생에 있어 너무나 소중한 기억이지요. 어찌 보면 유년시절의 순수성이 퇴색하면서 오히려 순수함을 추구하는 불합리성에 빠지는 모습을 보곤 해요."

"저는 가을이 되면 이야기 속의 소년과 소녀가 함께 들꽃을 꺾으러 산을 넘던 장면을 생각하곤 해요. 초등학교 사학년 때였나? 방과 후에 청소를 하다가 좋아하는 여자애의 필통을 발견했어요. 다음날 그 여자애에게 전해 주며 고맙다는 소리를 듣는 뭐 그런 황홀한 장면을 떠올렸었는데 졸업할 때까지 그 애에게 말 한마디를 제대로 못 붙이고 교문을 나왔지요. 멋이라고는 부릴 것도 없던 어린 시절이었지만 그 시절에도 외모는 지대한 관심사였어요. 요즘에는 더 말할 것도 없이 가장 영향력 있는 이데올로기가 돼 버린 지 오래지요.

'물속에 손을 담갔다. 세수를 하였다. 물속을 들여다보았다. 검게 탄 얼굴이 그대로 비치었다. 싫었다.'

그 소설에 나오는 구절인데, 이야기를 읽던 그 시절에도 그 소년의 모습이 내 모습인 것처럼 느껴졌고, 그 애에게도 내 마음을 내보인 것 같아 싫었지요. 설익은 연정이었지만 그 소녀와 함께 들꽃을 꺾으러 가던 달뜬 소년의 마음을 들여다보기보다는 한나절만 볕에 내놓아도 까매지는, 본래부터 까맸던 얼굴에 보이지 않게 심통을 부리던 모습을 들켜버린 것 같아요. 그러나 세월이 흘러 가을이 오고 이맘때처럼 들꽃이 피면 그 소년처럼 연모하던 소녀와 함께 들꽃을 꺾으러 떠나고 싶은 마음이 내 앞으로 다가와 있곤 했어요. 오늘 오랫동안의 꿈이 이루어진 것 같아요. 더욱이 이렇게 우연히 만난 것이 반갑고 고마워요. 다만 소년과 소녀가 소나기를 만나 비극적인 관계로 치닫는 결말은 조금 걸리네요. 오늘은 좋은 것만 생각하고 싶어요."

그는 내 얼굴을 직접 바라보지도 않고 소년 같은 모습으로 산길을 내려가고 있었다.

"저는 이렇게 나란히 길을 가면서 이야기하는 것이 좋아요. 마주 앉아 이야기를 나누면 시선을 어디다 두어야 할지 신경 쓰이는 것에 부담을 느끼기 때문인지도 모르겠어요. 같이 마주 보고 앉아 있어도 마음은 들여다볼 수 없는 것이고 몸과 시선은 한 방향을 볼 수 있잖아요."

다시 약수터가 나오고 마을이 나타났다. 산모퉁이를 돌아섰을 때 갑자기 발바리 세 마리가 달려오고 있었다. 달려오던 개들은 그에게로 다가와 꼬리를 흔들었다. 그중의 하나는 열렬한 환영의 표시처럼 온몸을 빙글빙글 돌리며 반가워했다.

"어머, 이 애들은 뭐예요?"

나는 너무 의아해 그에게 물었다.

"내 친구들이죠."

그는 비닐하우스 문에 채워져 있는 고리를 빼내고 문을 열었다. 하우스 안에는 빈 화분들이 군데군데 놓여 있었고 썰렁했다. 그는 뭔가를 회상하듯 하우스 안을 한 바퀴 돌고 돌아왔다. 그의 표정은 무겁고 쓸쓸했다. 그는 배낭을 열더니 빵을 꺼내 개들에게 나누어 주었다. 그런 다음 세 마리의 개를 한 번씩 안아 주더니 하우스를 나왔다. 마을 골목길을 내려오면서 그는 혼잣말처럼 이야기를 시작했다.

"'든 자리는 몰라도 난 자리는 안다.'라는 옛말이 있지요. 곁에 있을 때는 몰랐는데 없어진 후에야 그 존재감을 새롭게 인식한다는 말이기도 한데, 물론 늘 그런 것은 아니고 경우에 따라 다르기도 할 테지만. 아무튼 계절이 여러 번 바뀌었는데도 예전에 만난 그 사내가 난 자리를 생각하곤 해요."

그는 혼잣말처럼 그 사내에 대한 이야기를 시작했다.

그 사내를 처음 만난 것은 십여 년 전이었다. 이십여 년의 군 생활을 마무리하고 타의에 의해 반강제적으로 전역을 앞둔 시점에서, 40대 중반의 나이로 새로운 진로를 모색한다는 것은 막막했다. '막막(漠漠)하다'라는 말은 사막을 하나도 아니고 두 개나 포개 놓은, 쉽게 끌어다 쓸 수 없는 말이다. 세상 물정을 잘 모르니 새로 무언가를 시작한다는 것이 그랬다. 그래서 그나마 군 경력을 인정받을 수 있는 일을 택했다. 내키지 않는 일이었지만 아침이면 집을 나와 근처 부대 안의 독서실로 출근했다. 부대에서 복지시설로 운영하는 곳이었다.

책 속의 낯선 단어와 그 조합들이 머리에 쉽게 들어오지도 않았고 늘 겉돌았다. 일하다가 따분해지면 마을길을 걸었다. 울을 넘은 철 이른 넝쿨장미가 화려한 자태를 뽐내고 라일락 향기가 봄바람을 흔들었다. 그날은 마을을 벗어나 우면산 등산로로 이어진 곳까지 올라갔다. 등산로 초입에 비닐하우스 두 동이 이어져 있다. 아까시 꽃들이 치렁치렁 매달리고 향주머니처럼 향기를 날리고 있었다. 하우스 안 작은 화분에는 여러 종류의 꽃들이 자라고 있었다. 문이 열린 하우스 안으로 들어갔을 때 그 사내가 분갈이를 하고 있었다.

"안녕하세요?"

머뭇거리며 인사했을 때 그 사내는 눈을 마주치며 어색하게 받아 주었다. 하우스 한쪽에는 별도의 주거 공간이 만들어져 있었다. 작은 방과 간이 주방, 다용도 테이블이 놓여 있는 공간이었다. 식탁이 있는 곳으로 잿빛의 고양이 한 마리가 낯선 방문객을 외면하며 누워 있었고 열어 놓은 방 안에는 머리핀을 꽂은 애완견도 한 마리 있었다. 혼자 사는 듯했다. 나이는 60대 중반, 무슨 사연이 있을 것이다. 그러나 그에게 끝내 한 번도 묻지 못했다.

작은 화분에 담겨 있는 꽃들은 지금까지 보아 온 꽃들이 아니었다.

"이 꽃들은 전혀 보지 못했던 꽃들이네요?"

"불란서 등 외국에서 들어온 야생화 종들이예요. 종자를 수입해서 이곳에서 발아시켜 모종을 만드는 것이지요. 쉽게 접할 수 없는 이런 야생화를 찾는 이들도 있으니까요."

"아 예. 원래 이런 일을 하셨나 봐요?"

"원래는 분재를 했는데, 공간이 마땅치 않아서 분야를 좀 바꾸었지요."

그는 차분하게 말을 이어 갔다.

"저는 전역을 앞두고 취업 준비를 하고 있어요. 길 건너 부대 독서실에서 공부하고 있는데 지나가다 잠깐 들렀어요. 가끔 올라와 머리도 식히고 꽃도 구경하러 오고 싶네요."

화분을 만지던 사내는 나와 눈도 마주치지 않고 하던 일을 계속했다.

그렇게 처음 만났으니 10년쯤의 시간이 지났을 것이다. 가끔 만나는 친구처럼 주말이면 우면산에 오르고 내려오는 길에도, 관악산에 오르는 길에도 그곳에 들러 세상사는 이야기를 나누고 그가 직접 담근 복분자청으로 만든 주스도 나누었다.

그는 정치적으로 진보에 가까운 편으로 중도 성향인 나와 큰 충돌 없이 정치적인 이야기도 나누었다. 김장이 끝나면 김치를 가져다주기도 했고 명절 때면 떡이며 과일 등을 조금 가져다주었다. 가끔 화분을 사기도 했고 그냥 받기도 했다. 그러나 한 번도 그가 살아온 내력은 듣지 못했고 묻지도 못했다.

그의 이야기는 계속 이어졌는데 그도 우면산에서 발생한 산사태 이야기를 했다.

당시 산사태가 발생했을 때 이곳에서도 사망자가 여러 명 있었다고 보도되어 나는 그 농원의 주인도 포함되었는지 확인했다. 며칠 후 농원 하우스 아래쪽으로 사태가 밀려들었고 자원봉사자들이 정리 작업을 하고 있었다. 농원의 하우스 안으로 들어갔다. 외양은 멀쩡했지만 하우스 한편을 숙소로 사용하던 곳은 토사가 방 안의 침대까지 차올라 있었다. 주인은 보이지 않았다. 잠시 다녀가려고 들렀지만 그 현장을 보고 그냥 돌아설 수가 없었고 작업 대열에 끼어들었다. 군부대에서 지원 나온 소형 굴삭기 한 대가 아래쪽에서 작업을 하고 있다가, 농원 쪽으로 동원돼 배수로 작업을 했다. 다시 비가 온다고 했으니 방치할 수 없었다. 작업 감독을 하는 중대장에게 은근히 예비역임을 내비치며 압력을 주어야 했다. 그 사내가 나타났다. 반가움에 그의 두 손을 움켜잡았다. 상수도를 쓰는 것이 아니다 보니 산중턱에서 물을 끌어왔는데, 그곳에 가보니 허물어져 내렸다고 허망해했다. 취사를 할 곳도 잠을 잘 곳도 없었다. 키우는 꽃들에 물도 주어야 하는데……. 그의 고단한 일상이 어른거렸다. 굴삭기는 올라와 간단히 작업을 했고 주인 사내는 전경 대원의 지원을 협조한다며 아래로 내려갔는데, 성과를 거두지 못하고 그냥 올라오고 있었다. "쉽게 안 되지유."

그 사내에게는 순간 그 말이 빈정거리는 소리로 들렸는지, '빨리 가세요.'라며 나에게 화를 냈다. 황망했다. 배낭을 메어들면서 비겁하지만 다행이다, 싶었다. 내가 더 이상 해 줄 수 있는 것이 아무것도 없었기 때문이다. 오히려 그렇게 그 자리를 벗어나는 것이 다행이라며 자위했다. 돌아가면서 현기증처럼, 모처럼 모습을 내보인 뜨거운 태양에 휘청거렸다.

아침 출근길에 지나다 보면 하우스는 다시 정리되어 있었다. 한 달쯤 그곳에 가지 않았다. 지난 번 복구 현장에서의 일도 있었지만 뭔가 도와주지 못하는 것도 미안했고 무더위에 그렇게 열악한 환경에서 지내는 것이 안타까웠다. 가끔 지나가는 이야기로 이제 이런 환경에서 혼자 지내기는 어려운 나이이니 거처를 옮기는 게 어떠냐고 했었는데 더 이상은 말하는 것도 내키지 않았고 그도 전혀 그럴 의사가 없어 보였다. 오랫동안 혼자 살아왔기에 타인과 섞이는 것이 쉽지는 않을 것이라고 생각했다.

배춧속이 채워지면서 가을도 깊어 갔다. 발길이 멀어진 지 한 달이 더 지나고 농원에 갔다. 하우스의 출입문을 들어섰을 때 낯선 개 두 마리가 사납게 짖어댔다. 하우스 한쪽에 숙소 시설 공사가 한창이었다. 어색했지만 그는 반갑게 맞아 주었다. 거처를 옮기라는 말은 더 이상 불필요할 것 같았다. 하우스 안의 화분들 정리도 마무리되어 가고 있었다. 그의 얼굴도 좀 평안해진 것 같았다. 공사 중이었기 때문에 이야기할 시간이 없었다.

"저 두 마리 개는 떠돌이 개 같은데 왜 이곳으로 왔어요?"

"아 예. 한두 번 밥을 챙겨 주기 시작했더니 이제는 당연히 제 집처럼 드나드네요. 귀찮기는 하지만 그냥 식구로 받아들이기로 했어요."

"사료 값은 어떻게 감당하시려구요?"

"다니는 동물 병원에서 원장님이 지원해 주시기도 하고 내 생활비를 조금 절약해야지요."

요즘에는 꽃도 잘 팔리지 않아 사정이 어렵다는 것을 잘 알고 있었다. 그러나 그를 한 번도 도와주지 못했다. 말티즈는 한 쌍이었는데 아마 주인에게서 버림받고 오랫동안 떠돌이로 우면산을 떠돈 듯했다. 내가 우면산을 오르내리다가 우연히 본 것도 여러 번이었다. 거친 환경 속을 견디고 살아온 만큼 개의 표정에는 왠지 비애가 깃들어 있었다. 동물에게 비애가 보인다는 것은 눈치를 본다는 의미이다. 아무튼 안정적인 거처를 정했다는 것으로 다시 제 모습을 찾아가는 것 같아 내심 안도했다.

그 사내에게 많은 것이 궁금했지만 삶의 이력은 묻지 않았다. 젊은 시절 택시 운전을 했던 터라 70년대 세종로에서 있었던 정부청사 신축공사 현장을 기억한다고 했다. 내가 그곳에 근무한 적이 있다고 하자, 그 이야기를 하는 것 같았다. 마음이 편해졌다. 그가 겪은 지난여름을 생각하면 숨이 막혔다. 오갈 데도 없는, 흘러든 토사가 하우스를 채운 암담한 시간들……. 이제 새 숙소를 마련했으니 진심으로 다행이라고 생각했다. 가져갔던 책을 한 권 건넸다. 책에 대해서는 관심이 없는지 건성으로 받는 것 같았다. 한결 편안해진 마음으로 농원을 나와 우면산을 넘었다. 남태령 옛길을 내려와 길을 건너고 관악산을 오른다. 인적이 드문 길이다. 내가 '고독한 길'로 이름 붙인 길이었다. 계곡으로 오르는 길이니 올려다보거나 내려다볼 것도 없다. 햇볕이 머물다가 가끔 산 그림자가 빠르게 지나기도 한다. 가을이 물든 나뭇잎들이 바람을 흔든다. 욕망과 갈등으로 부유하던 잡념들이 거친 숨소리에 녹아들고, 마음속 깊이 숨어 있던 낯선 생각들이 살아난다. 혼자라는 것은 자유를 표방하기도 하지만 고독은 현실이다. 정상이 가까워지면서 경사는 가팔라지지만 마음은 평온해졌다. 그렇게 정상에 오르면서 몸과 마음을 이완시킨다. 시선은 멀리 두고 팔은 허공을 향해 던진다. 그렇게 머물다가 하산한다. 크게 소리를 지르고도 싶지만 주변 사람들이 불편해할 것 같아 참는다.

　　겨울철에는 하우스 안에 난로를 피워 놓고 있었다. 한 달쯤 지나 하우스에 들렀을 때 그는 머리를 삭발한 모습이었다. 지난번에 보았을 때 배가 불러있던 개는 새끼를 세 마리 낳았다. 눈을 뜬 강아지들은 몰려다니며 놀고 있었다.
　　"날씨도 추워졌는데 왜 머리를 깎았어요?"
　　진지하게 물었을 때 그는 멋쩍게 웃으며,
　　"폐암 진단을 받았어요."
　　라고 했다.

"무어요? 폐암이라구요? 담배도 피우시지 않았잖아요."

"글쎄……. 상태가 그렇게 비관적인 것은 아닌데 아무튼 경과를 보아야겠어요. 참 병원에 있는 동안 전번에 준 책을 세 번쯤 읽은 것 같아요."

책에 관심을 갖지 않는 것 같아 그러려니 했는데, 아무튼 고마웠다.

"식사를 잘 하셔야 할 텐데, 누가 챙겨 주는 사람이 없으니."

하나마나한 이야기였지만 안타까운 마음은 숨길 수가 없었다. 이 농원을 정리하고 시설에 들어가 마무리하는 것도 괜찮을 것 같은데, 사내의 고집은 여전했다. 그에게 아무것도 해 줄 것이 없다는 게 안타까웠다. 후에 여행을 갔다가 폐에 좋은 것이라며 맥문동 같은 것들을 조금 사다 주었다. 그곳의 개들은 처음에는 짖어대곤 했는데 가끔 드나들면서 눈에 익었는지 알은체를 했다. 아침 출근길에도 그곳을 지나가면 길에 나와 있는 경우가 있었는데, 그때도 반갑게 나를 맞아 주었다. 날렵하지도 않은 몸을 연신 돌리며 반가움을 표시하는 모습을 보면 짠하고 귀여워 간식을 꺼내어 같이 나누어 먹기도 했다.

지난겨울도 그렇게 지나가고 설날을 앞두고 있었다. 혼자 명절을 지내야 하는 그를 위해 떡과 김장 김치를 싸 가지고 농

원으로 갔다. 문이 잠겨 있었다. 잠시 외출을 한 것이라고 생
각하고 싸 가지고 갔던 것을 문에 매달고 왔다.

　보름쯤이 지나 다시 농원에 들렀다. 낯선 이가 안에 있었
다. 그의 안부를 물었더니 청천벽력 같은 대답이 돌아왔다.
사내의 장례를 치른 지 일주일이나 지났다고 했다. 부산에 있
는 집안사람들이 올라와 장례를 치렀다는 말도 덧붙였다. 멀
리 있는 하늘을 올려다보았다. 그와는 딱 한 번 라면을 같이
끓여먹은 게 다였다. 그가 거절한 탓에 식사다운 식사를 같
이 한 적도 없었다. 그러나 그는 누구보다도 내 마음 안에 들
어와 있던 사람이었다. 오랫동안 늘 그 자리에 있었던 것처럼
그는 마음 깊은 곳에 든 자리로 있었다. 세상의 모든 것은 만
나면 언젠가는 헤어지는 것이지만 마지막 가는 길을 배웅하지
못한 것이 너무나 아쉬웠다.

　이제는 낯이 익어 내가 나타나면 달려와서 반가움을 표시하
던 개들도 구석에 풀이 죽어 앉아 있었다. 이제 주인을 잃은
개들의 운명은 어떻게 되는 거지? 물어볼 사람도 없었다. 그
는 남의 땅을 빌려 농원을 운영했고 비닐하우스도 마찬가지였
다. 나중에 듣기로는 어린 강아지 한 마리만 남았고 두 마리
는 새 주인을 찾아갔다고 했다.

그는 독백처럼 긴 이야기를 마쳤다. 공간 속에 사람은 인식되지 못하는데 '든 자리는 몰라도 난 자리는 안다.'라는 옛말은 그만큼 난 자리가 차지하는 함몰의 깊이를 체감한 사람들이 많았다는 징표이리라. 어린 시절 친하게 지내던 동무네가 멀리 이사를 갔던 일도 그랬었다. 산과 들, 낮은 초가들이 모여 있는 공간은 그대로인데 산이며 들 한쪽이 사라져버린 것처럼, 무언가 비어 있던 느낌으로 한참의 시간이 흘렀었다. 세월이 약이라지만 그것도 마찬가지였다. 내가 그 공간을 벗어날 때만이 난 자리도 벗어날 수가 있으리라는 슬픈 생각을 했다.

"개들은 누가 돌볼까, 손도 마음도 보태지 못하고 걱정만 했는데 하우스는 철거되지 않았고. 개들은 주인이 떠나긴 했지만 원래 그랬던 것처럼 그 안에 살고 있지요. 아마 난 자리의 상실감을 안은 나를 위해 누군가 배려해 주었다고 생각해요."

그가 다시 이야기를 마쳤을 때 산길은 끝나 가고 있었다. 어둠이 내린 거리는 자동차의 불빛과 바쁘게 오가는 사람들로 분주했다.

"저녁 먹으러 가요. 관악산 초입에 보리밥을 하는 식당이 있는데 그곳으로 가요."

나는 무어라고 할 말이 없었다. 식당은 가건물처럼 허름했다. 주인도 초로의 여인이었다. 주문한 밥이 나오기 전에 그가 막걸리를 한 병 시키려 했다. 나는 그를 제지했다.

　"흔들지 말고 동동주처럼 조금 맑게 마셨으면 좋겠어요."

　"아 예. 그렇게 할까요."

　그는 순순히 응해 주었다. 산을 내려와서인지 막걸리는 달콤하게 감겨들었다. 보리밥이 나왔다. 열무김치와 여러 가지 나물, 된장국이 구수했다. 오랜만에 고향 맛을 음미하듯 천천히 먹었다.

　"어른이 되어서는 보리밥을 쳐다보기도 싫었어요. 어린 시절 어머니는 생일날이면 아버지 밥보다 제 밥을 먼저 담았어요. 밥할 때 쌀을 조금 보리쌀 가운데 얹었으니 그랬던 것이지요. 쌀밥에 대한 슬픈 애착. 쌀이 남아돌아 농정의 주요한 고민거리라는 말이 아직도 체감되지는 않아요. 그런데 입맛은 금방 변덕을 부리곤 하죠. 이제 나이 들어가면서 보리밥에 대한 향수는 아마 배부른 자의 추억 같은 게 되어 버렸지요."

　"성석제의 '소풍'이나 박찬일의 '추억의 반은 맛이다'라는 글을 보면 음식에 관한 이야기가 나오지요. 누구에게나 어머니가 마음의 중심에 있는 것은 어머니가 만들어 주셨던 음식에 있을 거예요. 특히 궁핍한 어린 시절을 보낸 우리 세대에게

혀에서 맛을 느끼고 배를 채워주던 먹을거리, 음식에 대한 각별한 의미, 정서로 배어들었을 거예요."

"맞아요. 비닐하우스라는 전에 없던 집이 만들어지고 냉장고라는 문명의 이기가 주방에 들어오면서 '제철에 난다'라는 의미가 새롭게 부각되었지요. 제철에 난다는 것은 햇빛의 강도와 무게, 그 느려지는 빛의 길고 짧음, 바람과 이슬, 달빛에도 반응하면서 감응했다는 의미와 궤를 같이하는 것일 거예요. 하늘과 땅, 말 그대로 천지가 조화를 이루는 것이라고 나름의 정의를 내리고 싶은. 계절에 관계없이 다양한 음식을 먹을 수 있는 지금과 비교하면 변화하는 계절 속에서 기다림으로 숙성되어야 먹을 수 있었던 음식들은 이제 그리움으로 오롯이 남아 있게 된 것이지요. 기실 우리가 추억하는 그리움의 대부분은 인과처럼 계절 속에서 자연이 베풀어 주던 것들과 어머니의 손끝으로 버무려진 음식 속에서 잉태되었다고 할 수 있지요."

"다시 반복되는 이야기지만 우리의 정서 속에는 어머니가 중심에 있어서, 정성과 마음이 배어들지 않은 음식에서 오랫동안 남을 향기를 채우기는 어렵다는 말과 궤를 같이하지요. 작금의 삶이 건조해지고 차가워져 가는 것 역시 여기에서 비롯되는 것일 테고요."

오랜만에 보리밥을 먹으면서 정서의 뿌리를 반추하는 것으로 이어졌다. 막걸리를 두 병 더 비운 후 자리에서 일어났다.

"위로 암자가 하나 있어요. 잠깐 올라가 보시죠?"

그는 뒤를 돌아보지 않고 걸어갔다. 나무에는 갈물이 배어들고 가로등 불빛에도 물들고 있었다. 밤공기는 서늘했다. 그가 손을 잡았다. 이번에는 내치지 않았다. 일주문을 지나면서 암자로 올라가는 길은 가팔라졌다. 암자로 들어가지는 않았고 약수터 쪽으로 돌았다. 불빛이 멀어졌다.

"이제 내려가요."

그의 손을 잡아끌었다. 그때 그는 돌아서 나의 허리를 감싸안았다. 그의 가슴을 밀쳐 냈지만 그의 완력을 감당할 수 없었다. 뺨을 맞대는가 싶었는데 입술이 닿았다. 밀쳐 내지도 입을 열지도 않았다. 사위는 조용했다. 봄에나 우는가 했는데 숲에서 소쩍새 우는 소리가 서늘했다. 그 울음소리는 이가 나면서 말을 배우기 시작하는 아이처럼 또박또박하다.

그의 입에서 뜨거운 단내가 난다. 오랜만에 뜨거운 피가 머리로 올라오며 강한 충동이 나를 흔들고 있다. 지금까지 가려지고 겉돌았던 원초적인 욕망이었다. 제대로 한 번도 표현하거나 발설하지 못한 내면에 갇힌 언어였다. 한 번도 직설적인 표현을 하지 못했던 내 몸, 가여운 몸이었다. 몸의 언어는 본성의 표현이 아닌 통과의례처럼 절차의 언어로 도구화해야 한다는, 학습의 결과였을 것이다. 진실은 오가는 말 속에 있는 것이 아니라 몸으로 체감하는 것이다. 그의 손이 가슴 쪽으로 돌아왔을 때 나는 그의 품에서 빠져나왔다. 그도 머쓱한지 어색한 몸짓으로 상황을 수습했다.

그는 약수터에 걸려 있던 바가지에 물을 받아 먼저 내게 건넸다. 혀끝에 닿은 찬 기운이 내 몸을 스멀스멀 치고 오르던 욕망을 식혀 주는 듯했다. 남아 있는 물을 버리지 않고 그대로 그에게 건넸다. 그는 그 물을 마셨다. 소쩍새 울음소리는 더 가까워졌다.

"소쩍새의 전설을 알고 계시지요? 아득히 먼 옛날 강원도 깊은 산골에 며느리가 시어머니를 모시고 살고 있었다는 이야기. 그런데 시어머니는 며느리의 모든 것을 미워했대요. 며느리가 밖에서 만나는 사람들뿐만 아니라 며느리의 말, 행동까지 죄다 미워했다는 것이지요. 심지어 며느리가 밥 먹는 것, 잠자는 것까지 미워해서 며느리가 밥을 못 먹게 하려고 작은 솥을 사다가 밥을 짓게 하였대요. 솥이 작아서 밥이 모자라니 며느리는 매일 밥을 먹지 못하고 굶어야 했죠. 이렇게 굶는 날이 계속되니 며느리는 어디다 하소연도 못하고 점점 야위어 갔는데, 결국 어느 날 피를 토하고 죽고 말았대요. 며느리가 피를 토한 자리에는 붉은 철쭉이 피어났는데, 며느리의 피 색깔이 너무 붉어서 철쭉도 붉게 피었다고 해요. 이후 며느리는 한 마리의 새로 변하여 철쭉꽃 피는 계절이면 철쭉꽃 계곡으로 와서 구슬프게 울어댄다고 하죠. 참, 소쩍새는 접동새라고도 하지요. 접동새는 '소쩍당' 하고 운다는데, 잘 들어보면 '솥 작다'로 들리기도 하죠. 근데 시어머니처럼 그렇게 누군가를 미워해 본 적이 있으신가요?"

나는 먼저 산을 내려오기 시작했다. 그렇게 미워한 사람? 미워하는 이가 있다는 것은 그만큼 나에게 가깝다는 의미이고 소통하지 못한다는 또렷한 징표이다. 늘 받을 것이 많은데 주는 것은 고사하고 나를 괴롭게 하는 사람. 그러나 그보다는 아직 한 번도 겪지 못했던, 새로운 일에 나는 당황하고 있었다. 그는 나의 마음을 헤아리기라도 하는 것처럼, 아니 무언가를 생각하는지 거리를 두고 나를 따랐다. 산길이 끝나고 주택가로 난 길에서 그와 나란히 걸었다. 전철역이 가까워지고 있었다.

"생맥주 한잔 하고 가요."

"늦었는데 그냥."

"잠깐 한잔만 하고 가요."

그는 2층 계단을 올라갔다. 자리에 앉았을 때 주문한 맥주가 나왔고 그는 눈을 맞추지 않고 이야기를 시작했다. 눈을 맞추지 않는다는 것은 뭔가 불편한 심경을 뜻하는 것이기도 했다.

"이제 제가 알아도 되지 않나요? 신상에 대해서는 전혀 모르고 있으니."

나는 말없이 맥주를 삼켰다. 그에게 나의 상황을 한 번도 이야기한 적이 없었다. 그는 나를 혼자 사는 여자, 아니 자유로운 여자로 알고 있을지도 모른다.

"보이는 대로 보아 주었으면 좋겠어요. 특별히 숨기고 가리는 것도 없는데."

나의 말은 갈라져 나왔다.

"그럼 나는 당신에게 어떤 존재인가요?"

그는 나를 정면으로 응시했다. 뭐라고 할 말이 없었다.

"이제 그만 나가요."

"아뇨. 오늘은 이야기를 좀 더 해야 해요. 말해 주세요. 당신에게 나의 존재는 무엇인지?"

"아직 잘은 모르지만 당신은 좋은 남자예요. 그 이상도 이하도 아닌."

"그건 아무것도 아니라는 말을 돌려서 하는 것 같은데요. 두려운 것이 무엇이지요?"

그는 급하게 술을 마시기 시작했다. 이 상황을 벗어나고 싶었지만 몸이 움직여지지 않았다. 그는 여자의 속성을, 아니 나의 마음을 모를 것이다. 사내들처럼 순간의 날선 성욕에 휘둘리는 존재가 될 수 없는 숙명을 지닌 존재라는 것을, 코뚜레가 걸린 찬수네 소처럼 나 또한 오랫동안 관습과 타인의 욕망에 길들여진 존재라는 것을. 그리고 새로운 환경을 포함한 상황을 받아들일 만큼 유연하거나 담대하지 못하다는 것을 말이다.

나도 술을 마시기 시작했다. 나를 바위에 던져 망가트려 보겠다는 허튼 갈등이 나를 흔들었다. 차가운 술이 식도를 타고 내려가면서 취기가 올라왔다.

"부인하고는 왜 헤어졌어요? 무슨 문제가 있었죠? 흔히 이야기하듯 성격 차이였나요? 아니면 성적 차이였나요?"

그는 당황한 눈빛이었다.

"글쎄, 그것을 알았다면 그런 상황으로 가진 않았겠지요. 성격이나 성적인 차이가 아닌 욕망의 차이라고 할까. 애들 엄마는 내가 직장에서 인정받아 수직의 사다리를 타고 위로 올라가는 걸 원했던 터라 중간도 오르지 못한 내 못난 꼬락서니에 진저리를 치기 시작했어요. 그러니 매사에 불화가 일어난 것이죠. 물론 그것을 직접적으로 표현하지는 않았지만, 자신의 욕망을 남편의 진로에 결부시키면서, 그리고 나를 통한 간접적이랄 수 있는 자기 욕망이 좌절되면서부터요. 아이들의 교육 문제가 가장 관련이 깊었던 것 같아요. 높은 직급으로 올라갈수록 아이들을 잘 뒷받침할 수 있으리라는 어미로서의 당연한 욕망이었죠. 아내는 당시는 물론 앞으로의 형편으로도 감당할 수 없는 사교육비를 고민했고 그 후의 것도 생각했을 거예요.”

"물론 지금 이야기하는 것이 타당할 수도 있지만 결국 다시 원점으로 돌아가는 것 아닌가요. 성격이나 혹은 성적인 문제로.”

"글쎄, 그럴지도 모르죠. 아니 지금 그 말이 정확한 말일 겁니다. 그러나 은영 씨는 어떤지 모르지만 처음에 아내는 성적인 문제를 내세울 만큼 어떤 여유나 자유를 구가하지는 못했으니까요.”

그는 약간 흥분한 모습이었다. 그는 흔들리듯 술을 마셨다. 대학 시절에 읽었으니 제목만 기억하고 있는 '흔들릴 때마다 한잔'이라는 소설이 생각났다.

"다시 한 번 물을게요. 나는 은영 씨에게 어떤 존재지요?”

그는 뭔가 마음에 맺힌 사람처럼 다시 물었다.

"그냥 친구 같은 존재지요. 무슨 존재였으면 좋겠어요? 위리안치란 말을 들어 보셨는지 모르지만 나는 가시덤불 속에 갇혀 있는 그런 가엾은 존재거든요."

그 말을 내뱉고는 금세 후회했다. 나도 취한 것 같았다. 그런 이야기는 할 필요가 없었는데, 오히려 그 말이 그를 자극한 것 같았다.

"난 당신을 좋아해요. 당신이 내 곁에 있었으면 좋겠어요. 당신을 그 가시덤불 속에서 구해 내고 싶어요. 뭐가 그렇게 두려운 거예요."

"이제 취했어요. 나가요."

백을 챙기고 일어섰을 때 그는 자리에서 일어나 내 옆으로 와서 반 강제로 자리에 다시 앉게 했다.

"좀 더 이야기를 해요. 처음 만났을 때 내 성질이 급하다고 했잖아요. 근데 지금까지 많이 참았어요. 이렇게 어정쩡하게 할 수는 없잖아요."

"내 현실도 현실이지만 아직 당신을 잘 몰라요. 나도 나를 잘 모르는 것처럼."

그 말을 마쳤을 때 그는 내 손을 잡았고 어깨를 감싸 안았다. 그의 눈빛이 흔들렸다. 그의 눈은 호수처럼 깊었고 가끔 그 호수에 빠지고 싶다는 생각을 했다. 말없이 한 잔씩을 더 비우고 일어섰다. 계단을 내려오는 내 몸이 흔들렸고 그는 다시 나의 어깨를 감싸 안았다. 자정이 가까워지는 시간이라 거리를 오가는 사람도 불빛도 흔들렸다.

전철역이 가까운 곳에 있었지만 그는 골목길로 나를 잡아끌었다. 그의 몸짓이 두려웠다. 손목을 잡아 빼려고 했지만 힘이 빠져나가 그의 손아귀를 빠져나올 수 없었다. 그는 세차장의 가림막처럼 갈라진 천들이 늘어진 건물로 들어섰다. 야릇한 호기심이 취기처럼 올라오고 있었지만 두려움이 더 앞섰다. 그에게 정색을 하고 화를 냈다.

"이게 뭐하는 거예요. 나를 어떻게 보고."

내 목소리는 마른 나무처럼 갈라져 나왔다. 그는 반응하지 않았다. 카운터에서 키를 받고 엘리베이터의 문을 열었다. 그 좁은 공간은 지상에서 빠져나가는 탈출구 같다는 생각을 했다. 문을 열고 방 안에 들어섰을 때 나는 어색하게 서 있었다. 처음은 아니었지만 외간 남자와는 처음 들어온 공간이었다. 술기운 때문인지 담담했다. 그 와중에도 그가 나를 어떻게 생각할지 고민하는 내 자신이 우스웠다. 그는 나를 끌어안더니 급하게 재킷의 단추를 풀어내기 시작했다. 그를 밀쳐냈다.

"잠깐 앉아서 얘기 좀 해요."

내 목소리는 보채는 아이를 달래듯 부드럽고 단호했다. 그러나 그는 어린아이가 아니었다. 나를 완력으로 침대로 몰아

갔다. 그는 입술을 더듬고 치마를 들추었다.

"잠깐만."

나는 그에게서 빠져나와 겉옷을 벗기 시작했다. 화장실로 들어갔다. 애벌레가 나방이 되기 위해 탈피를 하듯 내 몸에 붙어 있는 옷을 벗겨 냈다. 날개가 있다면 작은 창문 틈으로 날아가고 싶었다. 샤워기에서 떨어지는 물줄기에 내 몸을 맞혔다. 두려움인지 죄책감 때문인지 제대로 거울을 볼 수 없었다. 한참을 물을 맞고 있을 때 그가 문을 두드렸다. 그래도 그대로 있었다. 나중에 주먹으로 문을 두드리고 손잡이를 돌리는 소리가 들렸지만 그대로 있었다. 수건으로 물기를 닦아 내고 속옷을 입은 다음 문을 열었다. 그는 수건으로 앞을 가렸을 뿐 알몸인 채로 문 앞에 서 있었다. 그는 화장실 안으로 들어가고 나는 화장대 앞에 앉았다. 그러는 동안 방을 빠져나가도 될 것 같다고 생각을 했지만 내 몸은 제대로 반응하지 않았다. 침대로 올라가 누웠을 때 그는 급하게 머리까지 감고 화장실을 나왔다. 그는 물기도 제대로 닦지 않은 채 침대로 올라왔다.

"나 안아줄래요?"

그도 쑥스러운지 어색하게 새끼 사슴처럼 내 품으로 안겨왔다.

그에게서 여름날 모깃불로 피우던 마른 쑥내가 나는 듯했다. 그를 안아 주었다.

"사랑해요."

그가 품에서 벗어나 나를 내려다보며 감미롭게 속삭였다.

"얼마나 사랑하는데?"

어린애처럼 그렇게 물었을 때 그는 내 입술을 덮치고 내 가슴으로 내려왔다. 모성 결핍처럼 그는 가슴을 파고들었다. 그의 머리칼을 만져 주었다. 그는 무엇에라도 쫓기는 듯 들판을 지나 산을 오르기 시작했다. 그를 따라가 보려고 했지만 나의 몸은 무거웠다. 그에게 얼마 되지 않는 들길을 음미하면서 천천히 가자고 소리치고 싶었지만 그는 그 말이 들리지 않는 듯했다. 들꽃 한 송이를 꺾어 머리에 꽂아 주고 향기도 음미하며, 지나온 길을 돌아보기도 하며 천천히 갔으면 싶었지만 그는 무엇에라도 쫓기듯이 들길을 지나더니 산길을 내달리고 있었다. 그의 거친 숨소리가 나를 이끌지 못하고 있었다.

초등학교 시절, 운동장에 지구본처럼 둥근 놀이기구가 처음 세워졌을 때 아이들은 떼로 몰려들어 긴 줄을 섰다. 한참을 기다려 그 놀이기구에 올랐을 때 잠깐 희열이 스쳤지만 이내 어지럼증이 닥쳤다. 이제 그 어지럼증이 가시며 내 몸이 뜨거워지고 있었다. 오랜만에 갖는 그 희열의 단내를 그에게 전해 주고 싶었지만 숨을 입안으로 삼켰다. 그와 같이 정상에 오르고 싶었지만 그는 저만치 앞서가고 있었다. 그의 등은 땀으로 미끈거렸다. 이윽고 그는 정상에 올랐는지 빠른 걸음을 멈추고 내 몸을 깊게 당겨 안았다. 아직 정상은 아니었지만 그가 멈춘 곳에 같이 있었다. 거친 숨소리가 잦아들고 한동안 침묵이 흘렀다.

"은영 씨 사랑해요."

그가 입술을 맞추었을 때 깊게 그를 받아들였다. 한동안 그대로 있었다. 그가 몸을 일으켰을 때 그가 남긴 흔적을 확인하는 내 모습을 보았다. 그것은 후대를 의식한 어미의 본능일 것이라고 생각했지만 행여 그가 가진 남성성을 확인하려는 내 안에 감춰진 음란함의 한 징표일지도 모른다고 생각했다. 그가 그 모습을 보았는지도 모른다. 그가 화장실로 들어갔을 때 나는 그대로 누워 있었다. 그는 간단히 몸을 닦고 나오더니 담배를 피워 물었다. 어느 소설에서 읽은 기억이 난다. 관계를 끝내고 담배를 피워 무는 사내를 보며 여자는 스스로를 저 담배만치도 못한 존재라고 생각하고 서운해 했던 것을. 그는 옷을 입기 시작했다.

"벌써 가려고?"

그렇게 묻는 내가 어색했다.

"더 있다 가게요?"

그는 볼일을 다 보았다는 듯이 가볍게 응수했다. 더 이상 그대로 있을 수가 없었다. 간단히 씻고 옷을 입었다. 방을 나오면서 그는 침구 등을 가지런하게 정리했다. 그런 그가 괜찮게 보였다. 그 안에 있는 것이 불편한 건 나도 마찬가지였으니까.

그곳을 나와 전철역으로 가는 길이 초등학교 시절 소풍날 같았다. 며칠간 잠을 설쳐가며 기다렸던 소풍날이었지만 집으로 돌아가는 길은 그 부피만큼 허무했던 기억. 집으로 돌아가면 한창 바쁜 농사철이라 농사일을 거들어야 한다는 것도 마찬가지였다. 이번에는 내가 포장마차에 들렀다 가자고 잡아끌었다. 자리를 잡고 소주와 곰장어를 시켰다. 그는 어색한지 아무 말도 하지 않았다. 먼저 어묵 국물과 소주가 나왔을 때 그가 소주를 따랐다. 술로는 채울 수 없는 갈증이 모래언덕처럼 서걱거렸지만 쓴 소주를 넘겼다.

"나는 무슨 큰일이라도 날 줄 알았는데 아무것도 아니네."

담담하거나 태연하게 시선을 마주치지 않고 이야기했을 때 그가 의아하게 나를 바라보았다. 그는 아직도 상황이 수습이 안 되는 눈치였다. 그는 침묵하며 술을 마시고 있었다. 그가 무슨 생각을 하고 있는지 궁금했다. 소주 한 병이 아직 바닥을 보이지 않는데 그는 일어서고 싶은 눈치였다.

"일어설까요?"

말을 마치자 기다렸다는 듯이 그는 계산을 하고 일어섰다. 전철역까지는 가까운 거리였다. 바람이 차갑다. 그의 주머니에 손을 넣었을 때 그는 두리번거리며 내 손을 잡았다.

"집까지 바래다 드릴게요."

"아뇨. 혼자 가고 싶어요. 잘 들어가세요."

가는 방향은 서로 달랐고 그는 팔을 들어 안아 주었다. 자정이 가까운 늦은 밤 시간, 취기가 오른 사람들이건 책가방을 멘 학생들이건 사람들은 저마다 손에 든 휴대폰 액정에 시선을 고정하고 있었고 몇몇 사람들은 눈을 감고 있었다. 눈을 감았다. 가파른 벼랑길을 가는 마방들의 말을 모는 소리가 멀리서 들리는 것 같았다. 산을 넘으면 나타나는 산처럼 나는 가파른 길을 떠날 준비를 하고 있다는 생각을 했다.

집에 들어와서는 씻는 것도 귀찮아 화장만 지우고 침대에 누웠다. 문자가 왔다는 신호음이 울렸다.

"여러 번 꾸었던 꿈을 다시 꾼 것처럼 행복한 시간이었어요. 당신을 사랑해요. 온전히 내 곁에 있었으면 좋겠어요. 은영 씨 사랑해요."

돌아오지 못한 강을 건넌 것처럼 물안개가 피어오르는 강둑은 아득했다. 새로운 것에 대한 열망은 두려움으로 가려져 한동안 잠에 빠져들지 못했다.

나쁜 년, 순간 남편의 얼굴이 어른거렸지만 나에게 지워진 관념을 흩트리듯 머리를 흔들었다. 그보다는 나의 정체성이 나를 흔들었다. 관계 속에서 살아가는 무리의 개체로서 나는 어떤 모습으로 존재할 것인가? 지어미로서 어미로서 그보다는 개인이 아닌 사회의 잣대로 나를 조명한다면?

커튼 사이로 빛이 스며들었을 때 그제야 자리에서 일어났다. 지치게 오른 산을 내려온 것처럼 몸이 무거웠다. 조금 매운 음식이 먹고 싶었다. 묵은 김장 김치를 헹구지 않고 찌개를 끓였다. 육수도 만들지 않고 투박하게였다.

풍기에서 보낸 어린 시절, 찬수와 같은 반이었던 학선이네 집은 형편이 어려워 도시락을 싸 오지 못할 때가 더 많았다. 몇 번인가 학선이네 집에 놀러가 그 집 식구들이 밥 먹는 것을 본 적이 있었다. 학선이 동생은 세 명이나 되었고 개다리소반이라던 작고 둥근 상이 있었다. 그들은 제비 새끼들처럼 그 작고 둥근 상에 모여 앉아 거칠고 까만 꽁당보리밥을 양은대접에 담아 같이 먹었다. 반찬은 김치찌개, 아니 단순히 김치를 익힌 것이었다. 밥솥에 넣어다가 한 번 끓인 다음 밥을 푸기 전에 아궁이 잔불에 끓였다가 상에 올렸다. 까만 재가 김치에도 달라붙어 있었다. 젓가락도 없이 숟가락 손잡이 부분으로 김치를 건져 밥 위에 올려놓고 손으로 찢어 나누어 먹었다. 비위생적이라는 생각은 하지 않았다. 음식을 젓가락으로 집어먹는 것보다 손가락으로 먼저 체감하는 것이 음식에 대한 예의라고 생각했다. 사실 먼저 손가락과 교감하고 혀로 그 맛을 확인하는 것이 더 맛이 있었다. 학선이네 식구들이 너무 맛있게 먹는 모습이라 나도 한 번 끼어들어 같이 밥을 먹었던 적도 있었다. 가끔 사는 게 바람 든 무를 씹는 것처럼 퍽퍽할 때, 나는 학선이네 집 개다리소반에 둘러앉은 식사풍경을 생각하곤 했다.

지난밤의 취기와 돌아오지 못할 강을 건넌 새삼스러운 시간으로 온몸에 미열이 느껴졌다. 학선이네 집에서 먹었던 그 김치 맛은 나지 않았다. 맛을 관장하는 혀는 자극적이고 달콤한 맛에 길들여져 있었고 추억으로도 그 맛을 되돌리거나 찾아낼 수는 없었다.

맵고 단순한 맛을 새롭게 음미하는 것은 아니었지만 천천히 밥을 씹어 삼켰다. 마치 특별한 깨달음을 얻은 것처럼, 살기 위해서 먹는 것처럼 말이다. '이것을 넘겨야 이것을 다시 벌 수가 있는데, 속이 쓰려서 이것을 넘길 수가 없다.'던 누군가의 이야기를 생각하며 혼자 웃었다. 그는 어젯밤 일을 어떤 의미로 받아들일까도 생각했다. 나에 대한 갈망인 것인가? 아니면 단순한 욕망의 표출인 것인가? 그럼 나는? 아직은 잘 모를 일이다. 나도 잘 모르는데 그를 알려고 하는 자신이 우스웠다.

설거지를 하고 있는데 남편에게서 전화가 왔다. 휴대전화가 아닌 유선전화였다. 그는 나의 위치를 확인하느라 주로 집에 있는 유선전화를 사용하곤 했다.

"어제는 어디 갔는데 늦은 시간까지 전화를 받지 않았던 거야."

목소리가 높아진다.

"친구 만나서 좀 늦었어요. 별스런 관심이라도 있는 것처럼 그러지 마세요. 그리고 필요한 용건이 있으면 휴대전화로 하시든지요."

목소리가 높아지지는 않았지만 퉁명스러움은 피할 수 없었다. 이제 뭔가 결단을 해야 한다고 느꼈지만 마음이 심란했다.

"언제 올라올 거예요? 이제 정리했으면 싶어요."

갑자기 그 말이 왜 입 밖으로 나왔는지 도리어 내가 당황스러웠다.

"무슨 소리야? 뭘 정리하자는 거야? 어떤 좋아하는 놈이라도 생겼다는 거야?"

그의 목소리는 갈라지고 있었다. 뭔가 짚이는 예감이라도 스며든 것 같았다. 아마 심부름센터 같은 곳에 나의 뒷조사를 의뢰했는지도 모른다. 늘 그렇게 비겁했다. 정면으로 문제를 헤치고 나갈 용기도 없는 모양이었다. 그는 쉽게 나를 놓아주지 않을 것이다. 물론 본인은 나를 억압하거나 가둔다고 생각하지도 않을 것이다. 별거와 같은 지금의 상황이 마치 나를 위한 배려라고 생각하는지도 모른다. 그보다 그는 내가 이 울타리를 벗어나지 못할 것이라는 확신을 가지고 있는 것 같았다. 그러니 지금까지 그렇게 살아온 게 아닌가.

작업실에 화구를 펼쳤다. 이제 조금만 더 손질하면 풍기에서 살던 마을의 풍경을 완성할 수 있을 것이다. 이웃의 찬수네 집이 그림의 중심에 있었다. 낮은 돌담과 웅크린 초가집, 큰 통나무로 만든 커다란 구유가 있던 외양간까지. 마음이 헝클어져 채색의 섬세한 작업은 할 수 없었다. 다른 그림을 스케치하면서 마음을 가다듬었다. 작업에 몰입하려고 했지만 쉽지 않았다. 도화지에 그의 얼굴이 자꾸만 어른거렸다. 그에게 전화를 하고 싶었지만 두리번거렸다. 다시 마음을 가다듬고 붓을 들었다. 여유롭지는 않았지만 늘 따뜻했던 찬수네 집의 분위기를 되돌렸다. 작업에 몰입하느라 시간이 가는 줄도 몰랐다. 불쑥 배가 고팠다. 하던 작업을 정리하고 시장 골목으로 갔다. 혼자 먹는 밥은 익숙한 곳이 좋다. 국밥집으로 갔다. 식당 안엔 한 테이블만 손님이 있었고 한가했다.

"오랜만에 오셨네요."

국밥집 주인은 반갑게 맞아 주었다.

"잘 지내셨어요? 국밥 하나 주세요."

"막걸리도 한 병 드릴까요?"

"아뇨. 그건 그렇고, 장사는 잘되세요?"

"아휴, 요즘 장사 잘된다는 곳이 있나요. 아이들 학비 대는 것도 힘드네요."

더 이상의 이야기는 하지 않았다. 국밥이 나오고 밥을 먹기 시작했다. 나는 밥을 먹어야 살고 그녀는 밥을 팔아야 산다. 물론 그녀도 밥을 먹는다. 밥을 먹는 것이, 배를 채우는 것이 본질인 때가 있었다. 맛은 그 다음 문제였다. 그러나 지금은 맛과 영양이 문제인 시대다. 방송에서 무슨 식자재가 어디에 좋다 나쁘다는 것으로 사람들은 거기에 줄을 선다. 농경 시대부터 거슬러 올라가 육체노동은 소위 '뱃심'이 바탕이 된다. 뱃심으로 생을 이어 가는 사람들은 혀가 예민하다. 나의 경우를 보더라도 어려서 먹은 음식의 맛은 구체적으로 기억한다. 그만큼 혀가 예민했다는 증거였다. 부자들이 좋은 식당에서 고급 요리를 먹으면서 맛이나 몸에 좋은 것을 채우려 한다면, 맛으로 먹는 음식은 역설적으로 맛있을 수 없다. 풍요로움의 역설처럼 몸에 좋은 것을 따져가며 맛을 추구하게 되면서 삶은 자꾸만 누추해져간다. 부자들이 최고급 식당에서 먹는 음식과 농부가 들판에서 단순하게 먹는 음식의 맛은 다를 수밖에 없다는 이야기다. 요리는 객관적 분야가 될 수 없다. 철저하게 주관적이다. 이곳에서 밥을 먹는 사람들은 맛을 찾는 사람들이 아니다. 정신이 맑지 못할 때 내가 이곳을 찾는 이유와 같다. 시골에서 살았던 시절 농부들이 모여 앉아서 들밥 먹던 풍경이 그립다.

식당을 나오니 짧은 초겨울 해가 저물고 있었다. 집에 돌아와서 컴퓨터를 켰다. 그의 메일이 들어와 있었다.

호숫가에 작은 집을 짓고
봄이면 작은 뜨락에 다알리아, 글라디올라스 구근을 묻고
봉숭아, 채송화, 맨드라미 씨앗을 바람에 날리고
뒤꼍 닭장에 알 품을 둥우리를 이어 놓고 꿀벌들 겨울잠을 깨우리라.
이는 물결 아래 산 그림자를 드리울 시간이면

아궁이 앞에 웅크리고 밥물은 넘치고 있으리라.

물비늘이 호수를 건너가는 날엔

피아노 건반을 닦아 내고 듣고 싶은 악보를 세우리라.

사나운 비바람이 지나고 수련이 꽃대를 올리는 날엔 화구를 챙

겨 호숫가에 세우리라.

달빛이 호수에 잠기는 날엔 다락방에 촛불을 피우고

앉은뱅이책상 위에 먹을 갈아 놓으리라.

그 겨울 호숫가에서 사랑을 가슴에 품은 소년 하나 꿈을 꾸고

있었다.

아직은 잘 모르겠어요.

돌아올 기약 없이 떠난 먼 여행에서 다시 돌아온 것 같은,

당신에게 너무나 부족한 나지만 당신의 행복을 위해서

무엇인가를 해 주고 싶은

당신이 꿈꾸는 정원의 이름 없는 들풀이라도 좋아.

당신의 곁에 있게만 된다면……

그가 보내 준 글은 나의 불확실한 상황이나 마음처럼 흔들
리는 듯 했다. 일단은 남편을 한 번 만나야 할 것 같았다. 외

출 준비를 하고 옷을 갈아입었다. 서울역으로 가는 지하철을 탔다. 대전에 도착하니 늦은 시간이었다. 남편은 학교의 교직원 아파트에서 살고 있었다. 버스에서 내려 과일 가게에 들러 과일을 샀다. 아파트 입구에 들어섰을 때 어둠속에서 남녀 두 사람이 마주 서 있었다. 여인을 앞에 두고 마주 서 있는 남자는 남편이었다. 걸음을 멈추고 화단 쪽으로 비켜섰다. 과일 봉지는 힘없이 땅에 떨어졌다. 여인은 남편을 안고 뺨을 맞대더니 손을 흔들고 머리를 숙이고 내려오고 있었다. 이 시간에 남편과 헤어지는 저 여인은 누구지?

여인이 멀어질 때까지 어둠 속에 묻혀 있었다. 남편이 들어가고 나도 어둠 속에서 나와 계단을 올라갔다. 방은 3층에 있었다. 초인종을 누르니 남편은 확인도 하지 않고 문을 열었다. 아마 방금 헤어진 여인이 다시 올라온 것이라고 생각했을 것이다.

"당신이 웬일이야. 연락도 없이."

남편의 작은 눈은 놀람으로 가득 차 있었다. 아무 말도 하지 않고 안방으로 갔다. 침대는 흐트러져 있었다. 망연하게 침대에 걸터앉았다.

"누구 왔다 갔어요?"

"왔다 가기는 누가. 아 참 논문 때문에 제자 하나가 들렀다

방금 전에 갔는데."

"왜 학교에서 만나면 되지, 이 시간에 집으로 와요?"

"급한 일이니까 그렇지. 혹시 당신 이상하게 생각하는 거야?"

남편의 표정엔 당황스러움이 배어 있었다. 치사하다고 생각했지만 쓰레기통을 열었다. 그의 표정을 보고 싶지 않았다.

"이제 정리해요. 당신이 이럴 줄은 정말 몰랐어요. 이제 어쩌실 거예요?"

"내가 뭘 어쨌다고 그러는 거야. 논문 때문에 왔다 간 거라고 했잖아."

남편의 목소리는 위압적으로 커지고 있었다. 나는 가져간 서류를 백에서 꺼냈다.

"이거 작성해서 보내 주세요."

남편과 계속 입씨름하고 싶지 않았다.

"나는 할 말이 없어 안 하는 줄 알아. 지난번에 어떤 놈 만났어? 사진 보여줘? 나도 참고 있는 거야."

남편의 목소리는 갈라지고 있었다. 문을 열고 밖으로 나왔다. 남편이 나오면서 내 팔을 잡았지만 사납게 뿌리쳤다. 오후 10시가 가까운 시간이었다. 서울까지 올라갈 기운이 없었지만 택시를 타고 고속버스 터미널로 향했다. 혼자 밤길을 달리는 것이 서글펐다. 막차였다. 밤차의 어둠과는 친숙해지지 않았다. 그래서 혼자라면 술을 친구 삼기도 하는데 오늘은 급하게 차에 오르느라 준비를 하지 못했다. 남편의 사생활에 촉수를 세우지는 않았었다. 그럴 위인이 되지 못한다는 나름의 짐작이면서 자기 위안이었을 것이다. 경제적인 것이야 그렇다고 치고 정서적으로나 신체적으로도 그럴 위인이 되지 못한다고 생각했다. 그러나 그도 소위 한칼이 있었다. 교수라는 권력을 가졌다는 것을 미처 생각하지 못했던 것이다.

눈을 감아도 잠은 오지 않았다. 남편과 함께 있던 젊은 여성의 얼굴이 어렴풋이 떠올랐다. 질투의 감정인지 명확하지 않았다. 칠거지악 중 하나로 질투가 들어가 있지만 질투는 일부일처제를 유지하는 외형적인 기제였다.

서울에 도착하니 자정이 넘었다. 아무도 없는 집으로 들어간다는 것이 외롭고 서글펐다. 도시의 밤거리는 갈 곳을 찾지 못한 사람들이 무서운 짐승에 쫓기듯 허둥거리고 있었다. 무척 황량했다. 택시는 쉽게 잡히지 않았다. 집에 들어오니 새벽 1시가 지나있었다. 화장만 지우고 잠자리에 들었다. 꿈을 꾸었다. 여러 번 가 본 길처럼 차마고도를 지나고 있었다. 여자는 나 혼자였다. 야크와 친구가 되어 가파른 산길을 갔다. 험하고 황량한 길에서 나는 행복했다. 앞서가던 일행 중 누군가가 발을 헛디뎌 천 길 낭떠러지 허공으로 굴러 떨어졌다.

나는 소리를 지르다가 꿈에서 깼다.

　그래도 남편의 전화를 기다렸다. 서류를 작성하여 보내 달
라고 했지만 그래도 잘 올라갔는지 물어봐 주었으면 싶었을
것이다. 화장실 거울 앞에 섰을 때 내 모습이 초라했다. 콩나
물에 배추김치를 썰어 넣고 국을 끓였다. 치댄 속을 달래듯
천천히 밥을 먹었다. 나 자신을 돌보아 줄 사람은 나밖에 없
었다. 먹는 것은 그 기본이었다. 맛을 음미하는 것이 아니더
라도 천천히 밥을 먹었다. 그래도 남편이 그럴 위인은 아니라
는 확신이 있었는데 나 자신이 비참했다. 그에게 전화를 하고
싶었지만 참았다. 주말에 답사 여행에서 볼 수 있을 것이다.

버려진 섬

이번 답사는 경북의 내륙 지역인 영주 지방이었다. 부석사와 소수서원 등은 산으로 깊은 곳에 특별한 존재감을 가진 답사지였다. 먼 길이라 출발 시간은 이른 새벽이었다. 집에서 나왔을 때 그에게서 문자가 왔다.

"어디세요?"

짧은 문자였다.

답신을 보냈을 때 다시 전화가 왔다.

"어디신데요?"

"이제 두 개역만 지나면 돼요. 현민 씨는 지금 어디예요?"

"출구 밖에서 기다리고 있어요. 버스에 자리 잡고 있을게요."

그의 목소리는 경쾌했다. 답답하던 마음이 풀리는 듯 했다.

누군가를 만나러 갈 때 설렘을 만드는 것은, 사람과 사람과의 관계에서 중요한 요소였다. 설렘은 사전 준비가 필요했다. 누군가를 만나러 갈 때나, 집에 손님을 초대할 때도 집안을 정리하고 음식을 준비해야 하지만 그보다 더 중요한 것은 상대방을 기쁘게 해 줄 설렘의 이야깃거리를 준비하는 것이었고 그것은 나를 설렘으로 예열시키는 것이기도 하다.

전철역에서 나와 버스에 올랐을 때 대부분의 자리가 채워져 있었다. 그가 가볍게 손을 들었다. 이제 그에게도 일행들의 눈길에 반응하지 않고 피할 자신감이 생겨난 듯 했다.

"반갑습니다."

그는 조금 능청스럽게 인사했다. 얼굴이 조금 편안해진 느낌이었다. 대신 나는 그렇지 못했다.

"지난번 헤어진 후로 잘 지내지 못하신 것 같네요. 무슨 고민이 있으신가요?"

그는 마치 내 속을 들여다보듯이 말했다.

인솔자가 인원 확인을 하고 버스가 출발했다. 여명의 빛이 퍼지면서 산들이 붉게 물들어 가며 잠을 깨고 있었다. 그가 내 손을 잡았다.

"보고 싶었어요."

그는 작은 목소리로 속삭였다.

"근데 무슨 일이 있었던 건가요?"

나는 대답 대신 창밖을 보았다. 산을 내려오는 희뿌연 안개가 나에게도 몰려들고 있었다. 이른 새벽 출발했지만 행락철이어서인지 영동고속도로에 들어서면서부터는 길이 길게 밀리기 시작했다. 그가 내 기분을 알아챘는지 소설 「무진기행」에서의 안개 이야기를 암송하듯이 들려주었다.

무진에 명산물이 없는 게 아니다. 나는 그것이 무엇인지 알고 있다. 그것은 안개다. 아침에 잠자리에서 일어나서 밖으로 나오면, 밤사이에 진주해 온 적군들처럼 안개가 무진을 뼁 둘러싸고 있는 것이었다. 무진을 둘러싸고 있던 산들도 안개에 의하여 보이지 않는 먼 곳으로 유배당해 버리고 없었다.

"지금 그 산들처럼 먼 곳으로 유배당해 버리고 싶은 사람 같아요. 어디 가는 싶은 곳은 있으세요?"

그는 웃으면서 말했지만 나는 정색을 하고 그를 보았다.

"정말 내가 그렇게 보여요?"

그렇게 물어 놓고도 제풀에 무안해져서 웃었다. 버스는 영동고속도로를 지나 중앙고속도로로 들어선다. 치악산과 월악산의 가파른 능선이 더 가까이로 다가온다.

"풍기에는 언제 가 보셨어요?"

그가 침묵을 밀치듯 나에게 물었다.

"오랜만에 그곳에 가는 것 같아요. 어린 시절 그곳에서 2년쯤을 살았어요. 안성에서 태어났지만 대구에서 자라다가 아버지가 근무지를 옮기면서 그곳에 살게 됐지요. 이제 와 돌아다보면 아득하게 잊힌 농경 공동체의 삶과 풍경들을 소중하게 기억의 언저리에 저장하는 뜻 깊은 시간이기도 했지요. 새침데기 열 살 소녀 적에 풍기에서의 일상은 나의 생애에서 축복이었고 선물이었다고 생각해요. 전에는 그곳에 가는 길이 험하고 멀었는데 고속도로가 생기면서 쉽게 갈 수 있는 곳이 되었지요."

"'정감록'에 보면 풍기는 십승지(十勝地)의 첫 번째 고을이지요. 전란과 흉년, 역병 등으로부터 안전하다는 곳. 십승지는 오지에 속하는 곳으로 북한에는 한군데도 없는 것이 특이하지요. '정감록'에 보면 '임진(臨津) 이북의 땅은 다시 오랑캐의 땅이 될 터이니 몸을 보전하는 것을 논할 수 없다.'고 나와 있어요. 이북 지역은 조선 시대에서 차별과 소외된 지역이었고 그 이유처럼 풍수도참을 더 추종하였어요. 그래서 조선조 말과 일제 강점기에도 많은 이북 사람들이 풍기로 내려왔죠. 1942년 중앙선 철도가 놓이면서 오가는 것이 수월해졌지만 그전에는 새도 쉬어 간다는 죽령 등 험한 길을 지나야 했으니 이곳까지 내려오는 것도 정착하는 것도 쉽지 않았겠지요. 그렇듯 오지이면서도 직물과 인삼 재배가 성행한 데에는 이북에서 내려온 사람들의 영향이 컸겠지요. 제가 아는 원로 교수님도 선대로 내려오신 집안이었어요."

"막연히 그런 곳이라는 것을 알고 있었지만 그런 내용은 잘 몰랐어요."

버스는 긴 조령터널을 지나고 있었다.

"터널이 생기면서 빠르고 안전하게 다니게 되었지만 사람들은 시간에 더 쫓기는 삶을 살게 되었어요. 빨리 가겠다고 자연을 훼손하면서까지 터널을 만들어 놓고 마음의 여유는 더욱 없어졌지요."

"맞는 말이네요. 터널이 없었다면 한 시간도 넘게 가야 할 텐데 겨우 오륙 분 동안 터널을 지나는 것도 갑갑하게 생각하니 말이예요."

버스는 고속도로를 나와 풍기 읍내로 들어서고 있었다. 인삼과 더불어 사과는 이곳의 대표적인 농산물로 자리 잡았다. 거리 곳곳에는 제철을 맞은 사과를 파는 가게들이 성시를 이루고 있다. 어린 시절의 풍경을 찾아내려고 두리번거리지만 윤곽만 남아 있을 뿐 낯설기만 하다. 이웃이었던, 그러나 이

제는 고향을 떠났을 것 같은 찬수며 학선이는 잘 지내고 있는
지 궁금했다. 버스는 풍기 읍내를 지나 부석사로 향한다.

"풍기에 살았다면 부석사는 당연히 다녀왔겠네요."

"봄 소풍날에 다녀온 적이 있어요. 그때는 그렇게 대단한
곳이라는 것을 느끼지 못했지요. 언덕을 한참 올라야 가람이
배치되어 있으니 단순히 불편하게 생각했었던 것 같아요."

"저는 국립중앙박물관장을 역임하셨던 고 최순우 씨가 지
은 '무량수전 배흘림기둥에 기대어 서서'를 읽고 내내 부석사
의 무량수전을 연모하듯 그리워하곤 했었지요. 그러다가 혼
자 이른 봄에 부석사에 다녀왔지요. 그 흔적을 남기기도 하였
고요. 오래전에 쓴 이야기지만 다시 꺼내 왔어요. 한 번 읽어
보세요."

엄청난 폭설로 시작됐던 삼월, 눈이 녹으면서 세상의 온갖
추한 것들을 드러내 보이고 이 풍진 세상, 그렇게 속절없이
삼월이 가는 주말. 오랫동안 가슴속에 연모하던 이를 찾아 도
시락까지 싸 들고 집을 나섰다. 오늘 목적지는 풍기역. 청량
리역에서 안동까지 가는 중앙선열차를 탔다. 중앙선은 처음
이다. 화사한 햇살은 산수유를 피워 내더니 개나리, 목련, 진
달래를 불러오고 숲 속엔 생강나무가 수줍게 흐드러졌다. 한

강 물길을 따라 오르니 팔당댐, 북한강, 남한강이 만나는 두물머리[兩水里]를 지나, 남한강을 거슬러 양평을 지난다. 나른한 봄 햇살에 달콤한 졸음이 오고, 물비늘 반짝이며 버들강아지 피어나는 호수도 봐 두어야 하고. 이 순간은 그리운 이를 만나러 간다는 설렘도 흐물흐물 잃어버리고 싶은 심정이다.

쉴 새 없이 먹어대며 떠들어대는 한 무리의 사람들. 원주를 지나니 산도 깊어지고 골도 깊어진다. 들을 지나고 터널을 지나고 다시 충주호를 타고 단양을 지난다. 소백산 자락의 희방사역을 지나고 긴 터널을 지나 정오가 지난 시간, 풍기역에 다다랐다.

시가지는 너무나 한가하다. 역전 인삼 상가엔 백삼, 수삼들이 가득하지만 오가는 관광객도 없다. 이제 그리운 이를 만나러 가는 길. 길을 물어 찾아 나선다. 차로 쉽게 찾아갈 수도 있지만 여행은 발품을 팔아야 한다는 것이 나의 지론이다. 달리고 걷고 십 리쯤 지나니 이정표가 나온다. 부석사 18.5km. 이제 마음이 급하다. 쭈뼛거리며 지나는 차를 세웠는데 친절하게도 차를 세워 준다. 차를 태워 주는 이들은 훌륭한 가이드가 되어 준다. 그 지방의 풍속이나 유래, 유적지에 대해서도, 당면하고 있는 실상도 잘 알고 있기 때문이다. 그래서 가능하면 시간도 절약하고 안내를 받을 수 있는 히치하이킹을 하는 것이다. 그리고 기회가 되면 인연이 되기도 하고.

봉화 쪽으로 가는 길이라며 부석면 소재지에서 내려 준다. 이제 목적지까지는 4km. 달리다가 다시 차를 잡는다. 그리고 사하촌에서 다시 하차하고. 숨이 차오른다. 부푼 풍선처럼 마음이 차오른다. 들엔 온통 인삼밭, 사과밭이다. 주차장은 아직 철이 일러서인지 한가하다.

소백산 기슭 부석사의 한낮. 스님도 마을 사람도 인기척도 끊어진 마당에는 오색 낙엽이 그림자처럼 깔려 초겨울 겨울비에 촉촉이 젖고 있다. 무량수전, 안양루, 조사당, 음향각들이 마치도 그리움에 지친 듯 해쓱한 얼굴로 반기고, 호젓하고도 스산스러운 희한한 아름다움은 말로 표현하기가 어렵다. 나는 무량수전 배흘림기둥에 서서 사무치는 고마움으로 이 아름다움의 뜻을 몇 번이고 자문자답했다.

국립중앙박물관장을 지내신 고 최순우 선생의『무량수전 배흘림기둥에 기대어 서서』중 한 대목이다. 몇 해 전인가 이 글을 읽고 나서 부석사 무량수전을 사무치게 그리워하였다. 지난겨울에 한 번 오려고 했었는데 오지 못했고 이제야 그리운 이를 찾아 나선 것이다.

그의 글은 부석사에서 다시 소수서원을 지나 소백산을 오르는 이야기로 이어지고 있었으나 버스가 주차장에 도착하면서 배낭에 다시 넣어야 했다. 노랗게 물든 은행나무 잎들이 한결 가벼워진 햇살을 흔들고 사과 향기가 달콤하다. 가을 햇살은 바람을 타고 지상으로 내려온다. 일주문에서 천왕문까지 늘어선 은행나무들은 파란 햇살을 흔들어 마음을 노랗게 물들이고 있다. 마음에 끼어 있던 습기들도 햇살에 말랐고 잠시 풍선처럼 하늘을 날아오르는 듯했다.

몸을 불린 대지의 풋것들은 바람을 타고 내려오는 햇살에 다음 세대를 준비한다. 돌계단을 오르고 또 오르고 안양루를 지나 무량수전이다. 날아갈 듯 치켜 올라간 기와지붕은 물론, 멋스러운 창문과 벽이 단아하면서도 엄숙하다. 마당에 서 있는 석등도 마찬가지였다. 아는 만큼 보인다는데 배흘림이니 하는 모양과 의미는 아직은 낯설다. 올라오면서 보이지 않던 그가 티베트 사람들이 불경을 읽기 위해 마니차를 돌리듯 무량수전 기둥들을 돌리듯 지나고 있다.

"뭐하는 거예요?"

"티베트 사람들이 마니차를 돌리며 경전을 읽는 의미를 부여하듯 그 흉내를 내고 있는 것이지요. 단지 건축 자재로서의 의미만이 아닌 천 년을 넘게 이 자리에 서 있는 숨결을 체감하고 싶어서요."

그는 천진하면서도 진지하게 말을 건네며 옆쪽으로 돌아가고 있었다.

그 앞에서 구불구불 흘러내린 산을 내려다본다. 언젠가 불
국사가 있는 토함산에 올라 새벽안개에 묻혀 흘러내리는 골
짜기들을 본 기억이 돌아온다. 그는 한 바퀴를 돌아 제자리를
돌아왔다. 일행들은 해설사를 따라 움직이고 있었으나 나는
그 뒤를 따르지 않았다. 눈으로 들어오는 풍경으로도 차고 넘
쳤기 때문이다. 그는 뒤로도 천천히 돌았는지 제자리로 돌아
오고 있었다.

"오래된 기둥들을 어루만지며 무언가 마음으로 치대는 게
있었나요?"

"아뇨. 마음으로는 아무것도 없었고 손바닥으로 기둥이며
벽에 스민 염불 소리며 바람 소리들을 전해 들었지요. 그보
다는 이곳에서 바라보는 저 흘러내린 골들의 선을 더듬어 보
는 것이지요."

그가 진지하게 말했기에 나도 한번 그렇게 해 보고 싶다는
충동을 느꼈다.

"전설처럼 스님을 연모한 한 처자의 이야기는 알고 계시지
요. 소녀의 애틋한 사랑이야말로, 이 부석사를 창건하게 된
가장 큰 원동력이 되었다는 사실을 말입니다. 중국 산동 지방
의 부호였던 아버지를 둔 선묘(善妙)라는 소녀는 어느 날 하인

들을 데리고 마을을 두른 병풍산 산사로 불공을 드리러 올라가는 길에 개울을 가로지른 섶다리 위로, 한 남루한 스님이 마을로 들어가는 것을 보았답니다. 그런데 지친 듯 힘없이 내딛는 그의 걸음이 몹시도 안쓰러워 보였더랍니다. 소녀는 저녁때쯤이 되어서야 하인을 거느리고 집으로 돌아왔는데, 언제나 자상했던 아버지는 그날따라 매우 엄격히 말했다네요.

'오늘부터 우리 집에서 유하실 스님이시니, 각별히 예를 다하고 공부에 방해되지 않도록 조용히 지내도록 해라.'

소녀는 그분이, 아침 일찍 개울을 건너던 바로 그 스님이라는 것을 알 수 있었죠. 이제 사춘기를 갓 넘은 소녀는 처음 마주쳤던 초라한 행색과는 다른 스님의 늠름한 모습에 알지 못할 믿음과 호감을 느끼게 되었다는 것이지요. 아버지를 통해 스님의 뛰어난 학식과 초인적인 수행 의지를 전해 들은 선묘 낭자는 점점 의상대사를 영적 스승으로 존경하게 되었던 거죠. 떨리는 가슴 어디엔가, 인품과 지성을 겸비한 신라의 한 남성에 대한 그리움도 조금씩 자라나고 있었겠지요.

그 전에 의상과 원효 두 스님이 견문을 넓히기 위해 당나라로 가던 중 지금의 평택 지방 수도사 자리에서 밤을 쉬게 되었다지요. 그날 밤, 도반인 원효대사는 한밤중 목이 말라 무엇엔가 담겨진 물을 마셨는데, 그 물은 세상에서 먹어 본 그 어떤 것보다 달콤하고 시원했다고 해요. 그러나 아침이 밝아 눈을 떠 보니 어둠 속에서 마셨던 그 물은 시체와 해골에 담긴 물이었다고 하죠. 이 일화는 많은 이들에게 회자되고 있죠. 원효가 이미 깨우침을 얻어 구도의 법을 전파하러 신라로 돌아가면서 두 사람은 헤어지게 되었고 의상대사는 당나라로 가는 멀고 먼 구도의 길을 혼자 떠나야만 했지요.

한편, 소녀는 의상대사를 따르고 섬기며, 한 생, 그분을 뒷바라지하며 함께 있고 싶은 꿈을 가졌습니다만 그는 출가 스님이었고 소녀에겐 눈길 한 번 주지 않는 목석같은 수도자일 뿐이었다지요. 소녀는 스님을 향한 연모의 정이 깊어지며 괴로워했고 결국 마음의 이야기를 스님에게 건네게 되죠. 이제 마음을 모두 전했으니 여인으로서가 아니라 불가의 제자로서, 그분이 득도 대승의 경지에 이를 때까지 최선을 다해 도우면 된다고 다짐한 소녀는 오히려 마음이 편안해졌다고 합니다. 그로부터 꼭 사흘째 되던 날 이른 아침, 소녀는 스님이 떠났음을 알고 죽을힘을 다하여 강변을 향해 달려가지만 스님을 실은 배는 이미 떠나가고 있었다고 하죠. 소녀는 나루터 바람결에 망연히 서서, 이미 멀어진 배를 바라보았어요. 그녀의 하얀 손에는, 자신이 손수 만든 법복과 목도리, 하얀 수련이 새겨진 수예물들이 꼭 쥐어져 있었다네요. 결국 소녀는 깊고 푸른 강물을 향해 몸을 던지고야 말았답니다. 죽고 난 뒤 어찌어찌 용이 된 선묘낭자는, 생전의 발원대로 끝까지 의상대사의 곁을 지키며 그의 길과 승리를 내조했다고 하죠. 소녀의 아름다운 사랑을 뒤늦게야 후회하며, 그녀를 길이 간직할 풍수 터를 찾던 대사는 지금의 부석사 자리를 발견하고 아주 기뻐하였다고 해요. 그러나 500여 명의 산적 무리들이 봉황산을 차지한 채 의상대사의 불사(佛事)를 사사건건 방해했다고 합니다. 그러자 용이 된 선묘낭자는 엄청나게 큰 돌로 변신을 했다는군요. 그렇게 큰 바위가 되어 주변에 있던 삿된 무리를 모두 물리쳤다고 하지요. 의상대사는 낭자의 화신인 바위에게 고마움을 표하고 그 땅에 절을 세운 후, 이름을 부석사라 하였다는 것이지요. 뜰 부(浮), 돌 석(石), 절 사(寺). 낭자의 바위가 높이 떠올라 모든 사악한 무리를 물리치고 세운 절이라 하여 붙인 이름이지요. 영주 부석사는 소녀의 애틋한 순정으로 잉태된 망연한 사랑의 결실이었던 것입니다. 요 옆에 있는데 한번 보시지요."

　그는 흘러내린 산맥들을 멀게 내려다보며 긴 이야기를 마쳤다.

　일행들은 해설사를 따라 내려갔는지 없었다. 그 위로 조사당을 둘러보고 천천히 내려왔다. 모두 식당으로 들어갔는지 보이지 않았다. 그와 나는 어색하게 식당으로 들어갔다. 식사를 기다리던 일행들의 시선이 따갑게 느껴졌지만 시선을 무시했다.

흔히 경상도 음식으로 대변되는 음식, 산채정식이라는 그 이름으로는 괜찮은 음식이었지만 그저 그랬다. 점심 후의 답사 코스는 소수서원이었다. 소수서원과 같은 공간에 안동댐 수몰 예정지구에 산재해 있던 양반 가옥을 옮겨 '선비촌'이라는 새로운 마을처럼 복원하였다. 이곳에서는 짚풀 공예 제품을 만들어 전시하고 닭을 키우기도 한다. 기억에 온전히 남아 있지는 않았지만 그가 들려준 이야기를 기억하며 한가롭게 한 바퀴를 돌았다. 소수서원까지 천천히 돌아보았을 때 그가 잡아끌었다. 금성단에 들렀다 가자고. 금성단은 생소한 곳이었다. 처음 금성대군이 어느 왕의 아들인지 생소했던 것처럼. 그는 별다른 의도는 없었을지도 모른다. 아니, 어쩌면 나에게 던지는 분명한 메시지가 있었을지도 모른다.

그는 방관하거나 강한 자의 편에 서기보다는 약한 자의 편에 서고자 했을 것이다. 세상은 강한 자에게 약한 자와 약한 자에게 강한 자, 두 부류로 나누기도 한다. 그가 불의에 저항한 대가는 가혹했다. 후에 이곳 사람들은 그가 태백산 산신령이 되었다고 생각했을 것이다. 억울한 혼백이 힘없고 불쌍한 이들을 보살펴 주리라는 염원이었을 것이다. 나는 과연 탱자나무가 둘러선 가시울타리를 벗어날 수 있을 것인가?

　가을 햇살은 강렬함으로 짧게 저물어 갔다. 위리안치의 모습을 만들어 놓았다는 곳을 둘러보자고 했지만 나는 돌아섰다. 내 마음이 너무 아릴 것 같아서였다. 권력을 좇는 것이 인간의 속성 중에 포함된 것이라 하더라도 그렇게까지 해야 했던 이유도 분명 있었을 것이다.

　서울로 돌아오는 길은 멀고 어두웠다. 선과 악은 공존하기도 하지만 혼란스러웠다. 쓸쓸한 가시덤불 속에 갇혀 있다가 형장의 이슬로 사라진 이들이 가슴 아리게 느껴졌다.

　그는 서둘렀고 자꾸만 재촉하는 듯했다. 아직은 그를 잘 모른다. 많은 사람들이 가정이라는 울타리를 벗어났다가 다시 울타리 안으로 들어가기도 하지만 시행착오 끝에 내린 선택은 후회를 부르기도 한다. 모든 인간관계는 상대적이다. 내가 남편에게 어떤 의미로든 좋은 아내가 되지 못했지만 이것은 사실 인간관계의 경지는 아닐 것이다.

　버스는 영동고속도로에 들어서면서 길게 밀리기 시작했다. 주말이면 상습적으로 일어나는 일이었고, 단풍철이니 말할 것도 없었다. 그는 창밖을 응시하고 있었다. 그는 신경이 예민한 편이었다. 나도 그와 비슷한 면이 있었다. 번잡함을 잘 견디지 못하는 것, 부정적인 의미로 사교성이 부족한 것이었다.

"무슨 생각하세요?"

그는 그저 미소를 지어 보였다.

"혼자가 되면서 멀리 나갔다가 집으로 돌아가는 것이 정말 싫었던 적이 있었어요. 여자가 없는 집에서 살림을 챙겨야 한다는 것과 아이들을 보살펴야 한다는 부담감도 있었지요. 겉으로 드러내지는 못하고 속으로만 낚시에 걸려 올라온 복어 새끼처럼 아랫배에 힘을 주고 살았던 것 같아요."

"복어 새끼처럼 힘을 주고 살았다, 무슨 말이예요?"

"잘 모르시는가 보다. 완도에서 근무할 때 가끔 바다낚시를 하곤 했었어요. 미끼를 잘 끼우지도 못하면서 갯바위에서 볼락을 주로 잡았는데 자주 작은 복어 새끼들이 자주 물리기도 하거든요. 낚싯대에 걸린 복어 새끼를 떼어내려고 손으로 잡으면 애네들은 작은 입에 날카로운 이빨로 뽀득뽀득 소리를 내며 있는 힘을 다해 배를 부풀려요. 아마 자신을 방어하기 위한 나름의 방법으로 상대방을 겁주기 위해서일 거예요."

그는 일전에 집 앞의 식당 아주머니가 했던 말을 그대로 옮기는 것처럼 말했다.

"그럼 이제는 어때요?"

"지금은 그때보다는 나아졌겠지요. 언젠가 마음에 관한 공부를 하면서 그런 이야기를 들은 적은 있어요. 아내와 헤어진 후였지요. 배우자를 만나는 것도 카르마, 즉 업(業)에 의한 소치이기도 하다는, 당연히 전혀 모르는 남녀 또는 연인 관계에서 부부로 연을 만들었지만 늘 사는 것이 조화를 이루기가 쉽지 않듯이, 마치 떠나기 위해 사는 모습이었을 테지요. 집이라는 것이 그런 공간이었으니까. 이제는 그렇지는 않아요. 그래도 습관처럼 빈자리를 생각하기도 하지요. 집안에 여자가 있어야 한다는 것을. 그래서 인식으로도 습관이라는 것은 많은 위험성을 내포하고 있는 말일 거예요. 불교에서 말하는 것처럼 보이는 습관을 '습'이라 하고 보이지 않는 카르마를 '습숙'이라고 했나 봅니다. 이 습숙으로 인해서 자신이 만들어 놓은 굴레 속에서 계속 다람쥐 쳇바퀴 돌듯이 살아가고 있는 것으로."

그의 표정은 좀 어두웠다.

"나도 그런 이야기를 들었어요. 그 카르마로 인해 남편을 아버지나 선생님처럼 존경하며 살아야 하는 경우도 있고 늘 연인처럼 다정하게 사는 경우도 있고 동생이나 아들처럼 평생을 돌보며 살아야 하는 경우도 있다고. 그 말이 참 절실하게 다가왔어요. 그럼 나의 남편은 어떤 경우인가 하고. 그렇더라

235
언젠가 어디로든지 떠나야 하는 자유 아닌 자유

도 이제 그런 지혜를 빌려 현실을 받아들이기에는 너무 늦은 것 같아요. 그런 그릇이 될 수 없다는 한계도 있는 것 같고."

"이제 어떻게 하라거나 해 달라고 매달리는 것도 어리석은 것 같아요. 그것은 당신이 정하는 것이니까. 은영 씨의 기준에서, 아니 은영 씨가 가진 업으로 생겨나는 것일 테니까요. 처음에는 혼자이신 거 같아서 당신과 같이 하겠다는 염원, 욕망을 품었는데 그렇지 않은 현실을 목도하고 인식하면서도 그것을 받아들일 만큼 나는 이성적이지는 못해요. 다만 그 가시덤불 속에서 빠져나오는 것이 쉽지 않을 것이기 때문에 나도 쉽게 뭐라고 말할 수는 없어요."

밀리는 도로만큼 이야기는 무거웠다.

서울에 도착한 시간은 오후 10시가 가까운 시간이었다. 출발하면서 풍선처럼 채워졌던 일탈의 설렘은 그 바람이 빠지면서 쪼글쪼글해진다. 언제나 헤어짐의 시간은 쓸쓸하다. 돌아갈 곳이 있다는 안도감은 그 영역의 구성원이 누구냐에 따라 다르다. 몸이 피곤할 때는 누군가에게 기대고 싶은 마음이 인지상정일 것이다. 그 대상이 누구이든.

그는 잠깐 차라도 마시고 가자고 잡아끌었지만 그대로 지하철을 타겠다며 계단을 내려갔다. 그도 피곤했는지 더 이상 잡지 않았고 계단 입구에서 손을 흔들었다.

아파트 입구에 도착하여 집을 올려다보니 불이 켜져 있었다. 누가 와 있는 것인가. 반가움보다는 불편함이 느껴졌다. 문을 열고 현관에 들어서니 남편의 구두가 놓여 있었다. 그는 거실에서 TV를 보고 있었다.

"언제 오셨어요?"

"도대체 당신은 어떤 놈하고 어딜 쏘다니다 이제야 겨들어 오는 거야?"

그는 마치 대단한 허물을 포착한 것처럼 큰소리를 냈다.

나는 대꾸할 말이 없어 방으로 들어갔다. 잠시 후 남편이 들이닥쳤다.

"당신 똑바로 말하지 않으면 김현민 그놈 다니는 직장에 유부녀하고 붙어 다닌다고 당장 자르라고 통보할 거야. 뭐 이혼하자고? 내가 누구 좋으라고 이혼을 해."

남편은 내 뒷조사라도 한 것인지 그의 이름까지 대며 협박하고 있었다. 나는 대꾸할 말을 찾지 못하고 침대에 걸터앉았다.

"그래, 오늘은 어디서 무슨 짓거리를 하고 오는 거야. 직장도 없는 여자가 허구한 날 밖으로 나돌고 말이야."

귀를 막고 있었지만 견딜 수가 없었다. 남편을 밀치고 주방으로 달려갔다. 주방에서 식칼을 꺼냈다.

"그래, 오늘 너 죽고 나 죽자. 꼴에 사내라고 어디서 큰소리 치는 거야. 자! 이 칼로 나 먼저 찌르고 너도 그렇게 해."

남편은 당황한 기색이 역력했다. 나의 어디에서 그런 용기가 나왔는지, 그런 나의 행동을 생각하기 전에 마음이 차분해졌다. 들었던 칼을 거실에 집어던지고 방으로 들어와 문을 잠갔다. 내 인생이 한심했다. 이제 그와 정리하는 것도 불가할 것이라는 생각이 들었다. 어디론가 떠나야 한다는 생각도 들었다. 그는 나를 놓아 주지 않을 것이다. 그는 내가 없으면 존재감을 상실할 것이다. 그가 나에게 하는 행동은 지아비로서 자신감의 발로가 아닌 피해 의식에서 비롯된 것이었다. 지방 대학 교수로서의 존재감은 강의실 안에서는 가질 수 있을지 모르지만 그곳을 벗어나면 그는 그 어느 곳에서도 그 나름의 존재감을 갖지 못하는 것이었다. 그의 직계가족과 나와 부부라는 관계만이 그의 사적인 영역이었다. 물론 내가 생각하는 것은 오류일 수도 있다. 지난번에 그의 숙소를 나가는 여인이 있었던 것처럼 말이다.

『행복의 조건』이라는 책에서도 그랬다. 하버드대의 조지 베일런트 교수는 1930년대 말에 입학한 하버드대 재학생 268명의 삶을 장기간 추적한 끝에 행복한 삶에 대한 최장기 연구의 결과와 성과에 대한 기록물을 남겼다.

그 책을 읽으면서 나는 남편의 행태와 비교해 보았다. 그렇게 해서 이 책에서 얻는 결론은 역시 '인간은 사회적 동물이다.'라는 의미였다. 그리고 연구를 통해 발견한 놀라운 사실하나는, 영성이나 종교적 믿음이 성공적인 노화에 그다지 크게 영향을 끼치지 않았다는 사실이다. 만족스러운 노년, 성숙한 방어기제, 동기 유발에 가장 결정적인 영향을 끼치는 것은 믿음이 아니라 사랑과 희망이었다는 것이다. 일반적으로 인식하는 것이기도 하지만 나이를 들어가면서 특히 중요한 것은 성취나 부가 아니라 관계에 있었다는 것을 강조하고 있다. 행복한 삶은 나 혼자 만들어 나가는 것이 아니라 내 주위 사람들과 함께 만들어 가는 것이라는 것.

책의 내용 중에 제시된 사례 중 두 가지를 인용해 보면 이렇다. 한 가지 사례는 여성의 이야기다.

어린 시절 그 여성은 어머니에게 사랑을 받지 못하고 어머니에게 골칫덩어리 같은 존재였다. 그녀는 어머니에게 사사건건 반항하기 위한 삶을 살았고 그녀는 일정 기간 세상을 저주하고 결코 행복한 삶을 살 수 없었다. 그러나 어느 시점 훌륭한 조언자를 만나 세상을 긍정적으로 보는 방법을 배웠고 자신의 주위 사람에게 사랑을 베풀 줄 아는 사람으로 변해 갔다. 그녀의 삶은 이타적이고 자신의 삶에 감사하게 되었으며 밝은 부분을 볼 줄 알고, 기쁨과 슬픔을 주위 사람들과 나눌 줄 알게 되었다는 것이다. 반면에 또 다른 한 명의 남성은 부유한 집안에서 태어나 가족들과 화목하게 살고 직업도 탄탄해서 겉으로 보기엔 완벽했다. 하지만 그는 다른 사람과 함께 시간을 보내는 것에 대해 중요성을 느끼지 못했고 그것으로 인한 기쁨도 느끼지 못했다. 편하게 대화할 상대를 가지지 못했기 때문에 우울증이 생겼고 술을 가까이 하는 생활로 알코올 중독을 겪어야 했다. 그리고 성인이 된 후에도 부모에게서 독립하지 못했고 계속 술을 마셨으며 결혼에도 실패하였다. 그는 삶을 즐길 줄 몰랐고 주위에는 친구도 없었다.

나의 단편적인 판단일 수도 있지만 남편은 후자의 경우에 해당되었다. 조지 베일런트 교수가 밝혔듯, 타인과의 관계에서 생성되는 행복은 돈과 명예가 아니라 자신을 사랑하고 주위 사람을 사랑할 수 있는가에 달려 있다. 그는 절대 내가 원하는 대로 나를 놓아 주지 않을 것이다. 본인의 부정을 내보였으면서도 나의 뒷조사를 한 것으로 확연히 증명되었다.

씻지도 못하고 잠이 들었던 모양이다. 창으로 빛이 가득 들어와 있었다. 밤은 마음의 분란을 세탁하는, 없어서는 안 될 시공간이라는 새삼스러운 생각이 들었다. 자리에서 일어나

방을 나왔을 때 남편은 주방에서 무언가를 하고 있었다.

"아침밥 먹어."

세상에 살다 보니 이런 일도 생긴다. 결혼 후 단 한 번도 없던 일이었다. 집을 비우면서 준비해 놓은 것도 잘 챙겨 먹지 않던 남편이었다. 그렇더라도 그와 마주 앉고 싶진 않았다. 그래도 뭐라 말은 해 주어야 할 것 같았다.

"미안해요. 먼저 잡수세요."

그래도 미안한 마음이 들어 아침에 하지 않던 샤워를 하기로 했다. 그와 얼마 동안 격리될 수 있는 공간을 택한 것이다. 욕조에 물을 틀어 놓고 남편이 볼 수 있도록 책을 한 권 들고 화장실로 들어갔다. 책의 제목은 '조화로운 삶'이었다. 헬렌 니어링과 스콧 니어링 부부가 자연으로 돌아가 자연스런 삶을 추구한, 헨리 데이비드 소로우의 『월든』의 실전기와도 같은 책이었다. 김현민 그가, 선물로 서점에서 직접 사 준 책이었다. 그도 그런 조화로운 삶에 관심이 많았다. 그는 자연에 대한 지식이 해박했다. 언젠가 그는 자연으로 돌아가기를 꿈꾸고 있었다. 나도 그의 생각에 공감하는 면이 많았다.

천천히 책장을 넘겼다. 불의한 현실에서 유리된 스콧은 스스로를 현실에서 격리시킨다. 물론 헬렌의 동의 내지는 동조가 절대적인 뒷받침이 되었을 것이다. 둘은 '조화로운 삶'을 살기 위한 원칙을 세워 철저하게 지켜 나갔다. 무서울 만치 근본을 따르고 삶을 단순화시키며 계획적으로 하루하루를 살았다. 결국 그들은 단순하고 풍족하며 자유로운 삶을 실천에 옮겼다. 니어링 부부는 자발적으로 가난을 선택하고 소비적이고 파괴적인 소유욕에서 벗어나 삶의 풍요와 조화를 추구했다.

얼굴에 땀이 번지며 마음에 평온이 왔다. 그들의 조화로운 삶이 내가 추구할 수 없는 이상향이더라도 꿈을 가지는 것만으로도 위안이 되었다. 책을 덮고 샤워를 했다. 화장실을 나왔을 때 남편은 거실에서 신문을 보고 있었다. 식탁 위는 정리되지 않았다. 아마 내가 식사를 할 것으로 생각했을지 모른다. 주방으로 가 식탁을 정리했다. 어젯밤에 얼떨결에 칼을 들었지만 남편도 뭔가를 심각하게 생각했을 것이다. 나에게 언제부터 그런 폭력성이 도사리고 있었던 건지 나 자신도 의아했다. 이제 나는 남편에게 어떤 말도 하지 않기로 했다. 식탁을 치우고 외출을 준비했다. 친구들과 만나 영화를 보고 점심을 먹기로 했다. 그보다 남편이 집에 같이 있는 것이 불편했다. 그래도 외출하는 이유는 말해 주어야 할 것 같았다.

"약속이 있어서 나가요."

남편은 물끄러미 바라보았다.

"잠깐 얘기 좀 하면 안 돼?"

"아뇨, 할 얘기가 없어요. 혹시 지난번에 드린 서류 작성해 주실 건가요?"

"그래도 잠깐 얘기 좀 해."

남편은 보고 있던 신문을 덮고 일어섰다.

"그 얘기가 아니라면 난 할 말이 없어요."

현관으로 나가면서 구두를 꺼내 신었다. 남편은 나를 망연히 바라보았다. 어젯밤에 과격했던 나의 행동이 상당한 충격을 준 것 같았다. 가정에서 일부 남편들의 폭력은 습관적이기도 하다지만 아내가 내던지는 언어의 폭력성도 그에 못지않다는 것을, 그러한 언어의 폭력성이 결국 남편의 폭력을 유발시키는 요인이 된다는 이야기를 어디선가 본 적이 있었다.

집을 나서니 옷깃에 와 닿는 바람이 서늘했다. 심란했던 머리가 조금 가벼워지는 것 같았다. 이혼의 과정이 거칠고 복잡하다지만 순탄한 방법은 없는 것인가? 얼마 전 기사에서 보았던 '졸혼'이라는 말이 생각났다. 졸혼은 말 그대로 '결혼을 졸업한다'는 뜻의 일본식 용어다. 결혼을 졸업한다? 우리에게는 아직 생소한 개념이지만 일본에서는 중년 부부 사이에 유행처럼 번지고 있다는, 혼인 관계를 유지한다는 점에서 이혼은 아니나 부부가 함께 살면서 서로의 생활에 깊숙이 개입하는 평범한 결혼에서는 한참 벗어나는 방식인 것이다. 자녀가 장성한 뒤 부부가 따로 살며 각자의 삶을 즐기고, 한 달에 한두 번 정기적으로 만난다는 점에서는 별거의 개념과도 달랐다. 졸혼이라는 말이 등장한 것은 이른바 '백세 시대'로 불릴 만큼 기대 수명이 길어진 것과 무관하지 않을 것이다. 관습의 억압에서 벗어나고 싶은, 개인주의 성향의 발전도 이유가 될 것이다. 아무리 긴 시간을 공유해도 결국 서로 다른 객체일 수밖에 없는 성인 두 사람이 인생의 마지막까지 '지지고 볶으며' 사는 것이 과연 좋기만 할까 의문이 드는 것도 사실이다.

늦가을 햇살이 은행잎들을 노랗게 흔들고 있었다. 약속 장소는 대학 캠퍼스 안에 있는 극장이었다. 전철역에서 나와 대학까지 걸어가는 동안 액세서리 등을 파는 노점과 생기 넘치고 발랄한 젊은이들을 만나는 것도 여정의 즐거움이다. 볼 영화는 약속 장소인 극장에서 만나 정하기로 했다. 그것은 사전에 영화에 접근하지 말자는 친구들과의 합의였다. 만나기로 한 친구는 넷이었는데 한 친구가 갑자기 사정이 생겨 못 나온다고 했다. 극장이 있는 공간은 원래 운동장이었는데 계곡형 지하 공간으로 돼있는 특이한 형태였다. 미로 같은 통로를 지나 극장에 도착했을 때 매표소는 한산했다. 예술성이라는 것이 그렇지만 일반 극장과는 약간 다른 영화를 상영하는 곳이었다. 상영되는 영화는 한 가지여서 그것을 보아야 했다.

'빅 피처'였다. 제목으로는 선뜻 내용이 다가오지 않는 영화였다. 표를 사고 기다리는 동안 차를 주문했다. 만나면 할 이야기는 끝이 없었다. 시작은 아이들이며 남편들 흉을 보기도 했지만 곧바로 주제가 해외여행에 다녀온 이야기로 빠졌다. 저마다 멋지고 이색적인 풍경을 이야기하지만 나는 공허했다. 불경기라지만 삶이 풍족해진 탓인지 해외여행은 이제 젊은이들이 고단하게 쌓아 가는 스펙처럼 고단한 공통의 관심사가 되었다.

영화를 보기 전, 완전범죄를 스펙터클하게 묘사한 더글러스 케네디의 원작 소설인 '빅 피처'를 영화화한 것이라고 누군가 이야기했다. 자신이 꿈꾸던 삶이 아닌 가족을 위해 안정된 유산 관련 변호사로서의 삶을 살아가던 폴이 어느 날 아내의 불륜 사실을 알게 되면서 부부 갈등은 시작된다.

아내의 불륜 상대는 다름 아닌 옆집 남자. 그의 직업은 그가 포기한 사진 작가였다.

폴은 자신을 조롱하듯 비아냥거리던 그렉과 몸싸움을 벌이고, 우발적으로 그를 죽이게 된다. 성공적이라 믿었던 본인의

언젠가 어디로든지 떠나야 하는 자유 아닌 자유

인생을 포기하고, 그렉의 죽음을 사고사로 위장한 그는 죽은 그렉을 대신해서 그의 삶을 살아가지만 아무리 노력해도 도망자에서 벗어날 수 없게 된다.

영화는 폴의 인생을 통해 진짜 인생의 의미와 성찰을 담고 있었다.

폴은 자신의 삶을 버린 채 그렉이라는 이름으로 살아가면서 자신이 꿈꾸어 오던 사진작가가 되지만 그의 숨겨졌던 천재성으로 인해 절체절명의 위기의 순간이 찾아오게 된다. 다른 사람을 죽이고 그 사람의 인생을 살면서 얻게 된 비애였다. 그래서 그는 성공을 만끽하지 못한다. 모든 것을 포기한 듯한 그의 몸짓과 표정은 인생의 단면을 보여 준다. 강물처럼 구불거리며 기쁨과 슬픔, 좌절과 환희를 맛보고 살아가는 인간사의 단면, 꿈을 이뤄 가고 있으나 그것을 당당하게 보여 주지 못하는 억압된 삶의 단면을 말이다.

아버지가 죽음을 앞둔 절망의 터널 속에서도 그토록 꿈꾸었던 가정은 내게 어떤 의미였을까? 아버지로서의 의무감이었을까? 남편이 집착하는 가정이라는 의미는 무엇일까? 나는 무엇이 두려운 것일까?

자리에서 일어나 계단을 내려오면서 내 마음에 든 두려움의 실체를 탐험해야겠다고 생각했다. 나는 그 시작을 돌아보았다. 이런 게 인생사일 거다. 성공이라고 남들이 부르지만 그 당사자는 결코 행복감을 느끼지 못하는 원리가 이 영화의 마지막에도 나타난다. 도망치듯 사라지며 돌아다보던 폴의 마지막 얼굴.

먼저 나온 친구들은 휴게실에서 기다리고 있었다. 점심시간이 지나고 있었기에 점심을 먹기로 했다. 대학에서 나와 근처의 식당으로 향했다. 대학가의 식당이니 그저 평범한 식당이었다. 자리를 잡고 앉았을 때 창가로 테이블에 앉아 있는 남녀에게 시선이 갔다. 일부러 본 것은 아니었다. 그였다. 김현민. 그에게 다가가려다가 가까스로 참았다. 둘은 연인 관계이기라도 한 것처럼 다정한 눈빛과 대화를 나누며 식사를 하고 있었다. 아침도 먹지 않았으나 밥맛도 입맛도 없었다. 평상시의 모습과는 다른 나를, 친구들은 의아하게 보았다. 속이 좋지 않다고 표현했다. 친구들에게 양해를 구하고 먼저 밖으로 나왔다. 그에게 전화를 했다.

"지금 어디예요?"

"웬일이세요, 제게 전화를 다 주시고. 지금 집에 있어요."

"거짓말 하는 거 아니예요?"

나는 유치하다고 생각했지만 확인해야 할 것 같았다.

"방금 전에 식당에서 보았는데."

라는 말을 던지고 전화를 끊었다.

바로 그에게 다시 전화가 걸려 왔지만 받지 않았다. 앞으로 나아갈 수 없는 막다른 길에 선 것 같았다. 가야 할 곳이 막막했다. 그 남자는, 김현민 그는 내가 쉽게 자신과 합류하지 못하리라는 것을 파악하고 있을 것이다. 어떤 의미에서든 그가 나를 원하는 것 같기도 하지만 그가 나만 바라보리라는 것은 기대할 수 없었다. 오해일 수도 있지만 그것은 오늘 내가 목도한, 그 방증이었다.

전철을 타고 관성처럼 집 근처의 전철역에 내렸지만 그냥 집에 들어가고 싶지는 않았다. 남편은 내려갔는지 궁금했지만 그냥 지나갔다. 시장통의 국밥 집으로 갔다. 저녁 먹기에는 아직 이른 시간이라 식당 안은 한산했다. 그녀는 주방에서 설거지를 하고 있다가 나를 맞았다.

"오랜만에 오셨네요. 앉으세요."

그녀는 나를 반갑게 맞아 주었다.

"국밥 한 그릇 말아 주세요. 막걸리도 한 병 주고요."

그녀는 오이 등 야채와 막걸리를 한 병 가지고 왔다.

"이런 데가 어울리지 않는 분이, 오늘은 웬일이세요."

그녀는 조금 친숙하다고 생각했는지 그렇게 물으며 막걸리를 한 잔 따랐다.

"사는 게 왜 이런지 모르겠어요. 이제 오십이 넘었으니 사는 것에 익숙해질 만도 한데, 새삼스럽게 집 밖으로 뛰쳐나갈 궁리나 하고 있으니."

취한 것도 아닌데 주책없게 말이 나왔다. 그녀에게도 한 잔 따르며 이야기했다.

"물론 사람의 관계가 다 상대적이니 한쪽의 이야기만 듣고 판단할 수는 없지만 세월이 절대 약이 될 수는 없는 것이지요. 대부분의 사람들은 분명 탈출구가 있는데도 따뜻하게 데워지는 물속에 든 개구리처럼 그렇게 서서히 죽어 가게 되지요. 저도 마찬가지였어요. 이제는 혼자 살면서 조금 외롭기는 하지만 그런대로 견디면서 살지요. 요즘 많은 사람들이 정도의 차이는 있을지언정 정신 질환을 앓고 있다는 것 아시나요? 최근 정부의 조사 결과를 보면 국민 네 명 중 한 명은 불안과 우울증 등 정신 질환을 앓고 있거나 한 번 이상 앓은 적이 있었다고 하더라구요."

그녀는 상담사처럼 차분하고 정연하게 말했다.

"물론 나한테도 문제가 있었겠지요. 경제적인 능력도 없으면서 폭력을 휘두르는 남편을 견디면서 살았지만 끝내 참을 수가 없었어요. 참으려고만 하지 마세요. 내가 경제적인 능력이 있다면, 아니 없다면 만들어야죠."

그녀는 자세한 이야기는 피했지만 전번에 새끼 복쟁이의 이야기를 할 때처럼 씩씩하게 말했다.

"고마워요. 어떤 누구와 한 이야기보다 의미 있는 이야기를 해 주셨어요. 전문적인 상담사로 나서셔도 되겠어요."

그녀의 얼굴이 환해졌다.

"괜히 주제넘은 이야기를 한 것 같네요. 식사하세요."

다른 손님들이 들어오면서 그녀는 일어섰다. 갑자기 시장기가 몰려왔다. 그녀가 내온 뜨거운 국밥을 집어넣자 속이 따뜻해지기 시작했다. 그녀의 말처럼 어떤 상황이든 만들어야 한다고 생각했다.

집으로 돌아오니 남편은 돌아가고 없었다. 집안에 들어서는데 그에게서 전화가 왔다.

"업무상 만나 식사를 했어요. 뭐 별다른 관계는 아니고. 이상하게 생각하지 마세요."

그의 말에 애교가 배어났다.

"뭐 그런 게 중요하겠어요. 이젠 그만 만났으면 해요. 좋은 사람 만나도록 하세요."

그의 응수를 듣지 않고 전화를 끊었다. 그날 밤 그에게서 열 번도 넘게 전화가 왔지만 받지 않았다. 그날부터 차마고도 여행기를 검색하고 그곳과 관련된 책을 구하고 읽기 시작했다. 구체적인 일정을 정하고 방송국에서 제작한 관련 다큐멘터리도 다시 보았다. 카메라맨이라든지 하는 스태프들은 화면에 보이지 않는다. 차마고도가 지나는 곳에 거주하는 여러 소수민족이 살아가는 모습과 만년설이 녹아 흐르는 강물과 산맥들이 굽이쳐 흐르는 장면이 있을 뿐이다. 다큐의 특성이 그렇듯 연출되지 않은 것처럼 자연스러운 흐름이 이어진다. 그중에서 강가에서 소금을 만드는 엔징의 처녀 이야기는 내 마음을 잡아끌었다. 물론 촬영 당시와 지금은 많이 사정이 달라졌을 것이다. 난창강 본류 한 귀퉁이 우물에서 예로부터 끊임없이 염수가 흘러나왔다. 소금을 만드는 염전일은 남자들이 아닌 여자들의 몫이었다. 물론 그것을 운반하는 마방은 남자들 몫이었고.

일단은 떠나야 한다. 남편과의 관계도 그 남자와의 관계도 아무런 의미가 없다고 생각했다. 거리의 가로수들이 물들어 한껏 멋을 낸 옷으로 갈아입고 있었다. 이제 맨몸으로 전환하겠다는 의미라고 생각했다. 그에게서 전화가 왔다.

"집 앞에 왔는데요. 잠깐 내려오시죠."

그의 말은 엄숙했다.

"알았어요."

그의 말에 압도 당한 듯 외출 준비를 했다. 그는 찻집에서 기다리고 있었다. 내가 그곳에 도착했을 때 자리에서 일어나 반갑게 맞아 주었다. 하지만 그의 표정은 굳어 있었고 왠지 어색했다.

"웬일이세요? 여기까지."

"정말 너무하신 거 아니예요. 사정을 들어보지도 않고, 변명이라도 들어는 봐 주셔야지요. 근데 거기는 웬일로 오셨더랍니까?"

"친구들 만나 영화 보고 밥 먹으러 갔던 길이지요. 그 여자 괜찮아 보였어요. 잘되었으면 좋겠어요. 요즘 젊은이들 사이에서 연상의 여인은 흉도 아닌 것이지만 나이가 들면 그게 아니더라고요. 자격지심인지도 몰라도 한 번도 지겨운데 다시 그런 과정을 겪고 싶지는 않아요. 내가 처한 현실에서 현민 씨를 만난다는 것도 애매하고요."

그의 표정은 망연했다. 도대체 무슨 배짱이 갑자기 생겨나 저런 말을 하나 싶은 표정이었다.

"이제 떠날 거예요. 같이 가실 수 있다면 같이 가도 좋아요. 그런데 그럴 수 없을 거예요. 나는 그곳에 오랫동안 있으려고 하니까. 설령 내가 오해한 거라 해도 이제 어쩔 수 없어요. 여기까지가 우리 인연의 한계인 것 같아요. 더 할 말이 없으면 일어서요. 잘 가세요.”

그는 그대로 앉아 있었다. 나는 문을 열고 나왔다. 그런데 뒤에서 그가 내 손을 잡았다.

“그러더라도 이야기 좀 해요, 여기까지 왔잖아요.”

그는 내 손을 잡아끌고 생맥주 집으로 들어갔다. 생맥주와 안주를 주문하고 그는 작심한 듯이 이야기를 시작했다.

“이런 상황이 지난번에 이야기했던 업인지도 모르겠어요. 처음 답사 여행에서 당신의 옆자리에 앉으면서 당신을 특별하게 생각했던 것 같아요. 그리고 당신이 오랫동안 내 곁에 있었으면 좋겠다고 생각했고 특별한 인연이라고 생각했어요. 결국 당신이 현실의 가시덤불 장애물을 뛰어넘지 못하고 이렇게 이유를 만들어 주저앉는 것도 당신의 업일 수도 있겠네요. 저는 선과 악은 구분되는 것이 아니라고 생각해요. 인간이 처음 살았다는 에덴동산에도 선과(善果)가 있었던 것이 아니고 선과 악이 혼재된 선악과가 있었잖아요. 그러나 우리는 철저하게 선과 악을 구분하는 교육을 받았지요. 공산당은 때려잡아야 한다며 철천지원수로 그랬던 것처럼, 그렇게 지침을 내린 자들도 죄다 가지가지 허물은 가진 것인데. 언젠가 신문을 보니 그런 이야기가 나왔어요. 어려서 안데르센이 지은 동화를 좋아하지 않았다는, 사람을 사랑하게 된 인어공주, 그 사랑을 위해 어여쁜 목소리를 마녀에게 주고 다리와 바꾸는 공주, 언니들이 구해다 준 칼을 왕자의 가슴에 꽂기만 하면 다시 행복한 시절로 돌아갈 수 있음에도 칼을 버리는 공주 아리엘. 그 지고지순한 헌신의 결말이 헛된 물거품으로 흩어지는 것이라니! 환상적인 스토리는 매혹적이었으나 사랑의 깊음을 헤아리기엔 자신이 어린 나이였다고 표현했어요. 이와는 반대로 우리의 옛날이야기들, 흥부전이나 콩쥐팥쥐, 심청전은 말할 것도 없지요. 이렇듯 대부분의 옛날이야기들은 권선징악을 강조하는, 선한 자가 흥한다는 내용이지요. 그런데 여기에 엄청난 오류가 있는 거지요. 지구상에서 유일하다시피 기독교가 우리 내부에 깊숙이 파고든 것도 마찬가지일 거예요. 어찌 보면 우리 사회가 혼탁한 이유도 거기에서 비롯되었을 것이라는 것은 아이러니죠. 그러나 한 번도 선한 자가 흥하는 세상은 오지 않았고 앞으로도 마찬가지일 거예요. 당신도 악이라는 그물에 빠져 있는 모양새라고 하면 어떤가요. 그 가시덤불 울타리에서 빠져나오는 것이 악이라는 그물."

그는 마치 준비된 원고를 읽어 나가듯 조리 있게 본인의 의견을 피력하고 있었다. 생맥주와 안주가 나왔고 그는 잔을 부딪치고 한 모금 마시더니 이야기를 계속했다.

"당신을 잡지 않을게요. 잡는다고 오지도 못할 것이지만 말이예요. 당신이 어디를 가든지 마찬가지일 거예요. 당신은 그 그물에서 버둥거리며 살아가겠죠. 어쩌면 나는 당신을 그 그물에서 꺼내 주고 싶었고, 물론 그것은 나의 기준입니다만 어쨌든, 그런 이유로 소수서원에 갔을 때 금성단에도 가자고 했던 거지요. 물론 내가 보인 모습처럼 다시 그 덤불속으로 들어가는 것이라는, 다시 업의 이야기로 돌아와서 나 또한 당신을 벗어나지 못할 거예요. 당신이라는 그물에 걸려서 버둥거리며 살아갈 테죠."

그가 이야기를 마쳤을 때 뭔가 가슴속에서 불덩이 같은 게 치밀어 올랐고 그 자리를 엎어 버리고 뛰쳐나가고 싶었다. 차가운 맥주를 흘려 넣었다. 식도가 따끔거리며 불구덩이 같이 화끈거리는 속으로 흘러들어 갔다.

"맞는 말인 것 같아요. 그래서 나 같이 보잘 것 없는 중생이 코 없는 소가 되기를 꿈꾼다는 것은 이생에서는 도달할 수 없는 경지겠지요. 죽어서야 가능한 단계. 그런데 죽으면 모든 상황은 종료되는 것 아닌가요. 어찌 보면 당신도 다시 인연에 얽매이지 말고 무소의 뿔처럼 혼자서 가는 방안을 찾아보는 것은 어떠한가요. 절대 가능할 수 없는 무리한 권고 사항이겠지만."

그와 눈도 마주치지 않고 내뱉는 말은 공허했다.

"좋은 말씀이시네요. 가끔 혼자 밤차를 타고 구례구역에 내려 지리산에 들어가곤 하지요. 산을 오르는 것이 아닌 들어간다는 표현을 쓴 것은 산에 들어가면 죽음을 증오하고 혐오하는 것에서 벗어나 관대해지기 때문이죠. '관대해진다'라는 것은 그 무서운 것에서 피하는 것이 아닌 것이지요.

내가 산으로 가는 것은
구부러진 오솔길을 오르다가 지치면 돌아서
지나온 길을 내려다보며 내 구부러진 삶도 돌아다보고 싶기
때문입니다

내가 산으로 가는 것은
비탈진 바위 틈 외롭게 서 있는 한 그루 나무처럼
채워지지 않은 욕망의 허기와 외로움을 견디어야 하는 존재
임을
건너다보고 싶기 때문입니다

내가 산으로 가는 것은
생각에 머물지 않고 직감에 충실한 한 마리 산짐승처럼
단순하여 무심해지기 위해서입니다

내가 산으로 가는 것은
구부러진 산등성이며 구부러진 강을 내려다보며
스스로 그러한 자연은 구부러진 것임을 알기 위해서입니다
내가 산으로 가는 것은
지치고 가팔라진 날선 마음이
나무 그늘 풀 더미 속에 하나가 될 때 무딤의 치유를 얻을
수 있기 때문입니다

내가 산으로 가는 것은
봄여름가을겨울 계절의 순환처럼
생성과 소멸이 다르지 않음을 보기 위해서입니다

내가 산으로 가는 것은
물처럼 바람처럼 흐르다가
철 지난 억새처럼 한 줌의 흙으로 흩어져 산이 되고 싶기 때
문입니다.

마지막 구절, '철 지난 억새처럼'이라는 한 줌의 흙으로 흩
어져 산이 되고 싶다는, 그러나 산을 내려오면 내 삶과 직면
해야 하고 삶이라는 성분 속에는 욕망이 대부분일 것이고 또

욕망의 성분에는 인정감 내지는 존재감, 그것의 본질은 이성에 대한 열망이지요. 그러니 그런 하나마나한 권고는 하지 않았으면 합니다. 이왕 한 것이더라도 그것의 관철을 열망하지는 마시기를. 다시 업이라는 것으로 돌아가는 것 같네요. 이만 일어서겠습니다. 마음이 바뀌시면 기별 주십시오."

그는 배낭을 메고 나갔다. 나는 그의 뒷모습을 보고 싶지 않았다. 갑자기 내가 외딴 섬에 버려진 느낌이 들었다. 동시에 김훈이 쓴 『칼의 노래』 첫 구절이 떠올랐다.

'버려진 섬마다 꽃이 피었다.'

나는 그렇게 버려진 섬처럼 황폐하고 쓸쓸했다. 버려진 섬에 꽃이 피었다는 표현 자체로 칼의 노래같은 짙은 비애가 배어있다. 그는 겁박을 주듯 나를 버려두고 섬에서 빠져나갔다. 뭍으로 나갈 배도 불태워져 나는 완전히 고립된 느낌이었다. 술을 더 마셔야 한다고 나의 날선 감정은 치고 올랐지만 우선 당장은 나를 달래야 했다.

가게를 나와 집으로 돌아가는 길은 낯설었다. 집을 올려다보니 불이 켜져 있다. 남편이 올라온 것인가. 갑자기 속이 메스껍고 한기가 몰려왔다. 내가 그 밤에 피할 곳은 아무 곳도 없었다. 긴장된 손으로 문을 열었을 때 군화가 한 켤레 놓여 있었다. 아들이 휴가를 나왔는가 싶었다. 군에 가는 날도 사전에 알려 주지 않더니 휴가를 나오는 날도 마찬가지였다. 문소리를 듣고 아들이 방에서 나왔다. 친구들을 만났는지 많이 취한 모습이었다.

"아들! 언제 왔어. 왜 연락도 안 하고 오는 거야."

목소리는 반가운 듯 생기를 띠었지만 나도 모르게 갈라지고 있었다.

"일찍 좀 다니시지. 밤에 혼자 다니다 무슨 일이 있으면 어쩌시려고."

"무슨 휴가야?"

"정기 휴가지요. 별로 반갑지도 않은 모양이네요."

"뭐 과일이라도 먹을래?"

"아뇨, 피곤해 보이시는데 주무세요."

"그래, 너도 피곤하겠다. 들어가 쉬어라."

내 표정이 그리 밝아 보이지는 않았을 것이다. 오랜만에, 그것도 휴가 나온 아들과 할 이야기가 많아야 하는데 아들도 나도 서로 다른 상념을 연결할 수는 없었다.

쉽게 잠으로 들어가지 못하고 뒤척거렸다. 척박한 군 생활로 지친 심신을 위로받으려는 듯, 홀로 지내던 집을 오랜만에 채워 준 아들이 고맙기보다는 번잡스럽다는 생각을 들었다.

오늘처럼 뒤척이던 삶 속에서 늘 떠나기를 꿈꾸었던 그 길을 떠나야 한다고 생각했다. 멈춰서는 헝클어진 삶의 실타래를 정리할 수 없을 것 같았다.

새벽녘에야 잠이 들었는가. 다시 아침이 오고 아들을 위해 아침 식사를 준비했다. 가족을 위해 음식을 준비하는 일은 익숙해지는 것이 아닌 늘 새삼스럽게 번잡스러움으로 다가왔지만 오늘 아침은 몸과 마음을 추스르는 데 도움이 될 것 같았다. 혼자 밥 먹는 일처럼 음식을 만드는 것도 익숙해지지 않았다. 소고기를 넣은 무국을 끓이고 생선 조림을 준비했다. 아들은 아홉 시가 지나서야 일어났다. 오랜만에 아들과 식탁에 마주 앉았다.

"요즘 군 생활은 어떠니?"

"그 안에서의 생활이야 늘 그렇죠. 이제 나도 고참에 속해서 생활이 나아졌어요. 근데 엄마 무슨 일 있어요?"

아들에게 어떻게 할 말을 다 하고 살 수 있다던가.

"아냐. 갱년기 증상인가 봐. 얼굴이 화끈거리고 정신도 오락가락하고 그래. 휴가 일정은 어떻니?"

"내일까지는 친구들 만나고 통영에 한 번 다녀오려고 해요. 제가 쫄병 때 잘 대해 주었던 선임병이 전역해서 그곳에 살고 있거든요. 그곳에 있는 문학관이나 기념관도 둘러보려고요."

"기념관?"

"네. 동양의 나폴리라는, 좀 과장되게 표현된 항구 도시이기도 하지만 예향의 도시이기도 하잖아요."

"아 그래, 맞아. 싱싱한 회도 먹고 요즘 제철인 굴도 실컷 먹고 오너라."

"요즘 아버지하고는 어떠세요?"

아들은 시원한 무국을 떠먹다가 약간 망설이면서 이야기를 꺼냈다.

"이제 너도 어른이 됐으니 이해하고 지나가길 바란다. 자식으로 부모를 만나는 것은 천륜처럼 하늘에서 내려오기도 하는 것이라지만 살아가면서 필요에 의해 관계를 만들기도 하잖니. 물론 사랑이라든지, 존경심이라는 것을 바탕에 두기도 하지만, 많은 사람들은 그 관계를 사슬로 구속된 것처럼 벗어나고 끊어 내기 위해 늪에 빠진 것처럼 허우적거리기도 하는 거지. 내가 네 아버지를 만난 것처럼 말이다. 너한테는 들려준 말도 하나 없지만 변명이라도 해야 하겠지. 물론 너한테는 말할 수 없이 미안한 마음도 가지고 있단다. 누군가 그렇게 말했다는데. '아비가 지식에게 주는 가장 큰 공덕은, 아이들의 어머니를 사랑하는 것이다.'라고. 물론 이것은 아버지의 비중을 높여 그렇게 말한 것으로, 결국은 부부간의 신뢰와 사랑을 이야기하는 것이겠지. 그런 점에서 내 입장은 차치하고 너에게 정말 미안하다."

"엄마가 그렇게 말해 주어서 고마워요. 쉽진 않겠지만 엄마가 아빠를 좀 더 이해해 주셨으면 좋겠어요."

아들의 말끝에 뭐라고 이야기를 하고 싶었지만 아무 쓸데도 없는 말이었다. '가재는 게 편'이라는 말처럼 조금은 거북스럽기도 했다. 아침 식사를 마친 아들은 친구를 만난다며 외출 준비를 했다.

혼자 떠나는 여행에 익숙하지 못하니 동행을 구하는 것도 쉽지 않을 것이다. 그렇다고 일반적인 패키지로 떠나고 싶지는 않았다. 해외로 나가는 여행의 경우 대부분 패키지를 선택한다. 그러나 요즘 젊은이들은 조롱(鳥籠)에 갇힌 새처럼 구속받으며 식상한 여행자가 되기보다는 자유로운 방랑자의 길을 택하여 배낭여행을 떠난다. 그렇다고 용감한 젊은이들처럼 혼자 떠날 수는 없었다. 아들이 휴가를 나왔으니 여유를 갖고 준비를 할 수 있을 것 같았다. 그곳에 다녀왔다는 친구를 만나야겠다고 생각했다. 대학 때부터 산악부에서 활동했던 야성적인 친구였다. 최근 킬리만자로를 다녀왔다는 그녀에게 전화를 했고 북한산에라도 오르며 이야기하자고 했다.

차마고도로 떠나는 여인

얼마 뒤 우리는 수유리 아카데미하우스에서 만났다. 그곳에서 모임도 했었기 때문에 친숙한 곳이었다. 그녀와는 지난봄 모임에서 만나고 처음이었다. 산행의 시작은 산책 코스처럼 평탄했다. 그녀의 발걸음은 경쾌하고 가벼웠다. 그녀는 나와 보조를 맞춰 주었지만 나의 몸은 계속해서 침잠된 듯 무거웠다.

"차마고도 트래킹을 다녀왔다고 했지? 나도 그곳에 한번 가보려고."

"왜 그곳에 가려고 하는데?"

"글쎄. TV에서 본 다큐멘터리가 인상적이었거든. 그리고 막연히 떠나고 싶다는 이유도 있고."

별로 친하지도 않은 친구에게 나의 속을 내보인다는 것이 그랬지만 그 정도는 이야기해야 할 것 같았다.

　"글쎄. 차마고도는 그 역사만큼 코스가 다양하지만 우리 여행객들에게 예전의 마방들 흉내를 낼 수 있는 트래킹 코스로는 대개 호도협 구간을 이야기하지. 나머지 구간엔 대부분 새로운 길이 만들어졌으니까. 나머지 샹그릴라나 리장 등은 단순한 관광의 범주에 속하는 것이구. 해외여행이 보편화되면서 역사적인 흔적을 더듬는다거나 오지 탐험의 범주나 힐링의 수단으로 생각하기도 하지만, 글쎄 그저 하나의 바람에 불과할 거야. 제주도의 올레길을 포함해 전국적으로 도보 코스를 만들어 사람을 모으고 있지만, 이 땅에 지나는 바람처럼 단순히 유행 같은 것이라고도 생각해. 멀리 유럽의 산티아고 순례자의 길을 걷고 오는 것이 대단한 삶의 의미라도 있는 것처럼 표현하기도 하지만, 내 생각으로는 단지 자기만족 내지는 과시의 수단이 아닐까 싶어. 도를 말하는 순간 도가 될 수 없다는 말처럼 길도 마찬가지일 거야. 아무리 아름다운 풍광을 가진 길이라도 정해진 길을 통한 정서의 공감이 그리 크지 않다는 것이지. 우연히 걷게 되는 길, 어딘가로 가야 하는 이동 수단으로라든지, 예정되지 않은 낯선 길을 가는 것보다 못하다는 것이지."

그녀는 준비라도 한 듯 길게 이야기를 이어 나갔다.

"사실은 현재 머물러 있는 현실에서 벗어나고 싶다는 생각이 더 많을 거야. 쉽게 말하면 가정이라는, 아내라는 울타리를 벗어나고 싶다는."

순간 말문이 막혔다. 나는 잠시 머뭇거리다 친구에게 다 말해 버렸다. 한동안 친구는 말이 없었다. 진달래 능선을 넘어섰을 때 인수봉과 백운대의 봉우리들이 앞에 서 있었다. 친구에게 잠시 쉬었다 가자고 했다. 어쨌든 백운대까지는 올라가야 했다.

위문을 지나 백운대로 오르는 길은 단차선 도로처럼 오르고 내려오는 이들로 병목현상을 이루고 있었다. 건너편 인수봉에 수직으로 서 있는 바위에 줄을 매달고 오르는 이들을 한참 동안 바라보았다. 고공공포증으로 보는 것조차 아찔함을 느끼지만 나도 한번 그렇게 바위에 매달리고 싶다는 강한 충동을 느낀다. 화강암 바위는 기를 품고 있어 바위와 한 몸이 되면 기를 받을 수 있다는데, 그보다는 한순간도 긴장을 늦출 수 없는, 잡념이 사라진 아득한 경지에 도달하고 싶은 충동이 일었다. 바위 사이로 줄을 잡고 오른다. 바윗길을 오르니 정상에는 태극기가 바람에 펄럭이고 있다. 많은 사람들이 저 나름대로 자세를 잡고 사진으로 흔적을 남기기에 바쁘다. 이제 세 번째인 곳이지만 나도 그 대열에 끼어든다. 남동쪽으로는 거대한 도시, 서북쪽으로는 오봉이며 멀리 신도시 너머 보이는 것이 개성의 송악산인가 싶었다. 바위를 짚고 오르며 흘린 땀이 말라 가고 있었다. 정상에서 벗어나 인수봉이 가까운 곳으로 자리를 잡았다. 서로 물 한 모금을 나누어 마시고 가져온 과일을 펼쳐 놓았다. 가을볕으로도 바위는 따뜻했다.

"사람들이 많아 번잡스럽지만 너무나 좋다. 바위가 너무 크다 보니 안정성이 없고 어색하기는 하지만. 속세를 벗어나 외계에 온 느낌도 있고."

"처음 산에 빠져 다닐 때는 단지 산을 오르기 위한 공간으로 대했던 것 같아. 그런데 지금은 아니야. 산에 들어가, 산의 일부가 되는 것이지."

그녀의 말을 들으니 얼마 전 갑자기 찾아와 산에 대해 시를 읊던 김현민이 생각났다.

"글쎄. 아직은 산에 대해서 잘 몰라. 차마고도를 가 보고 싶다는 열망도 사실은 막연한 호기심 때문일 거야. 그렇더라도 오랫동안 마음에 담았던 것이라 이제는 풀어내고 싶어."

"그래, 그러면 실행에 옮겨 봐. 그렇지만 뭔가 무거운 짐을 지고 가서 그곳에서 떨쳐 버리거나 새로운 도라도 깨쳐 오겠다는 것은 환상일 뿐이야. 오체투지로 긴 시간 라싸로 가는 이들을 담은 다큐를 본 적이 있을 거야. 그네들도 마찬가지지. 특별한 깨우침을 구하거나 현세에서 복을 구하기 위해서라기보다는 섬기는 대상에 대한 단순한 열망 때문이거든."

"글쎄. 혼자 여행을 떠나는 것은 더구나 여자가 간다는 건 쉬운 일이 아니지. 오래전이기는 하지만 혼자 오지 여행기로 종이 값을 올리면서 많은 사람들이 그런 여행을 동경하기도 했지만 현실은 다른 것일 테지."

"땅에 넘어진 자, 그 땅을 짚고 일어서야 한다."

친구가 의미심장한 말을 던졌다.

"지금까지 여행의 가치와 의미를 여러 사람이 이야기하였지만 '여행은 두려움을 불러들이는 것'이라고 했던 카뮈의 말이 가장 와 닿아. 익숙한 공간과 환경, 가까운 사람들까지도 벗어나는 것이고 이는 두려움을 부르기도 하는 거니까. 그러나 두려움은 새로운 공간과 환경, 새로운 사람들을 만난다는 설렘으로 되돌아오기도 한다는 거지."

"그래. 두려움은 본인 스스로가 만들어 낸 허상일 거야. 언젠가 밤에 혼자 산에 오른 적이 있어. 처음 시작할 때는 별스런 걱정과 두려운 생각이 다 찾아들거든. 근데 막상 산을 오르기 시작하면 그 두려움은 사라지고 산을 오르는 것에만 집중하게 되지. 허상일 뿐인 두려움은 형체 없는 귀신과 다름없어.

두려움 때문에 낯선 것에 대한 경이로움을 만끽하기보다는 두려움에 휩쓸려 여행을 망치는 경우도 있고. 그래서 홀로 떠나는 여행길은 익숙한 것들로부터 결별하고 낯선 것들과의 끊임없는 만남인 것이지."

"산에 오르고 너와 이야기하다 보니 내가 도피하고 싶은 현실에서 두려워하는 것이 뭔지를 생각하게 되었어. 네가 말한 것처럼 밤에 홀로 어둔 산길을 오르면서 느끼는 두려움은 외부에 있던 것이 아니라 내 안에 있다는 것, 내가 두려워하는 것은 결국 내가 원하는 것에서 비롯된다는 것. 남편에 대한 원망이 내 안의 갈망을 키우고, 나의 두려움이 되었다는 것이지. 나의 체면을 세우고 지키려는 두려움이 번민과 갈등의 실체였어."

그녀와 많은 이야기를 나누었다. 그녀와 내가 말한, 이제 대기권 밖으로 사라졌을 이야기들을.

천천히 산을 내려오기 시작했다. '올라갈 때 보지 못한 그 꽃 내려갈 때 보았네.'라는 짧은 시구처럼 옷을 갈아입고 침묵 모드로 전환하기 위해 옷을 갈아입는 듯 잎을 떨구는 나무들을 올려다보았다. 그녀와 나눈 이야기들을 진지하게 생각할 수도 있었지만 이제 다시 빈 마음이었다.

산을 다 내려와 등산로 초입의 허름한 식당으로 들어갔다.
빈대떡과 막걸리를 시켰다. 막걸리는 별로 즐기는 편이 아닌
데 친구가 좋아한다고 해서 시켰다. 땀을 흘려서인지 안주가
나오기 전이었지만 막걸리가 들큰했다. 막걸리 한 병이 비워
져 갈 때 그녀의 휴대폰이 울렸다. 그녀는 자리에서 일어섰고
한참만에야 돌아왔다.

"누군데?"

"남편이야. 누구와 함께 있는지를 확인하는 거지. 너랑 있
다는데도 잘 믿지를 않아."

그녀는 새로 가져온 막걸리 병을 따고 자기 잔에 따랐다.

"왜 그래. 뭐 기분이 좋지 않은 거야?"

그녀는 긴 한숨을 내쉬었다.

"산에서 너한테 대단한 것처럼 떠벌렸지만 사실 나도 참 한
심하고 우스운 여자야. 내 위치를 확인하는 인간, 그 인간은
자기가 바람을 피웠으면서, 심지어는 같은 직장의 시집도 안
간 년으로부터 '니 남편이랑 그렇고 그런 사이'라고 문자도 받
았고 말이야. 너도 그런 경험이 있는지 모르지만 그건 정말
최악의 상황이지. 누구건 그저 죽여 버리고 싶다는 생각밖에
는 들지 않을 정도로 말이야."

그녀는 빠르게 술을 들이켰다.

"그 일이 있은 후 실제로 죽겠다는 생각을 했지. 남편에게 번개탄을 사 오라고 했어. 근데 그 인간 정말 번개탄을 사 오는 거야. 그러니 비겁하게 물러설 수도 없잖아. 둘이 외딴 곳으로 갔어. 남편보고 번개탄을 피우라고 했지. 근데 차 안에 뿌옇게 번개탄이 치직거리며 연기가 번져 나고 있을 때 남편이 차 문을 열고 뛰쳐나가는 거야. 나는 오기로 그대로 앉아 있었지. 남편이 밖으로 나갔을 때 차 문을 잠가 버렸어. 근데 너무 맵고 숨이 막혀서 결국 나도 뛰쳐나왔지."

나는 그녀의 빈 잔에 술을 따랐다.

"그래서 험하고 외진 곳을 찾아다니게 되었던 것이지. 그런 인간과 헤어져야 한다고 생각했지만 그것도 쉽지 않았어. 그런 인간이 쉽게 놓아 주지도 않을 것은 당연한 것이구. 그것보다는 나도 은연중에 30년 가까이 그 인간에게 코를 꿰인 것처럼 그에게 길들여져 있다는 것을 생각했어. 내 울타리를 벗어나 살 자신이 없었다는 것이지. 혼자 살 자신이 있다면 모르지만 아직 아이들이 기반을 잡지 못하고 있으니 아이들도 핑곗거리가 돼주었고."그녀의 이야기를 들으면서 그녀가 나를 위해 거짓말을 한다는 생각을 할 수밖에 없었다.

"그 말 사실이야?"

그녀는 나의 질문에 당황한 표정이었다. 나만 그런 줄 알았는데, 정말 믿을 수가 없었다.

"언젠가는 젊은 그년한테서 문자가 왔었어. 그 내용이 뭔 줄 알아. '니 남편은 나하고 어떤 체위를 좋아한다.' 뭐 그런 말도 안 되는 내용이었다구. 아마 그년은 내가 제풀에 달아날 거라고 생각했는지도 모르겠어. 그런 문자를 받고 정신이 온전하다는 것이 웃기는 이야기 아냐. 그러고서 지는 마누라가 혼자 어디 가는 꼴을 보지 못한다는 거야. 잘 생각해. 아무리 세상을 떠돌아도 결국 돌아오면 그 자리에 있어야 해. 내가 변할 수 없으면 변하는 것은 아무것도 없어. 너도 남편도.

티베트에서 오체투지로 라싸로 가는 이들말야. 너도 TV를 통해서 보았던 것처럼, 우리의 기준으로 그들이 왜 그런 고행을 하는지 궁금하잖니."

"글쎄. 그들은 무지해서 그런 것이 아닐까? 마치 몸으로 도를 구한다는 맹목에 사로잡힌 것처럼 말이야."

"물론 그렇게 생각할 수도 있지. 너와 내 지식과 경험의 총량으로도 그것을 헤아릴 수가 없는 것일 테고. 그러나 그건 우리가 가지고 지식과 경험의 총량이 그만큼 가소롭다는 반증일 수가 있다고 생각해. 한나절 동안인가 그들이 가는 것을 지켜보면서 느낀 거야. 어휴, 너무 마신 것 같네. 내가 주책이지. 너에게 별소릴 다 늘어놓고 말이야. 이제 나가자."

그녀는 흔들리며 주섬주섬 일어섰다. 전철역까지 걸어가면서 아무 할 말이 없었다.

그녀와 헤어져 돌아오는 길이 이상토록 홀가분했다. 집에 돌아오니 남편이 와 있었다. 준비되지 못한 만남이란, 특히 불편한 관계일 때 어색하고 불편했다. 외면할 수도 없는 공간에서의 만남. 나는 머리를 숙이고 천천히 등산화 끈을 풀었고 아무 말 없이 방으로 들어갔다. 잠시 후 방문을 두드리는 소리가 들렸다. 문을 여니 아들이었다. 아들이 너무 반가웠다.

"통영에 간다고 했잖아."

"오늘 갑자기 약속이 생겨 내일 가기로 했어요. 엄마, 아버지 오셨는데 밖에서 저녁 먹어요."

"그래, 아버지한테 한번 여쭤 보거라."

"알았어요."

아들은 방문을 닫고 나갔다. 갈아입을 옷을 준비하고 거실을 지나 화장실로 갔다. 다른 때 같으면 자주 가는 목욕탕에라도 들렀을 텐데. 매일 같던 일상을 생략한 것이 후회가 되었다. 욕조에 물을 채우고 천천히 몸을 닦고 싶었지만 마음의 여유가 없었다. 남편이 곁에 있다는 것이 새삼스럽게 느껴져 야릇한 욕망으로 거울에 비친 내 모습을 보았다. 목욕탕에서 나왔을 때 남편은 외출 준비를 하고 있었다. 아들을 돌아보았

을 때 아들은 마치 자기 책임이기라도 한 듯이,

"아버지는 밖에서 약속이 있으시대요. 저랑 둘이 나가요."

"잠깐만, 내가 아빠한테 한 번 더 이야기해 볼게."

마음 한구석 울컥하는 분노가 취기처럼 치밀어 올라왔다. 옷을 입고 있는 남편에게 다가갔다.

"여보, 애 군에 가기 전부터 한 번도 같이 식사도 하지 못했는데, 한 번 양보하시면 안 돼요?"

나의 목소리는 가라앉듯 갈라져 나왔다.

"이 여자가 지금 무슨 소리를 하는 거야. 오늘 업무 관련 중요한 사람을 만나야 한다구. 한 번 칼도 잡아보더니 이제 뵈는 게 없는 모양이네. 일도 하지 않으면서 쓸데없이 밖으로 나돌기나 하는 주제에."

남편은 무슨 약점이라도 잡은 것처럼 너무나 잔인하게 내뱉고 있었다. 얼떨결에 생긴 일이었지만 얼마 전의 참담했던, 상황을 다시 되돌려 받는다는 것은 너무 잔인한 일이었다. 그렇게 남편은 나를 설득하는 대신 화를 내며, 채 아물지 않은 상처에 소금을 뿌리듯 쓰라리게 하고 있었다. 망연하게 남편을 바라보다가 아무런 할 말을 찾지 못하고 아들이 어디 있는지 두리번거렸다. 아들도 어찌해야할지를 모르고 고개를 숙이고 있더니 남편에게 성큼 다가가 분노의 외침을 날렸다.

"아빠 정말 너무 하신 거 아녜요. 당연히 사정이야 있으신 거지만 그렇게까지 말씀하실 필요는 없잖아요."

한 번도 그런 모습을 보이지 않던 아들이었는데 노려보듯 씩씩거렸다. 남편도 당황한 표정이었고 나도 마찬가지였다. 아들을 막아서듯 현관으로 잡아끌었다.

"됐어. 나가자."

지난번 일로 남편과 틈을 두게 된 것이 오히려 다행스러웠다. 휴가 중에 아들과 처음 같이하는 외출이었다. 산을 내려와 몸이 무거웠지만 편한 마음이었다.

"뭘 먹고 싶니? 부대 안에서 제일 먹고 싶었던 게 뭐야?"

"글쎄, 엄마가 해 주시는 밥이 제일 먹고 싶었지 말입니다."

"그럼 그 다음으로 먹고 싶었던 건."

"그 다음으로도 역시 엄마가 해 주시는 매콤한 낙지볶음."

아들은 매콤 달콤한 말로 어미의 속을 달래 주고 있었다.

"그럼 해물전골에다 낙지볶음 하는 곳으로 가지 뭐."

"그래요. 시내보다는 좀 한갓진 곳으로 가요."

백운호수 쪽으로 방향을 정했다. 호수는 고즈넉하니 산 그림자를 드리우고 있었다. 도로에서 내려 호숫가의 논둑길을 걸었다. 논에는 벼의 그루터기만 남아 한적해 보였다. 식당에 도착하여 음식을 주문했을 때 아들은 두리번거리다가 조심스럽게 물었다.

"엄마, 어디로 떠날 건가요?"

순간 나는 내 속을 아들에게 내보인 것처럼 얼굴이 화끈거렸다. 나는 한동안 아들의 말에 답을 하지 못했다.

"어디로 떠날 것 같니? 그래도 이제 너는 엄마가 없어도 되는 나이 아니니?"

"정말 떠날 거예요? 어디로 갈 건데요? 뭐, 한번 떠나 보시는 것도 괜찮을 것 같아요."

"너도 그렇게 생각하니? 오랫동안 차마고도를 한번 다녀오려고 했어. 그곳에 다녀오려고."

음식이 나왔다. 막걸리도 한 병 시켰다. 아들의 잔에 먼저 술을 따랐다.

"어차피 사람들 저마다는 섬과도 같이 존재하지. 섬 사이로 바다가 흐르고 그 바다는 섬에 닿는 물길이 되기도 하고 단절이 되기도 하는 것처럼, 뭍에 사는 이들에게 섬은 일상의 도피처로 소통의 또 다른 공간으로 존재하겠지만, 섬에 있는 사람들에게는 늘 떠나고 싶은 공간으로 존재하기도 할 거야. 내 마음이 그럴지도 몰라."

아들과 잔을 부딪치고 나온 음식을 먹기 시작했다. 아들은 음식이 입에 맞는 듯 했다.

"여자 친구와는 잘 지내고 있니?"

"아뇨. 헤어졌어요. 남자 친구도 아닌 여자 친구와 관계를 잇고 소통한다는 것이 각박한 군 생활 중에 위안이 될 수도 있지만 그 관계 자체가 역시 고립된 섬으로 존재할 수도 있거든요. 그런 식으로 자기 합리화하면서 아픈 마음을 달랜 지가 한참 됐어요."

아들은 내가 하고 싶은 이야기를 했다. 관계 때문에 더 고립된 섬으로 존재할 수밖에 없다는 말. 한동안 침묵이 흘렀다. 아들은 남편에 대해서는 말하지 않았다.

식사를 마치고 밖으로 나왔을 때 밤바람이 차가웠다. 다음날 아들은 통영으로 떠났고 나는 여행 준비를 했다. 아들이 복귀하는 날 나도 출발하기로 잠정적으로 결정했던 것이다. 김현민, 그에게서 전화가 여러 번 왔지만 받지 않았다. 그와 더 이상 할 이야기가 없었다. 남편에게도 더 이상 사정도 읍소도 하지 않았다.

구두든 등산화든 익숙함을 뒤로 하고 새것을 장만한다. 새 신발을 사면 외관의 새로움 대신 한동안 발이 불편한 것은 당연한 이치니 새 신발에 발을 길들여야 한다.

옛사람들은 '길이 아니면 가지를 말라.'고 했다. 왜 그런 경고 아닌 경고를 했을까? 나도 부지불식(不知不識)간에 곁에 있는 누군가에게 그런 충고를 건네주기도, 건네받기도 했을 것이다. 물론 안전하거나 바른 삶을 살아가라는 좋은 의미의 충고이고 권유이다. 그러나 '길들인다'는 말처럼 수직적인 억압의 분위기가 느껴지기도 한다. '길이 아니면 가지를 말라.'는 것과 '길들인다'라는 말은 알게 모르게 상관이 있다고 생각했다.

과연 나는 누구에게 길들여진 것인가? 늘 갈망하던 길을 가려면서 길들여진 나. 여우가 어린 왕자에게 했던 말을 다시 생각했다.

"'길들여진다는 게 무슨 뜻이야?"

어린 왕자가 물었을 때 여우는 답한다. "그건 너무나 자주 소홀히 다루어지는 행위야. 관계를 맺는다는 뜻이지."

'길들인다', '길들여진다'라고도 말한다. '길들인다'라는 말은 사전적인 의미로 '짐승 등을 부리기 좋게 가르치다.', 또는 '물건을 오래 매만져서 보기 좋거나 쓰기 좋게 만든다.', '대상의 취향을 맞추어 익숙하게 하다.'라는 의미가 포함되어 있다.

인류의 문명은 남들이 가지 않은 길을 가면서 완성된 소산일 수도 있다. 정복의 야만도, 종교도 문화도 사랑도 그 길을 따라 이어졌다. 길을 떠남으로 구도자도 선지자가 될 수 있었다.

코가 없는 소, 즉 코뚜레를 뀔 수 없는 소는 존재하는가? 인간은 무언가에 얽매이며 살 수밖에 없는 존재다. 그 얽매임의 대상들, 태어나면서 어버이로부터 시작되는 관계, 사회적인 존재감, 부와 명예, 종교며 바람처럼 형체도 없으면서 시시때때로 변하는 마음까지도. 나 자신이 그러한 것들에 이미 코가 꿴 것이었다. 오체투지로 십 리도 갈 용기와 자신이 없듯이 내 육신을 차가운 맨땅에 맞댄다는 것은 두려운 일이었다. 내가 가진 탐욕과 얄팍한 세상의 지식을 내던질 용기가 없다. 다만 길을 떠날 용기를 가진다는 것으로 나 자신을 위안할 뿐이다.

짐을 꾸려 놓고, 차마고도로 지나는 그곳에서 척박한 환경과 남루한 삶을 살아가는 사람들을 만나고 온 이들이 들려준 이야기들을 상기했다. 가진 것보다 가지지 못한 것이 더 많은 가난함에 대한 원망과 이유를 만들지 않고 스스로 붓다가 되고자 하는 신성과 포용. 과연 그들은 행복의 이치를 알지 못하는 무지와 그런 척박한 삶속에서 그런 평화를 내비칠 수 있는 것인가? 한번 발을 헛디디면 천 길 낭떠러지로 떨어질 것 같은 가파른 길과 숨조차 제대로 내뱉을 수 없는 공기의 허기, 빈 몸이라도 바람과 눈보라를 뚫고 고산 험로를 넘어가야 하는 고단한 운명, 사랑하는 가족들과의 긴 시간 동안의 격리, 그것이 삶을 이루는 원형질이라는 것을 일찍이 깨달은 사람들이라는. 그러한 삶을 엿본다 한들 내가 가진 멍에를 떨쳐

낼 수는 없을 것이다. 다만 거칠고 험한 길을 가면 내 마음이 순해질 것 같다는 기대는 버릴 수 없었다.

폭설이 멈춘 겨울밤, 산중에서 소나무 가지가 그 무게를 끝내 이기지 못하고 분질러지는 소리를 들어본 적이 있었다. 생살을 베어내듯 분질러지기까지 그 한없는 인내와 고통을 단숨에 내던지며 지르는 그 소리는 간단하고 명료하며 한없이 경쾌하기까지 했다.

아들이 부대로 복귀하는 날, 아들을 먼저 보내고 나는 공항으로 출발했다. 차창 밖으로 한강은 멈춘 듯 흐르고 있었다.

지난여름 지리산 자락의 허름한 산막에서 하룻밤을 보낸 적이 있었다. 장마를 지난 대지는 태초부터 그러하였던 것처럼 극한의 푸름으로 차고 넘쳤다. 자정이 지난 시간 산막의 문을 밀치고 나왔을 때 산등성이를 내려온 짙은 어둠이 짐승처럼 웅크리고 있었다. 밤하늘을 올려다보았을 때 도시를 피해 죄다 이곳으로 몰려온 듯 별들이 하늘에서 총총했고 반짝거리며 시냇물처럼 흘렀다.

　이슬에도 젖어들며 깊고 푸르던 여름밤은 멧새들이 지저귀며 환해지는 여명이 산을 내려오고 있었다. 개울물소리를 따라 산길을 오르며 새벽을 깨우는 새들을 찾아 나무들 사이를 두리번거리며 새들이 살아가는 형편을 생각했다.

남녀 간의 사랑이 나름의 규칙과 품위를 가지게 된 역사는 그리 오래 된 것이 아니다. 유교를 바탕으로, 특히 여성을 옥죄던 족쇄 같은 교리가 근대화를 추구하면서 헐거워져갔고 기본적인 생존의 절박했던 시대를 벗어나는 시기와 궤를 같이한다. 그러나 오랜 시간 유교라는 남성우위의 교리가 지배하던 사회에서 일부다처의 흔적이나 향수는 길게 이어졌다.

 우리의 어머니세대에서는 그 야만적인 교리에 반기를 들거나 저항하기보다는 굴종하고 순종하던 세대였다. 격랑의 세월처럼 급격한 사회변혁 속에서 인고의 미덕처럼 우리 어머니들의 모습은 대들보같이 우리 사회를 지탱해온 것들이었다.

 이 시대를 살아가는 사내들의 개념 속에는 이중적인 위선의 잣대가 남아있다. 근대화의 길로 접어들면서 처첩제가 용인되지 않는 세상이 도래했지만 그 잔재는 여전히 남아있었고 여전히 사내들의 의식저변에는 '남자는 그럴 수 있다'는 일부다처의 지울 수 없을 향수처럼 이어져왔다고 할 수 있다. 당연처럼 본연의 사랑을 사치처럼 받아들이며 인고의 삶에 순응하여온 어머니들의 모습을 현실에 투영하려는 이중적인 잣대가 짙게 남아있는 것이다.

울트라 마라톤대회에 참가한 적이 있다. 75km 지점을 통과하면서부터 극심한 통증이 밀려왔고 다시 눈을 떴을 때 흡사 산통의 터널을 통과한 산모의 표정으로 미모의 구급대원이 나를 내려다보고 있었다.

후에 우연히 버스정류장에서 그녀를 재회했을 때 구원의 사례를 핑계로 전망 좋은 찻집에서 마주앉을 수 있었다. 내가 경계의 대상이 아니었든지 아니면 자신의 흉이라고 생각하지 않아서였는지 그녀는 40대의 미혼이라고 밝혔다. 프라이버시를 존중하기보다는 궁금증을 해결하는 게 미덕이라고 나는 예지력을 드러낼 속셈으로 그녀가 결혼하지 않은 이유가 아닌, 못한 이유를 세 가지쯤 나열했다. 그녀는 찻잔을 내려놓고 잠시 창밖을 내다보더니

"여자를 그렇게 모르세요?"라고 한마디 던지고는 자리에서 일어섰다.

이렇게 여자를 모르는 사내인 내가 심리의 변화가 무쌍한 중년여인을 주인공으로 불러왔을 때 얼마간 여성에 대한 심리적 부채감도 없지 않았다. 아니코뚜레에 꿰인 소처럼 살아갈 수밖에 없는 너와 나의 삶의 여정을, 그보다는 언젠가 어디로든지 떠나야 하는 자유 아닌 자유를 말하고 싶었다.